人间盐粒

{ Salt of the Earth }

王爱 著

北京出版集团
北京十月文艺出版社

自序：种书的人

王　爱

我出生在古道溪。在这个小村寨，人是没法远望的。无法望见自己的来处，也无法望见自己的去处。无论从哪个角度望出去，看见的只能是山。但"古道溪"这个名字古典、浪漫、诗意、苍凉、大气，又充满了意境和想象，格调不俗，符合我们对文化传统的定义。我到现在为止，再没有听过比它更好听的村名。也许大家对乡村景物司空见惯，但我一直觉得古道溪很美，富有书卷气，美得与众不同。我一直说，我幸好出生在这个地方。

美丽的地方生活着贫穷的人，但就是这样一个偏僻落后的地方，在我少年时代，我接触到的人，几乎都有读书习惯，读书就像吃饭睡觉一样自然。

在消息闭塞的山寨里，人们没有更多的娱乐，只能选择阅读，就像人生中无数个必然会降临的命运，这也是他们的命运。一个人不可避免会受到儿时记忆的影响，一个人也必然会受到一群人的影响，这种力量是强大的。生活在其中，除了爱上阅读，没有第二个选择。

湘西土家族,一个爱书的民族。困顿的现实生活,逼仄的生存环境,永远缠绵不去的大山,使这个民族变得异常倔强而浪漫。书,既是一道宣泄情感的出口,又是一道接纳新鲜生活的入口。尽管大多书籍是用来消遣日子的武侠小说、古今传奇、民间故事,但已足够在这片隐落于青山之中的小山寨里喂养一群目光饥饿的山民。

没有电视、手机的时代,读书几乎可以说是山民唯一的娱乐。耕田种地的人、守牛赶羊的人、养鸡喂鸭的人,还有屋顶上的瓦匠、堂屋里的木匠、竹林旁的篾匠、棉花堆里的弹匠。他们空暇的时候,不是在看书,就是在摆书里的龙门阵。

读书,也是我的命运。

我奶奶的亲弟弟,我的舅公,是一个讲故事的高手。他简直是中国乡土版的荷马,双目近乎失明,一辈子摸索着走路,却口述了一部湘西民间文学史诗。在冬日晚上,我们围坐在烧着大火的火坑旁,几乎把所有的民间故事、武侠演义、章回传奇听了个遍。

我的家婆(外祖母),她是从重庆(我们那边习惯说四川)某个小山沟里嫁过来的,已经过世二三十年了。记忆中,她的枕头下常年压着一两本小说。这是一件很神奇的事情,一个略微识些字的普通农村老太太,劳累一天后,会翻看几页书才歇息。好像书籍能缓解她的苦累,让她顺利坠入黑甜的梦乡。

我的父亲,会在停电的晚上,让我高高举起一盏煤油灯陪他看书。他看一页，我看一页。如果我看完了他还没有翻页，我就十分得意，向全家人宣告我的看书速度超过了他。

有时候，山里人会早早出门，顶着大太阳翻爬几座山去另一个寨子。他不是去商量农事，而是听闻此间主人珍藏有一本好书。他也许是一个为了追寻斑斓岁月的农人，借风的耳朵，听到一本书的消息。

在苍山云海之中，烈日枯焦之下，这是借书的人。

在我的记忆里复活的是种书的人。种书的人当然是孩子，只有孩子才能做出这么天真而美好的事情。

是不是所有人的孩童时期，都玩过这样一个游戏？把自己喜欢的东西埋进土里，学着农人种植粮食的样子，给它施肥、松土、浇水，然后殷勤地守在旁边，等待它结出累累果实。

种书，是因为我丢失了一本借来的书。还书的期限到了，我没有想出办法来。那个春天我无计可施，怀着近乎悲壮的心情，学着母亲播种的方式，把那本《小溪流》埋进了我家的竹林，指望着它能像那些肥胖的小竹笋一样，循着人间的气息，长出更多的书来。我当然知道这个近乎赌气的行为是极可笑的，像小猫种鱼。可是后来如果有人问我，我都会回答说，那本书真的长出来了。不是从土地里，而是从我的心里。

我常常回味种书的经历。我由此猜想，稻谷、草木、雨水、月光、音乐、舞蹈、绘画，这些财富最初的创造，是不是人类在孩童时期所玩的一次种植游戏？他们把野生的谷物、蔬菜种植下去，然后是意想不到的惊喜和收获。我相信他们还尝试种过矫健优美的动物，种植过天籁和自然的艺术。后来他们发现，那些种植意味着消亡——肉食在土地里陈腐溃烂，音乐和诗歌散逸不见，于是聪明的人转而为它们寻找适合的土地和空气。最后找到的是人的灵魂，心灵是最适合那些东西生存的高贵土壤，用心血浇灌，用信念喂养。世界由此变得无比美好，并葳蕤生长。

有一次生病住院，父亲丢下我，穿越大半个县城，跑到新华书店为我挑选了两本书，一本《水浒传》，一本神话故事集。

那是还不到十岁的年纪，父亲教我"水浒"不能读成"水许"。我躺在病床上，双手举着那本"重量级"名著，高高越过头顶。过路的人提心吊胆，说小心啊，要是没拿稳砸下来，这书保准把我的小脑袋砸个稀烂。有时候举不动了，父亲就从我手里接过书，帮我举着。这样一看就是几个小时，遇到不会读的字就越过去，一本书读完，我便知晓了很多字义。我贪婪地看着那些文字，汲取着书中的营养，被书中传奇的人生吸引，于是神奇地忘掉了病痛，获得了战胜病痛的力量和勇气。

另一本神话故事集则让我感受到拥有想象力的快乐，而想象力是写作最珍贵的品质。我第一次接触真正意义上的文学是以连环画形式出现的《堂吉诃德》，看到那个把脸盆顶在头上当头盔的笨蛋，我跌在楼板上打着滚笑，父亲在旁跟着笑。等我真正爱上阅读后，有一天父亲说，以后你也写一本给老子看看。这句话简直是一粒种子，比埋在土里的那本《小溪流》茁壮多了，它潜伏在我的心里，一直孕育着。

小时候，母亲一直很担心我长大后无法在社会上立足，无法生存下去。我大言不惭地安慰她，放心好了，以后我什么也不用干，只要坐在屋里，不停地读书写作，钱就会从窗外飞进来，这就是书中自有黄金屋。

大学毕业后，为了生活我曾四处漂泊，在不同城市做过电脑出货调单员、动漫编辑、电子商务网络营销人员，还在乡村小学里从事过教学工作。那段时间我被迫丢弃了很多物品，但始终没有放弃阅读，并且无论多么艰难的环境，我都在持续写作。为了那个儿时的梦想，那粒小小的种子。

二〇一三年六月的一个晚上，我的家被一场无名大火烧得精光。那个我出生成长的地方，给了我自信、勇气、温暖和爱的地方，就这样毁于一旦，变成焦黄大地上的一层灰烬。

一连几天，我执着地在废墟上寻找。我不但失去了自己苦心经营十几年的书籍，还失去了二十多本日记、十多万字的小说手稿，以及无数的照片和信件。前来扑火的人告诉我，在属于我的那间房子里，那些承载梦想、安放灵魂，让我独自疗愈伤口的书籍，是最后才慢慢烧完的。

失火的一个多月后,我外出参加一个比赛,不幸在途中遭遇了车祸。因为腰椎受伤,我被迫长期卧床静养。那是我一生中最艰难的日子。在那之后很长一段时间里,我整夜呆坐冥想,在暗处独自舔舐伤口,忍受着时间的无情切割。我觉得自己被那场大火烧成了窟窿,被那场车祸堵住了去路。我委屈、愤怒、焦虑又绝望。

连日积攒的情绪持续发酵,一天深夜,我撕开了伪装的坚强,痛快地哭了一场。我害怕极了,泄气极了,觉得自己被生活击败,被命运打回原形,依旧是那个没有勇气的人。

到现在,我仍然没有成长为一个多么了不起的人,但也没有辜负父母的教育和期望。可以说,我已经是一个内心充满了温暖的人,能从容面对和处理生活中无处不在的尴尬甚至是困境。

读书和写作是安静的事情,是私人化的行为。以我个人来说,它们伴随着我的整个生命过程,让不幸的命运看起来没有那么悲哀。

为什么会用写的方式?从来没有人这样问过我,我也是第一次这般自问。一个人爱上阅读,然后开始写字,似乎是一件顺理成章的事情,心里的种子开始发芽而已。

我出生的寨子,是读书生发的现场,是文学与人生起步的地方,它给了我此生最大的恩惠。作为少数民族聚居区,它有不可替代的独特的地域文化。我们的日常生活，尤其是习俗，自有不同的地方。

长久以来，巫族文化是湘西一个比较鲜明的符号，我们的日常生活多少也会带有一点巫气。随便举几个例子。这里很多地方都有山神菩萨，人们路过时要敬上几根柴，空手过路会肚子痛。端午节涨大水，门口泥塘里的蚯蚓不可随意戏弄伤害，老人告诫说，那是龙的变身。对面山里有犀牛精，后面山里有蟒蛇精……这里的每座山都有名字，都有稀奇古怪的神话传说；这里的人们跟山川风物和平相处，顺从着内心的原始意愿，遵循着古老的自然法则。

随着互联网时代的到来，那种自内部生发的本土文化体系，不断坍塌并糅合构建，我对这个触发无数个体命运的现场感到好奇，时代碰撞中一些正在消失和正在产生的东西，恰好在我们这个时代，恰好在我们身边。

后来，我接触到世界文学，尤其对拉美文学，我有天然的亲切感，并从中找到一种熟悉的气息，一下子就被吸引住了。

在胡安·鲁尔福的书写中，我好似看到了家乡的鬼神，甚至在《百年孤独》《哈扎尔辞典》《午夜之子》《微物之神》等不同作家的书中，我找到了阅读《山海经》《酉阳杂俎》时的感觉，也找到了儿时的生活记忆。

在东西方，在地球的两端，在截然不同的民族之间，原来人类的情感是相通的，对世界的猜想是相似的。我从那些文学作品中，找到跟湘西、跟古道溪类似的、血脉贯通的东西，这是陌生地方的陌生的人类带来的，遥远而熟悉的回响。

我想，在文化交融和民族特色中找到一条有效的途径，摒弃同质化创作，写出生命的各自形态，才是每个读书人、写作者需要面对的现实。

每次回家，车子从乌龙山大峡谷穿过，我望向车窗外，心里总觉得焦灼，不免有一些感叹。这无时无刻不在变化又看似永恒的事物，在每一个亲临其中的人心里，多少会激起涟漪，欢悦和痛苦也就无可回避。

写作，意味着对身处此间的看法和必然会肩负的道义感，这理由当然太过堂皇。你要永远相信，一滴水珠和一棵植物的幸福，只有自己成了那滴水珠、那棵植物才能完全感受，个体的经验永远是独特的，而写作会让人获得这微妙的自由。

我相信佩索阿所言，写下即是永恒。我原本跟世界关联甚少，可一旦把个体经验复述下来，有些东西就会成为我的一部分，随着书写的深入，我对世界的看法也在不断修正。或许我的写作对他者产生不了任何意义，仅仅是疗愈自我的一种途径，让我回到童年时代，回到少年时代，让时光走得慢些。

最后，我也不能免俗地要说一些感谢。感谢《雨花》的编辑向迅老师，此书中的许多篇章最初发表在《雨花》上，也因为向迅老师不遗余力地鼓励和推荐，我才有勇气将书稿交付出版社。

感谢为此书刊印付出十二分辛苦的出版社诸位老

师。我的责编李婧婧老师说我"也是盐粒一样微小但珍贵的女孩",这话看了真让人热泪盈眶啊。得到他人的肯定和认可也许并不难,最难的是卸下那种天生的负罪感和愧疚感,如阴影纠缠相随,终身摆脱不掉。受到李老师热情洋溢的夸赞,我也想肯定自己一次。

感谢在我创作道路上一直关心、鼓励、帮助、提携我的师友们,这名单太长太长,我将永远珍藏在心里。

感谢我的家人,尤其是我的父母,在偏僻落后的小山寨里,他们开明且不带丝毫偏见,始终坚持供我上学念书,培养我的阅读习惯。感谢他们从未想过放弃这个有瑕疵的孩子,我的成长并不匮乏,因为有家人充盈的爱。

最后,我要把此书献给黄叶先生。在我艰难困苦污浊及身之际,是他同其他几位老师将我拉出泥潭。黄叶先生改变了我的命运走向,我无以为报,只能用这种方式表达我的敬重和感激之情。

目 录

第一辑　人间盐粒

老屋手记	003
贩卖好消息的人	033
母思阿巴	049
人间盐粒	068
下脚湾人	083

第二辑　与祖先重逢

来历不明的生活	101
与祖先重逢	112
时间的碎骨	127
水井湾预言	138

第三辑　湘西花儿

湘西花儿　　　　　　　　　157

陷　阱　　　　　　　　　　163

我们喂养的鸟群　　　　　　170

消隐的神灵　　　　　　　　176

虫　人　　　　　　　　　　187

第四辑　良夜寂静

良夜寂静　　　　　　　　　209

祸　水　　　　　　　　　　229

治疗术　　　　　　　　　　248

水上光明　　　　　　　　　268

虚幻的火焰　　　　　　　　276

第一辑

人间盐粒

老屋手记

壹

老亥一家跟祖父母住在一起,房子很旧。右边的吊脚楼搭在土坎上,跟山坡融为一体。它占据了通往后山的要道,我们习惯从楼下穿过。这栋木楼阔大、深沉,气息幽暗,时光寂静。我们喜欢在这里玩游戏,在吊脚楼底打滚,捉迷藏,戏弄下蛋的母鸡,围着房子疯跑。后来,老亥的大伯另建了新房,祖父母随之迁了出去,老亥家最小的姑姑也很快远嫁。房子太老,老亥爸爸决心建新房子。

择一吉日,请风水先生选好屋场,老亥家的新房子就开工了。建房子,木工活是关键。老亥爸爸就是一名年轻的木匠,有着祖传的好手艺。平好地基后,山寨木匠好手聚拢此地,凿孔打檩,车木画墨,随着老亥爸爸日夜赶工。屋场就定在老地方,这里依山傍水、背风向阳。全寨人不分男女老幼,都来帮忙,能做什么就做什么。大家只吃饭,不拿工钱。这些规矩千百年来约定俗成,一栋新房凝结着全寨人的心血。立梁是最后一道工序，左右两边十几个年轻后生赤裸上身，面向站立。听从主事的号令，咿嗨呀嗨，发一声喊，双目瞪圆，嘴唇紧咬，浑身肌肉鼓突。靠着人力，将两排山一样的房梁从地上立起，架向半空。这时，房主家要斟上梁酒，十里八乡的亲友都来送礼祝贺。老亥爸爸杀掉一只冠子红艳的大公鸡，在坪坝一角烧香叩谢祖先。完成祭祀后，两位掌墨师由两边上梁。他们头戴丝帕，扎上腰带，兜里装满梁粑粑和糖果。掌墨师每上一步楼梯，就要唱诵一番。话语讲究，音律和谐，大意是敬奉神灵、祝福和恭喜之类的。两位掌墨师吟唱不歇，最后在顶端跨坐下来，按照祖先延续的古老程序，一丝不苟地执行繁复的仪式。先由老亥爸爸祈愿，再由掌墨师向神灵传达。应答完成，主人就燃放一挂鞭炮，接着掌墨师掏开布兜，朝下摔梁粑粑。坪坝里站满了乡民，抬头眼望掌墨师，发出山风一般的欢呼声，开始疯抢梁粑粑。谁抢得最多，谁最有福气，最有好运。一轮抢完后，老亥爸爸和掌墨师循环进行下一轮应答。这个过程持续十几遍，直到掌墨师将布兜掏空。

那一年，几岁的我口袋里装满了梁粑粑，最后一次目睹了建木房的全过程。后来，我的故乡开始嫌弃木房子。新建的房子，不再是木头做的，而是砖头。大家都认为，建一栋洋房才是最给祖宗长脸的事情。老亥家的房子是水井湾最年轻的木房子，厄运却最先从他家开始。

乡里需要木工的地方越来越少，木匠的生意逐渐零落。老亥爸爸只好给建洋房的人干活，挑砖、和水泥，砌墙。在还没封顶的二楼，老亥爸爸一脚踏空，啪的一声，像一坨烂泥搭在地上。二楼不高，可他的脑门偏偏对准了一块坚硬的大石头，还没等送医院，人就没了。老亥爸爸正当壮年，是家里主要收入来源。一家人抽去了这根脊梁骨，顿时陷入生存困境。老亥妈妈毫无生气，疲惫憔悴，几年来不见笑脸。我每次回家，总看到她坐在屋前阶沿上，呆寂失神。

老亥自小不聪明，无法给这栋木房子增添荣光。成年后，他娶了个跟他一样头脑简单的女人。美竹无法讨得婆婆欢心，同居一室，总是产生各种矛盾。到了女儿上学年纪，美竹拿不出学费来，向婆婆讨要。老亥妈妈回答说小孩子迟一两年读书没什么。她并不关心孙女的成长，她下决心要建一栋砖房，抛弃这栋旧木房的生活。她丈夫当年建的木房子，早已过时了。因年久失修，到处漏雨，加上后山上的树木长起来遮了光，显得阴暗潮湿。有人说房子还闹鬼，老亥爸爸死得不祥，魂魄停留不去，房子里总是发出各种奇怪的声音。几年后，老房已经摇摇欲坠，就要坍塌了。老亥爸爸当初的梁上许诺，也要随之坍塌了。

贰

叫花爷家跟老亥家并排而立，屋檐相距不过一只拳头宽。两家本是宗亲，却总因为房屋界线频发争端。吵得最厉害那几天,据说老亥爸爸都不敢睡在自己家里。他害怕叫花爷半夜拿斧头砍上门来。这不是危言耸听,叫花爷有这天性,寨子里敢惹他的人不多。他年轻时跟土匪混过,悍气浓重,性格暴烈。

叫花爷生有四子一女,五个孩子继承了母亲的好相貌,个个眉眼清秀。但是性格都跟叫花爷差不多,浑身血性,动不动就要刀砍枪杀。叫花爷一家不光是跟外人吵架,家庭内部也是矛盾不断。他们父子每隔一段时间就要爆发战争,牛眼相瞪,持刀对决,不是你死就是我亡。幼时,从那间木房子里发出的各种声音,总是将我们从梦中惊醒。

有一年吵架,叫花爷将三满逼入屋角,二满维护弟弟,急红了眼,操起一把菜刀上前。最后大满和四满也搅和进来,变成父子打群架。事后,三满无法在这栋木房里容身,开始出门闯荡。

为此,这个家庭总是聚少离多。叫花奶奶性格柔弱,一生为丈夫和儿女担惊受怕。吵得最厉害那次,叫花爷就连在旁哭泣的女儿也没放过,将她也赶出了家门。叫花爷众叛亲离,没人明白他为何容不下自己的亲骨肉。多年过去,叫花爷的儿女们纷纷在城镇买房,生儿育女成家另过,成为寨子里最有出息的家庭。然而他们无法谅解叫花爷,跟他的关系始终无法融洽。在老屋里,叫花爷是个孤独的老头,总遭受冷落。

老亥爸爸死后半年,叫花爷也走了。两家积怨很深,说不定是老亥爸爸将叫花爷带走的,有人这么想。

叫花爷素来强壮，从没去过医院。那天他挑着一担粪走在路上，突然倒地而亡。过后不久，叫花奶奶中风偏瘫。因无法自理生活，只好轮流住在几个儿子家。

老屋空下来后，叫花爷的大儿子老牛大满反复做一个梦。在梦里，叫花爷眼睁睁看着房子变成一丘荒土，上面长满了野草。他立即大叫一声，倒地上死去了。

午后，天气闷热难堪。老牛大满赤足坐在岩坪坝里，给我们讲这个做了无数次的梦。他低头，用衣服揩眼睛，吐两口唾沫，呜咽道，这个梦把自己害苦了。老子每在梦中死去一回，他就要大哭一场。

叫花爷死后，他住的老屋就一直孤零零的。老牛大满接走了老娘，任凭房屋独自颓败，从没想过回家看看，检修一番。老屋空了后，一片风开始持之以恒地去掀一块瓦。几年过去，瓦片终于被掀翻了，雨水直接进了屋。慢慢地，窟窿变大。蜜蜂进来结窠起巢，蚂蚁进来啃烂掉的木头，退牯牛在角落里玩倒退。它们从上面进来，白蒿子、糯米藤、阳雀花和地木耳就从地缝里进来。无主的房子，谁没事都想欺负一下，这个道理大家都明白。瓦片倾斜，屋檐残缺，地板塌陷，柱头蚀空。

有一夜，起狂风，落暴雨。我们听得轰隆一声巨响，像个惊雷下到耳边。第二天早起，叫花爷的老屋已经坍塌。杂草遍地的坪坝里，瓦砾粉碎，腐烂的木头像一堆剥落的皮肉，黏糊糊堆在一起。另有几根大木是散架的骨头，翻滚到旁边的阳沟里，被水养着，泡得发白肿胀。不知谁拾得叫花爷的草帽，将它顺手挂在梅李树上。

叁

老亥家后面上去十几米,是一个大坪坝,有三户人家。右边住丫丫婶娘一家,左边两户,住湾湾太太和酒爷。湾湾太太嫁到小溪沟后,生了叫花爷和大姑婆。丈夫逝去后,她跟了酒爷,生下了小姑婆。两位老人几十年来一直分居,一间大房子隔成两间,各过各的,成了两户人。

湾湾太太是童养媳,娘家不详。在我幼时,她是水井湾辈分最大,年龄最大,最让人敬服的老人。她处事公道,为人和善,喜欢照拂后辈。平日里包丝帕,缠裹脚,拄拐杖,顽强地坚守和传承着土家族的古老习俗。她喜欢到我家串门,跟我母亲闲聊。每次听到屋角传来拐杖发出的笃笃声,我就知道她来了。她总是将别人孝敬她的罐头饼干类的食物拿给我们吃。遇到我们犯了错误,母亲要揍我们时,她都会轻言细语劝告母亲,说孩子不能打,只能教。

房子失火后,湾湾太太住进了叫花爷家。叫花爷十分讲究孝道,但他无法跟儿子们处好关系,也无法跟老母处好关系,母子间经常争吵不休。有一次,性格暴躁的叫花爷居然对老娘动了手。湾湾太太八十多岁了,一辈子自尊自爱,挨儿子的打后开始绝食。叫花爷强悍,他的妹妹大姑婆也不比他弱。消息传到她耳朵里,当天晚上就提了把菜刀，摸黑进了水井湾。大姑婆闯进叫花爷的睡房，举刀就是一阵乱砍。幸亏睡在偏房的二儿子，叫花爷才捡回了一条命。二满冲上去阻拦，大姑婆刀锋一带，顿时在二满的眉角边划了一条长口子。大姑婆见伤了侄儿，扔下刀子转身就走。从此兄妹俩结了仇，互相诅咒发誓，老死不相往来。

湾湾太太挨打后没几天，人就走了。

酒爷大半辈子都住在小溪沟王家寨上，同我们一样姓王，却是一个外乡人。年轻时流落到此，同湾湾太太结了婚。酒爷惯着长衫打扮，身量微胖，大圆脸盘，面冷，双目怪异，神情倨傲。跛足，走起路来幅度很大，据说是少年时为躲避土匪，他家里人把他藏在储存红薯的地洞里，不慎跌落时摔断的。酒爷在路上遇人时，从不主动打招呼，只等着对方喊，才高抬着鼻尖，稍稍哼一声算作回答，给人一种降尊纡贵的感觉。

酒爷跟湾湾太太虽然是夫妻，同住一房，却一人居里边的半间，一人睡外边的半间。两个人终年不搭一句话，算是陌路人。酒爷住的半间屋子晴天出太阳，雨天漏雨。没有铺上木地板，尚是冰冷黑污的土地，屋顶瓦片残缺，也似乎从来没有检修过。屋子简陋至极，几乎没有摆放多余的物件。只在东南角垫了四堆砖头，上面支着一个小木床，而西北角的地面上居然长着几棵荒郊野外才有的蒿草。酒爷的房子呈现出谜一样的色彩，既荒凉又怪诞。我们自然感到十分新奇，总是趁他不在家时，趴在屋前，透过粗大的缝隙，朝里面不厌其烦地窥视着。

酒爷是个篾匠,除了过年那几天,一年四季都在外面干活。我们特别喜欢过年,这样可以正大光明地经过酒爷的屋子,去给湾湾太太拜年。一拨孩子从他的房间里走出去了,另一拨接着来了。酒爷总在睡觉,薄被子蒙住全身。好像要把这个节日就这样睡过去,忽略掉。

酒爷是个孤独怪异的老头,我们怕他,却又忍不住暗地里观察他,对他的一切都感到好奇。直到有一年秋后,酒爷住进了我家。我们知道他有两大爱好:一是喜欢喝酒,二是喜欢看小说。所以早早准备好了甜酒、苞谷烧、高粱酒,还特地借来了几本书放在他枕边。父亲每餐都同他喝几杯,再陪他说一些酒话。酒爷很少吃饭,光喝酒,喝得满脸糙色,红晕遍布。小胡须上的亮珠子随着下巴的蠕动而颤抖着,酒爷对此浑然不知。他通常喝一口酒,要说一大箩筐话,还要消耗八九筷子的菜。酒爷说酒话是出了名的,一口酒下肚,他接着就开场了,内容大多是他看过的小说里面的人物故事。但酒爷明显年纪大了,记忆力奇差,虽然爱看小说,却把人物故事记得混乱,错误百出。往往把这本书的内容嫁接到另一本书里去,让人哭笑不得。我父亲深知酒爷的脾气,对他的观点和内容上的错误从不加以反驳、质疑。

我跟姐姐那时已上学,也识得几个字,急于在酒爷面前卖弄学问。酒爷在饭桌上畅通无阻,万万没想到一个小女孩会当面让他下不了台。他愣怔了一下,显得不知所措，木讷地反驳了几句。因我在旁帮腔，酒爷开始语无伦次，接着恼羞成怒，端起一碗酒一饮而尽。一张脸像在熊熊燃烧，几乎连胡子都被气红了。他一巴掌拍在桌面上，怒视着我们，拿起筷子咣当咣当敲碗沿，大声喝问道："你们小孩子懂什么？敢说我错了。"受到震动，桌子上的菜汤便洒了一些出来，弟弟在旁边吓得大哭起来。酒爷这才回过神来，他尴尬万分，脸上神色变幻不定。父母赶紧打圆场，但酒爷还是没能恢复常态，一直讪讪地笑着，最后只喝了一点小酒。如何劝，他也始终不肯把筷子伸向菜碗里去。

第二天酒爷早早起床，在堂屋里干活。刀子按在楠竹上，双手使力顺着纹路往后快速拖动，楠竹便从中被剖成两半，接着是四半、八半。随着清脆的破空声不断响起，一棵浑圆完好的楠竹便在酒爷的手中变成了柔韧纤细的篾条儿。酒爷双手十指各夹一股竹丝，左右交叉，往返编织，不到半天工夫，一个异常精美轻巧的小背篓就在他手心里长出来了。这个背篓，酒爷执意送给我们姐妹。父亲要给他工钱，他坚决不要。

那年，丫丫婶娘家发生火灾，三户房子烧得精光，酒爷从此不知所终。那以后，寨子里很少有人谈及酒爷。我曾几次走到火灾现场去看，一些残砖破瓦之间，野蒿仍然从黑乎乎的地面钻了出来。

肆

丫丫婶娘右上角是她婆家大爷爷大奶奶家。大爷爷是个木匠，会挣钱，家底厚。丫丫婶娘家被火烧了后，大爷爷很快扶持他们新建洋房，搬出了水井湾。两个老人跟幺儿子住在老屋里。幺满总是挑三拣四，到成家立业时一直讨不到姑娘。大爷爷一家急了，托我母亲帮忙到处寻访，后来寻到湖北山界上一个女子。那女子生得好看，心思灵巧，幺满这才点头。结婚后，幺婶一直没生孩子。到处求医问药，仍然不见效果。七八年过去，大奶奶死了心，建议幺满抱养一个孩子。夫妻俩认为不是好主意，始终不吭声。

就在这时，幺满开始信奉洋教。他信的第一个教究竟是什么，也没人说得清。据说信此教后，虔诚的人生病了不用去医院，自己会好起来。米缸里的米永远舀不空，久吃久有。幺满对此深信不疑，你若同他争辩，他说那些愿望没有达成的人全是不够虔诚的缘故。这种反驳振振有词，叫人无言以对。我还记得他来我家传教的情景。年轻的面容上有一种笃厚，激情澎湃，口才十分了得。他对我父母说，三个月后世界会毁灭，到那时，信徒得救，其余人堕入深渊。我们听得心惊，对他的坚定半信半疑。幺满最终痛心疾首，认为我们不可救药。

三个月时间很快就到，世界仍然好好的，这件事不攻自破。一个手臂受伤的人不去医院，天天在家祷告，坚信伤口会自行愈合。后来病情加重，他为此差点丢了性命，送到医院抢救，养了大半年才好起来。另一个信教的妇人，思维杂乱混搅，打破了心理平衡，神经错乱，变成了一个疯子。发病时，她大哭大笑，说自己的儿子变成仙人上天了，过不了多久会来接她。害得她儿子躲在小河里捞虾子，不敢回家刺激她。她还天天骂人，见谁骂谁，骂得丑话让人听了脸红。

幺满既没生病也没发疯，他四处拜访教友，长时间不归家，原来信了另一个教。他的一张脸逐渐平静，不再有激愤和悲喜。后来，他在寨子里有了一些信徒，大奶奶和幺婶也加入进来。他们在河对面新修了房子，搬了过去。但是大奶奶和大爷爷仍然愿意住在老房子里。每到晚饭后黄昏时，我总看见两位老人拿着手电出门。他们在幺满的新房里聚会，一起祈祷。幺满和幺婶心思变动，想要一个孩子。他们尝试了几次，俱没找到合适的领养途径，也只好作罢。宗教成了夫妻俩唯一的寄托。

小云姑姑是大爷爷的小女儿，她是孩子王，长得好看，又聪慧能干。对于生活，小云姑姑有一套自己的小技巧。我还记得她给我示范过洗衣服的窍门，吐一口唾沫在污点上，然后使劲挤压揉搓。她守西瓜时，总是带上一群孩子给她做伴。瓜棚搭在山脚下，十分阴凉。我们整日在里面打牌、玩游戏。小云姑姑十分大方，喜欢下田摘西瓜给我们吃。她划西瓜也不用刀，只使劲朝地上一搭，瓜就裂成好几瓣，各人捡上一块，捧到嘴边就啃。那段时间，贼没偷走一个瓜，却被我们吃下去不少。在我印象中，小云姑姑总是暗中准备自己的嫁妆。她描花刺绣，做鞋子扎鞋垫，还偷偷学唱哭嫁歌。女子出嫁时若不会唱哭嫁歌，会闹出笑话。小云姑姑年纪还小，并未到定亲事的时候，可她担心自己将来出丑，就偷偷提前练习。我是她唯一的听众，一到僻静处，小云姑姑就唱给我听。她声音好，神态拟真，将一个女子出嫁时的心态演绎得活灵活现。我懵懵懂懂，对歌词内容半点不明，却总是被她打动，听得伤感流泪。

小云姑姑为出嫁准备那么久，只是没派上用场。她十几岁独自去武汉打工，后来跟安徽人好上了。大奶奶舍不得小女儿，不允许她远嫁，于是不认这门亲戚。小云姑姑性子烈，她跟人去了安徽，直到女儿三四岁了，才走娘家。安徽姑爷长得普通，老实木讷，大家都说配不上小云姑姑。可是木已成舟，外孙女又这么惹人爱怜，大奶奶一家最终接纳了安徽姑爷。后来听到的消息是，安徽姑爷无钱无能，安徽婆婆太过恶劣，无法善待儿媳，小云姑姑又心高气傲，最后跟了一个河南人，连女儿也没要。同居几年后，大老婆找上门来，小云姑姑才知道这个河南人在玩婚外情。小云姑姑离开这个河南人，遇到了另一个河南人。她跟第二个河南人很快有了孩子，坐月子时她想家，想回水井湾让大奶奶照顾自己，大奶奶一家炸了锅。丫丫婶娘跟外人议论小姑子，认为她见异思迁，品行不端。丫丫婶娘看不惯小云姑姑，始终黑着脸，不时指桑骂槐。小云姑姑受到哥嫂冷落，在娘家待不下去。大奶奶又气又急，心里愁苦，总是唉声叹气。她心疼小女儿，又害怕大儿媳生气，左右煎熬，怄气生病，在床上躺了十多天。一家人对小云姑姑的事情讳莫如深。十年间，我一直在外地，总是断断续续听到她的事情。去年底，小云姑姑终于带着丈夫和儿子回了娘家，所幸丫丫婶娘并没有说什么。小云姑姑依然年轻漂亮，她十岁的儿子眉清目秀，十分可爱，丈夫看起来也是个靠得住的人。小云姑姑带着他们一家家送礼认亲，大家看她的儿子，想起那个早已长成大姑娘的女儿，又是惆怅又是高兴，她的故事算是有个圆满的结局。

大奶奶一家的故事讲完了，可以想象，两位老人总有走的一天。他们离开时，这栋唯一幸存的木房子也将随之远行。小小的水井湾，将很快被满山坡的枞树和楠竹覆盖。

时光寂静，岁月漫长。

伍

舅公是祖母的弟弟，唯一的亲人。年幼时父母早逝，祖母从古道溪嫁入小溪沟，他也被当作嫁妆，被姐姐带来水井湾。老实善良的小溪沟人接纳了舅公，不但给这个外姓人匀出了一勺土地，还帮他在后山坡造出一只小房子。可是祖母过早离世，舅公吃尽人间酸苦，才算勉强把自己养大。他长得过分矮小，据说是因为幼时土匪下山，将他倒提起来戏耍，导致体内五脏六腑颠倒错位，从此不再长个子。他的眼睛也因意外弹伤，无钱医治，接近失明。从我记事起，他就只带着左眼生活。舅公娶了远处一个弱智女人做妻，这个女人很不懂得照顾孩子。孩子生下来一个，丢掉一个，总是养不活。生最后一个孩子时，她自己也亡了。在那个一无所有的年代，人人挨饿受穷，舅公能把刚生下来的婴儿养大成人，真是奇迹。旁人在讲述这对父子的往事时，牵扯出许多惨烈的细节，总让听众唏嘘叹息，流出许多眼泪。

舅公跟表叔相依为命。表叔初中读了一年，辍学外出打工。舅公独自生活，一年有大半时间待在我家。他跟我父亲走得近，我们也很敬重他。母亲炒了好菜，总要叫他来喝一杯酒。逢年过节，也请他在我家里团聚。每次表叔有来信，我们都要在灯下代舅公读信、回信。舅公不识字，却有生活智慧，对乡间法则了如指掌，熟悉礼仪风俗。他会看相，会掐算日子。小辈遇到杀鸡杀猪，什么时辰好，都要请他看一看。在我印象中，冬日的火坑边，我们常围坐一圈，听舅公摆龙门阵。我对文字的热爱和想象最初来自舅公的讲述。他天生具有说书人的本事，肚子里装满各种好故事，那些历史典故和民间传说总是让我们听得如痴如醉。

后来，舅公来我家次数少了，他经常去白水哥哥家。伯娘家柴多，一到冬天，就烧起大火。小孩子都愿意去她家玩，跟白水哥哥、大姐二姐打牌玩。舅公总是坐在一个角落里，烟子总往那个地方蹿，熏得人难受。大家都不爱坐那个地方，但舅公不怕。他眼睛残损，易起眼屎，常年流泪。也许因为只剩下一点点小缝隙，根本不怕烟熏。他不打牌，就听我们在旁吵吵闹闹。有时候，听鬼故事到深夜，我不敢独自回家睡觉，舅公就给我壮胆。他每天待到最晚，等白水哥哥一家也开始睡觉了，他就回山坡上那个小房子。他不需要照明，他的拐杖和手脚在黑暗中十分机敏灵活。

后来我们才知道，舅公喜欢去白水哥哥家，是因为他早有打算。他看上了二姐，想要她做儿媳妇。二姐聪明懂事，勤劳善良。舅公看着她长大，多年来跟伯娘有了默契，两位老人暗中决定了儿女姻缘，谁也不知道他俩心中的盘算。等到窗户纸捅破的时候，我父亲跟两位伯伯都不大赞同。毕竟，二姐的祖父跟我们祖父是堂兄弟，也算是亲戚，更何况二姐跟表叔差了一个辈分。这件事终究成了，两位老人坚持，别人也无法干涉。因为两家离得太近，二姐出嫁时就故意绕着水井湾走了一圈，从家门口出发，从后山坡进了舅公家的门。房子太小，夫妻婚后就出了门。有时候不放心舅公，打电话就流露出要回家照顾他的意思，总被他毫不犹豫拒绝。他希望他们在外边多挣钱，然后离开老房子，离开这穷困逼仄的地方。漫长的日子里，舅公带着独眼一个人生活。他头上常年包着黑丝帕，拄着拐杖摸索行走。由于眼睛不明，又过分节俭，他总是吃腐烂变质的食物，常常在回家途中跌得鼻青脸肿，但他顽强的生命力并没因这些苦难而撼动分毫。他面孔苍老，好像一生下来就是这副样子，从来没年轻过，以后也不可能变得更老了。出门的那条路越来越陡峭狭窄，滑溜异常，正常人走那条路都要小心翼翼。七十多岁的舅公每天在这条路上摸索爬行成了我脑中的印记，挥之不去。舅公的孱弱和苍老就这样到来了。

房子漏雨，到处阴暗潮湿，一些木头也在慢慢腐烂，柱头随时有断掉倒塌的危险。村里在公路边为舅公家特批了宅基地，表叔回家盖了一栋两层小楼，将舅公接离了水井湾。二姐不再出门，留在家里种田。她是个好媳妇，自小在舅公面前长大，对舅公像对亲生老子一样孝顺。洗衣做饭，照顾他夹菜吃饭，怕他孤单，常常邀请村中老人来家里陪他说话。舅公一生孤苦，老来好运，享了三年好福，大家都称赞他眼瞎心亮，找了一个好儿媳。去年，他七十八岁，二姐专门带着他坐汽车到县城。他生平第一次进了一趟城，有了一张身份证。他一辈子没吃药打针，也没有病痛的迹象。三个月后，他身体不适，到医院查出五六种病。似乎知道再无机会寄伏在舅公身上，所有疾病约好时间，一起袭击了这具躯体。

谁都担心老人在外边过世，死后找不到家。大家把舅公从医院里早早接回了家，二姐也及时通知了古道溪族人。大家整日整夜守在舅公窗前，等待接落他在人间的最后一口气。直到外地的侄儿孙辈陆续赶回了家，没有一人遗漏，舅公留存心口的气息才迟迟吐出。舅公走得很安心，他们家终于有了像样的新房子，儿子会挣钱，儿媳妇贤惠，孙儿孙女懂事孝顺。舅公心里有数，知道他这支血脉终于流传下来了。他出生时孤苦伶仃，无人迎接。他离开时，却有众多亲人前来相送。舅公也许并不觉得自己命苦。

老房子空置没两年就坍塌了，一小块荒芜的土地上，鸟雀声繁忙热闹，再也听不见舅公的拐杖声。堆积的腐木上，长满了白色的菌子。我们去后山挖竹笋时，发现楠竹早已跋涉到此地。它们的根系盘踞了这块地方，在地下组建了四通八达的网络，木房子的气息随之游走，很快无声消匿。

陆

白水哥哥死了快一年了。在我们说话时，他的名字还是容易脱口而出。母亲对此不高兴，她认为老是提起一个不存在的人，是种忌讳。可我们无法改变这种习惯。

白水哥哥家是美丽传统的吊脚楼，就在我屋左上角。他的老子是水井湾第一个喝药死去的人。父母都说，那个伯伯最疼我们，什么好东西都要给我们留一点。小时候，大姐二姐和白水哥哥也经常带我们玩。的确，我对他们家一直很依恋，每次在他家玩都赖着不想回家。记得有一次，大人哄我，说把我送给白水哥哥家，让我跟他们住。我信以为真，找了尼龙口袋，马上将我的衣服鞋袜装进去提到他们家。这件事后来成为我的污点，一直遭人嗤笑。

对于那个伯伯，我只记得他死后的情形。可我当时不识得这就是死亡，还一个劲问母亲，伯伯是不是睡着了。他家的门板拆了下来，一头搭在门槛上，一头挨地，伯伯就躺在上面。人人都在哭，我感到迷惑不解。后来我大了些，事情才慢慢还原。伯伯跟人外出做生意，半年后回家，开始神情不对。他时常处于紧张当中，总觉得周围空气里都是敌人，要把他抓走，要害他。那根弦终于绷断。他跟伯娘在地里锄草，突然挥舞锄头朝天大骂，然后转身就跑。伯娘跟在后面下山，到家里时，他已喝下大瓶农药。伯伯死后几年，白水哥哥娶妻，夫妻俩总是吵架，嫂子闹着回娘家。白水哥哥就怄气，关了楼子屋的门，睡在里面好几天不出来。如此反复几次，大家轮番去劝解。我记得母亲去的次数最多，但白水哥哥总觉得活着没意思。伯娘怕了，请来古道溪白家算命先生。算命先生杀鸡画符，连夜作法。算出的结果是鬼魂作怪，是伯伯一直缠着儿子。要想保住白水哥哥，就只好动逝者的躯体。打扰亡人，本是儿孙大忌，旁人虽有异议，但伯娘心意已决。寨子里八字不冲，火焰高，命硬的男人都被请去挖棺木。挖出棺木后，带骸骨一起大火焚烧，这是为了让伯伯魂飞魄散。

那以后，生活一度复原。白水哥哥跟嫂子勤恳劳作，常年外出打工。几年前，他十八岁的儿子第一次出门，遭到女人利用，身上携带大量毒品而不知。一审判决，要坐牢十余载。他去探监，眼里出泪。那少不更事的孩子还安慰父亲，笑说自己在学缝纫，等出狱后就可以给他做衣服穿了。

白水哥哥决心回家建房子，他始终认为老房子不吉利，逃离它的决心十分迫切。他选址、打地基、挑水和泥、砌砖。他跟嫂子花了一年时间，建了一栋四层楼的大房子。疾病就此在白水哥哥体内郁结，他无法剥离父亲的缠绕，也无法逃脱死亡的笊篱。在装修的大半年时间里，白水哥哥厌食、腹痛、日渐消瘦、闷闷不乐。他被绝望灰暗的气息攫住，常常暗中哭泣，把病痛当作秘密扼守。嫂子天性耿直单纯，在白水哥哥的有意掩藏下，对厄运毫无察觉，茫然无知。一场旷日持久的感冒症状让白水哥哥的秘密暴露在恐惧之下，他在小镇医院输液近一个月，回家后仍然没有力气吃饭。别人反复劝说，他才肯去县医院做检查。那时，他应是心知肚明，因为害怕，他不敢证实而已。只是最后，白水哥哥连自己都无法骗过了。我去县医院看他，嫂子陪着他，俩人都神色如故。但没等我问，白水哥哥就把诊断结果给了我。我一眼就看到了那个字，代表着某种绝症的可怕字眼，白水哥哥已被上天判了死刑。那一瞬间，我觉得天是黑的，全世界声息全无。白水哥哥站在那里，显得若无其事。然而，他那么聪明，眼睛一定死死锁住了那个诊断结果。到省城医院，人家不肯收治，医生好心，给了他一些药品，让他回家吃。可是白水哥哥不愿回家，他赖在县医院里，非要住院。医生私下叮嘱，让家人将他的生命按三个月来计算，白水哥哥被迫回家。

白水哥哥比医生预测的时间走得更早一点。有时我想，假如他不知道病情，也许会活得更久一点。他生性敏感，自从查出结果后，绝望比疾病来得更可怕。别人言语宽慰，只能让他笑笑。他可不是那些天然迟钝的愚人，没人能蒙骗他。他的家庭向来由他主导，大小事务都是他说了算。疾病面前也是一样，嫂子和伯娘眼巴巴地等着他拿主意，他被迫亲耳接住医生说出的那个字眼。

伯娘认为白水哥哥不过是病得有点麻烦，还远不足以致命。她到处寻找偏方，熬煮各种草药。白水哥哥连喝一口汤水都要呕吐出来，却对这堆草药甘之如饴。伯娘送来多少，他吃进去多少。我们去看他，几兄妹围在一起，相顾无言。他变得那么瘦，那么可怕。眼睛深陷，脸成了一个尖圆锥，两侧肩胛骨高高耸立。穿的衣服空旷晃荡，他的身体比那件T恤还薄。我们挑着话题，故意说笑，努力调节气氛。但白水哥哥坐在那里，却已失了魂。他嘴里应和着，人好像去了别处。他不敢吹风，害怕感冒，屋里窗户紧闭，空气混浊。我们劝他出去走走，他说自己没力气。他始终情绪不高，大部分时间默然无语，闭口不谈论病情。只有说起在广州坐牢的大儿子时，他才有了一点兴趣。我从未见过如此恐惧死亡的人，却把死亡掩藏得如此巧妙。他一直没说出那个病名，好像那个字眼是诅咒，只要说出，就会立刻应验。所有人都配合着他，死也不说出那个字眼，但所有人都知道这个病是怎么回事。伯娘是唯一不知内情的人，大家可怜她，无法向她开口。这个老妇人，当年没能抓住丈夫，今日也无法挽救儿子。父子俩携手飞奔，注定使她饮尽悲苦。

对于死亡，白水哥哥并没做好准备。他担心老母和不中用的妻子，也担心家里没完成装修的房子，更担心大儿子。他一手一脚修建的房子，还没在里面舒心住过一天。对于人世，他有太多的留恋和不甘心，他无法为即将到来的死亡做准备。在前一天，他刚接到儿子很久以前写来的信。在信中，儿子问候奶奶和父母，希望他们身体健康。也勉励弟弟，希望他早日成家立业。他比以前要成熟很多，他在牢中并未磨灭梦想。他热切地说着打算，说自己表现好，要争取每一次减刑机会，他会提前回家。他的懂事让白水哥哥既宽慰，又更加伤心。他永远也看不到儿子重生那一天了。我们无法满足他最后的心愿，申请让监狱里的儿子出来见父亲最后一面的程序太过漫长艰难，白水哥哥没有等到那一刻。

白水哥哥一直住在镇上医院里输液，他不愿意回家，回家只能等待死亡的到来。他总觉得住在医院里，心里安全很多。对于死亡，白水哥哥没有做好一丝准备，他没留下遗言，也没交代后事。甚至连几个存折的密码，也没对妻子说过。他死在县医院里，按照规矩，他的灵堂自然也不能设在室内。他成了孤魂野鬼，死后也无法入家门。灵堂搭在坪院里，道士先生在做法事，几个子侄辈孩子手持香火，跪在棺木前面匍匐行礼。我抬眼，他的大幅照片悬挂于顶。他才四十出头，面容年轻，眉眼温润含笑，长得那么英俊。谁能想到，命运会如此落幕。

子夜时分，好好的天气突然变了。惊雷一个接一个炸开，雨疯了一般扑下来。雨水积攒在篷布上，压得柱子颤抖，发出吱呀吱呀的声音，马上就要断裂坍塌。守夜的人不得不撤离，退回屋内。很快，灵堂里开始漏雨，棺木上点的几大碗烛火摇摇晃晃。烛火熄灭跟人亡在外面一样，都是对死者极不好的事情。有人不要命了似的，一次次冲上前去看护棺木和烛火。然而，道士先生的法事却无论如何也不能做了。凄风苦雨，白水哥哥独自睡在外面，棺木一角已被雨水淋湿。我站在室内，远远地看着这一切。一堂屋人都站在这里，眼角含泪，却无能为力。谁也阻止不了这场大雨，就像谁也阻止不了白水哥哥的死亡。我们只能把白水哥哥丢在那里，让他一个人孤零零的。早晨埋葬他时，依然暴雨如注，天地不明。我躺在床上，蒙头大睡。睡梦中，人们抬着他，淋着雨水，循着道士先生的锣鼓，将他送去下脚湾。白水哥哥生前受病痛折磨，死后灵魂也不得安宁。命运如此阴险恶毒，令人多么不喜。

白水哥哥死后很久，他家的吊脚楼里还会传来奇怪的响声，像是有人在里面走动、劈柴、生火、淘米。大奶奶从我家过路时，会偶尔跟母亲说一下此事。但是我不信，我家离吊脚楼这么近，从来没听到里面传出白水哥哥的声音。大奶奶说，她是老人，夜里睡不着觉，听力也比年轻人灵敏很多。她的话自然是对的，但是我心里不害怕。

柒

山月只比我小一个月，她是我大伯家捡来的孩子。我们一起玩，一起干活，一起长大。不同的是，她没上过一天学。那时候，农村随处可见女弃婴，大伯娘生了两个儿子后，想要女孩，就捡来一个喂养。山月也由此成了我的堂姐妹。山月得父母兄长宠爱，算是一个小公主。只是大伯娘体弱，没几年就生病死了。大伯接着娶了一个四川女子，小伯娘一口气生了四个孩子。亡了一个女孩，还有两个女孩、一个男孩。大伯因为超生撤职，回家做了农民。山月成了一个多余的人，不光是她，两个堂兄在家中的地位也显得有点尴尬。小伯娘姊妹不多，妹妹远嫁后，娘家只剩下老父，有大片土地无人耕种。我印象中，大伯跟小伯娘去娘家种地，一年中有大半时间住在四川。大堂兄、二堂兄和山月三个孩子在家，除了自己管自己，还要放牛喂猪干农活。每天早上，两个堂兄放好牛后，赶回家做早饭，然后再去上学。为此，他们常常迟到，老师让他们罚跪在碎碗碴上面，膝盖总是扎得血肉模糊。他们很少有新衣服穿，冬天只能穿着没后跟的破鞋子，一双脚长满冻疮，像红肿的萝卜。这个红萝卜又痒又痛，严重到流脓破皮反复结痂。有一次，二堂兄在对面山上砍柴时，不小心用刀背碰到脚后跟，冻疮发作，他痛得倒在地上，打着滚哭喊。我在旁看着，也被他吓得哇哇大哭。这种情况下，两个堂兄上不好学，成绩差得一塌糊涂，没读两年就辍学了。

很多年后，小伯娘的两个孩子在名校读研究生，最小的孩子也上了大学，我总想起两个堂兄，还有一天学都没上过的山月。小伯娘略微识得字，最看重别人的学习能力。她谈到不会读书的堂兄时，总是一声轻笑。谈到自己三个孩子时，眉眼中掩饰不住得意。她笑称，他们家的读书基因都遗传到这三个身上了，那两个竟一点也没沾上。她这么说时，很多人跟我一样，心里非常不服气。

山月作为小很多的女孩子，吃的苦要少些，两位哥哥起初还算护着她。有一年，我们玩时闹矛盾，在白水哥哥家的吊脚楼下打了起来。山月扯我头发，我低头一口咬住她的手腕。她不放手，我不松口，两个人僵在那里哇哇大哭。我的嘴角流出了血，二堂兄飞奔而来，一双手狠狠掐住我的脖子。三个人僵持很长时间，等有大人路过时，我差点窒息而死。山月手腕上的疤痕很久才消除，这是我最对不起她的地方。二堂兄偏心的事情一直让我耿耿于怀，但我及不上山月的地方非常多。用我妈生气时骂我的话说，我除了读书，哪儿也比不上人家山月。她长得好看，白面长身，细手细脚。一个人口众多的大家庭里，身份不明的孩子格外懂得生存的分寸。山月简直伶俐极了，砍柴做饭，洗衣服，打猪草，干活又快又好。印象中，读书是山月的一个软肋，她从不提读书的事情，也从不接触弟弟妹妹的课本。但山月也很好地维持了尊严，她善于炫耀她干活的优势。别人常拿我俩对比，我什么都不会做，总是被嘲笑的对象。

小时候，旁人总爱惹小孩子，说你不是亲生的，而是从哪里捡来的。于是，每每跟爸妈生气时，我就假装自己是捡来的孩子，亲生父母总有一天会找到我，让我扬眉吐气。这种情景后来在山月身上变成现实。那时我们十多岁了，一个男人千辛万苦找到大伯家。他是来认亲的，我们都替山月高兴，认为她也有了后台和遮阴的地方。但这个男人太让人失望了，他又黑又瘦，举止畏缩，神情卑怯。山月不肯跟他回家，当然更不肯开口唤他一声。她始终冷漠、寡言，对这个血脉相连的父亲毫无兴趣。大人劝说半日，山月才勉强答应跟这个男人去那边看下。不到一个星期，山月就回来了，她住不习惯。那是湖北大山中的一个地方，一年四季吃苞谷红薯饭，比我们这儿穷困偏僻得多。我们从她带来的合影上发现，她有个姐姐，还有四个妹妹。令人吃惊的是，除了那个姐姐稍微好看点，几个妹妹不仅难看，五官甚至都有点畸形。山月跟她们相比，气质外貌都有天壤之别，不知是不是水土之故。这种家庭状况，连大伯都很嫌弃，山月从此跟这家人再无联系往来。

我上初中后，山月开始出门打工。一年后山月回家，烫着卷发，抹了口红，穿着皮衣皮裤。她说话带着腔调，一有机会就跟我夸赞外面的世界。她说自己在帮人卖东西，老板对她很好，一点也不苛刻，允许她随便吃店里的零食。后来几年，山月回家的次数越来越少了，我当时一直没弄明白她究竟在什么城市打工。我读高二那年，我妈有一天告诉我，山月死了，喝农药死的。那已经是一个月之前的事情了，我的眼泪止也止不住。我妈叹息，大伯家都认为她该死，就你为她哭了一场。

山月欺骗了所有人，说在很远的外地打工，其实几年来，她一直待在我读书的县城。她自杀后，公安找上门来，叫大伯去领尸，大家才知道真相。原来她被一个男人秘密包养，做了他的情妇。后来被男人的妻子发现，人家找来几个二流子，当众剥了她的衣服，狠狠羞辱了她一顿。当天晚上，山月就喝了农药，她摇摇晃晃走上大街，扑到一辆行驶的车子前，惨笑着问司机，自己像不像一个要死的人。那条街离我所在的学校很近，那个别人后来描述出来的情景一直在我脑中浮现。司机以为自己撞了人，吓得一身冷汗。这个行为让山月多了一条骂名，临死之前还想着碰瓷害人。

大伯的愤怒盖过伤心，长辈们跟他一起去接山月回家，却没人想要向那个男人讨个说法。王家出来的女孩去当人家的情妇，消息传出去后做人都要羞死。这个家族老实本分，素来爱惜名声，而山月让整个家族蒙了羞。有人私下议论，毕竟是捡来的孩子，比不得亲生。他们悄悄将山月带回家，然后趁门前河里涨大水时，将她扔了进去。这条河一路浩荡，经由李家湾入重庆，不出半天，就会落入不知名字的大江大河。他们认为，一个喂养的、下贱的、夭折的女孩子，不配拥有棺木葬进祖坟，甚至也不配住进下脚湾。

山月留存在世的痕迹被抹得干干净净，大家言谈中不再出现她的名字。她就像木房子上的蛛网，只给人带来不便和麻烦，于是命运之神用扫帚轻轻一挑，她就消失了。两个堂兄谈起她时，跟大人一副腔调，只骂她不争气，该死。

有一回我做梦，梦里山月突然跑了出来，她对我哈哈大笑，其实我没死啊，我骗你们的。她神情得意，像一个喜欢恶作剧的孩子。这个梦令我伤感良久。她生前，并不是这么活泼淘气的人，也不是那么沉闷忧愁的人。她总是在不停干活，不见大笑也不见生气。作为一个从小就知道自己是捡来的孩子，没有人知道她心中真正的想法。是不是沉默太久，温顺太久，她才以这么极端的方式爆发出来。她死后，我才后悔，我们有那么多相处的机会，我却从来没想过同她谈谈心。

大伯住的房子是祖父母留下来的。山月死后，两个堂兄相继长大娶亲。他们跟大伯三户人家住在这栋老屋里，老屋被挤得差点内脏破裂，时常发出呻吟声。后来，两个堂兄举家出门打工，十多年没回家。小伯娘三个孩子都在外读书,大伯跟小伯娘搬离出去,在公路边砌了一个简易房子安家,也接着出门给别人养花去了。老屋没人居住也没人管理,一根从后山下来的竹鞭将触角悄悄深入老屋地基中,不断破土发芽,变成竹子从屋中长了起来。接着又奋力顶开楼上瓦片,从房屋顶上穿了出去,看到了蓝天。大伯恋旧,要是回家过年,他总会写一副对联,贴在老屋几根歪歪斜斜的柱子上。大红的条幅显得喜气洋洋,衬托得老屋更加凄清破败,却呈现出奇怪的和谐和安宁,谁会想到这屋里曾经生活过一位命运黯淡的少女。

捌

我家在水井湾最下面入口处。我出生后,水井湾唯余十栋木房子。昔日吃饭串门,屋角喊话,繁荣热闹的场景已变成如今的荒凉和颓败。最上面一栋,与其余房子隔了半个山林,是新建的。那些木头完全没有作为房梁或者门柱的自觉,天真地以为自己还是长在深山里的一根涉世未深的小枞树。因为主人急着结婚做新房,木料还没来得及干透,偶尔还滴落油漆。房子像变色龙一样,善于将自己藏匿在山林,身上的色彩总是随着山林的季节变化而发生变化。害得男主人每次从山下背着化肥农药上山时,总要惶急大喊,房子去了哪里,怎么还没到家?这个年轻人几乎将山下的世界扛在了肩上,所有生活成本都需要他从山下背上来。到第一个女孩子出生时，他终于受不了每天气喘吁吁找房子和远离人世的痛苦。他将妻女带下山，在小镇租房做生意，成了水井湾第一个抛弃木房子的人。

而我们，则是最后一个抛弃木房子的人家。

关于祖父，有人说他性格暴烈，一生愁苦。昔年，他重病卧床，身边只有父亲可供使唤。父亲年少贪玩，每次只准备一大缸水放他跟前，一有机会就跑出去玩。祖父生气，常常大骂之余扔水缸砸父亲。但他应是个情感丰富细腻的人，被生活压榨到单薄如纸的境地，犹自酷爱花草。他在老屋前种的紫薇，到如今，已比胖女人的大腿还粗了。房子周围无数花草和几十棵高大的椿木树，是他留给子孙的唯一财富。

父亲苦难的童年跟他年幼失母有关。王家寨里，谁都知道，我的祖母是一个不幸早夭的妇人。父亲继承了祖父的品质，沉默而坚韧，他绝口不提幼年经历。我只在母亲口中听来两处细节。一是生产队死了耕牛，煮了分食。祖父手拿一钵肉回家，父亲饿得难受，一路哭喊跟随。还有就是他跟两个兄长去挖土，因人小拿不动锄头，坐地上伤心大哭。大伯劝他说："老三莫哭，谁叫别人都有娘，我们没有呢。"祖母死后，祖父缠绵病榻几年后逝去，大伯、二伯和父亲无所依恃，艰辛成长。后来，三兄弟各自成家立业。大伯身为长子，住在祖父留下的老屋里。二伯另立门户，搬到他处。父亲则在全寨人的帮助下，在老屋下大水井前那一丘田里新建了房子,站稳了脚跟。二〇一三年,我家的这栋木房子刚好满三十五岁,被六月里的一场大火化为灰烬。自此,水井湾又一栋木房子完成了它的使命。

这些承载着主人命运的木房子,就像一个古老的时间殿堂,演绎无数悲欢。千百年来,历经变迁,分散,逃离,重建和新生。它们最终的归宿,并不是天然老去。因主人命运的起伏沦落,它们也随之发生改变。或烧掉,或毁弃,或倒塌。到我这一代,随着木房子的消亡,水井湾已被时间的长河逐渐湮没。作为子民之一,我目睹了它坍塌下去的背影,我也有幸在它的版图上描画了淡淡的一笔。

贩卖好消息的人

古道溪白氏一族，干着一份古老的工作，但是现在，差不多失传了。算命师白二，就从一个解剖命运纹路的人变成一个只给明溪镇带来好消息的人。

白二活到现在，凭着贩卖好消息，不耕田种土，不辛劳奔波，也不缺吃少穿，永远活得好好的。白二的摊子支在明溪镇街头东面一个泥水潭附近。在明溪镇人看来，白二大概是天底下最可靠的人，他端坐路口，像一尊最心慈良善的山神菩萨。他的怀里永远揣着一万个好消息，只要你想得到，你就可以花五元钱、十元钱或者更多更少的钱来买走它。白二的笑脸有一种神奇的魔力，使人不得不驻足、流连并信赖他。他不朝任何人走去，但那些哭哭啼啼、双目红肿的妇人，总会受到莫名的蛊惑，朝白二走来。她们知道白二在骗人，他的好消息毫无价值，根本不值钱。但是没办法，有时候她们甘愿受骗，用沾满污泥的指甲抠出那些同样黑乎乎的纸币，双手捧给白二。她们掏出身上唯一的纸币，就为了暂时躲避一些苦难的折磨，享受这片刻的安慰和欢愉。

白二的幸运招来很多嫉妒，那些过不下去的人视他如眼中钉肉中刺，认为他偷走自己的福气。他们想惩罚白二，却不敢明目张胆。明溪镇可是有威严的地方，比如派出所，他们看见就有点敬畏，低头赶路时，没有哪个人不想规规矩矩过日子。

明溪镇不算小地方。古道溪人的祖先搬来此地后，街上商铺林立，医院和学校均已筹建齐全，基础设施大致完善。古道溪人没有对此感到遗憾，他们还有底牌。在衣食住行上没法插手，也许可以进入人们的内心。生活上不行，总归有手段在精神上贴近穷苦的人。这个领域上，古道溪人从不气馁，他们占据绝对优势。

自从白氏家族的某一位壮年男子突然眼盲后，他就变成了另外一个人。他听觉灵敏，能说会道。他善解人意，世事洞明。他拥有一种特殊非凡的本事。当他敲着那支特制的碧绿竹竿，被神牵引，翻越十几里山路，走出古道溪并最终出现在明溪镇街头时，他的前面就已经排着很长的队伍。等待他的人不知有多少，也不知在那里站了多久。这让他震撼，也使他信心十足。他暗下决心，要将这个仅用于生存、仅为养家糊口的行当发扬光大，当作一项伟大的事业让子孙继承下去。这是白家人的财产，也是他们的福祉。白氏家族也该在明溪镇占有一席之地。

那是一个神迹和预言满天飞的年代。从跨门槛先迈哪只脚到生老病死这样的大事，明溪镇人都希望得到算命师的指点。算命师随口一句话就是神谕，人们愿意听从，愿意自己的生活被算命师的光芒笼罩。这个令整个明溪镇如痴如狂的算命师大多时候会嘴唇紧闭,沉默不语。当别人求他开口时,他的语言就像太阳那样热烈炫目,具有鼓动性;像夜空的繁星那样明亮璀璨,具有温和持久的力量。他能让一个陷入绝境中的人看到生还的希望,也能让一颗无土的心脏开出芬芳的花朵。他的手掌紧紧蜷缩,手指从不轻易示人。当他摊开手心时,他的演算能直达人的命运入口,准确地探测出人的命运纹路、悲欢苦乐。算命师时常露出迷人的微笑,再惊慌的人看见他的从容,也会慢慢平静下来。在明溪镇人的心目中,白氏家族第一位算命师是神的代言人,他能指点人们更好地生活。

时间如锋刃,切割无痕,算命师的秘术逐渐式微,犹自一代代传下来。白二出生后,算命师对明溪镇的影响力依然存在。白二那个当算命师的爹几乎每天都有忙不完的活计。白二对他爹的秘术很好奇,他一次次探问究竟。他爹却总是满脸古板,不吐一字。对他爹来说,身揣秘术就像身揣罪恶,人要付出巨大的代价才能窥破天机。白氏家族的人命中注定要做算命师,也命中注定要为此领受厄运。年幼的白二不懂,他爹却希望这一天迟迟不要到来。

白二十八岁那年中秋夜,月盘大得惊人,吞噬掉明溪镇的半边夜空。白二和他爹站在院子里,遥对着月色。他爹迟迟不说话。良久,他爹让白二好好看看这个夜空,最好一次看个够。后头再也没有看的机会了。他爹自言自语,把手里的一蓬草塞进嘴巴嚼起来。白二愣怔一下，突然醒悟过来，明白他爹要用草药糊掉自己的眼睛。他爹跪在地上，嘴巴嚅动有声，绿色的汁液顺着他的嘴角渗出来。

"你要我跟你一样做瞎眼人？"白二失声叫道。

"不是瞎眼人，是算命师。"他爹纠正，声音很平静。

"爹，我害怕，我不敢。我再也不想当算命师了。"

"这是祖宗传下来的规矩，我老了，你也该用它来讨口饭吃了。"

白二这时候才明白，小时候对秘术心存幻想的他是多么无知和愚蠢。

"算命师是你的命运，瞎眼也是你的命运。你都看十八年了，应该看够了。"

"爹，你那时也看了十八年，你看够了吗？"

白二的爹颤抖着声音答道："我看够了。"

"爹，你骗人，你没看够，也有很多没看到。"

"我没看到什么？"

"你没看到娘，你晓得娘长什么样子吗？"

"你娘长什么样子？"

"我娘长得很丑。"

"你乱讲！"他爹的气息乱起来。

"我没乱讲，我娘真的很丑，你要是能看到她，决不会娶她。"白二头一回固执起来，针锋相对，寸步不让。

他爹的竹杖将坪院擂得咚咚响，也许他恨不得将月亮也戳出几个窟窿来。白二最终没有用上那些草药，他在心里甚至也为爹感到可惜和不值。爹要是个明眼人，怎么会娶那么丑的人做妻子呢。而他白二，决不能重蹈覆辙，重复他爹甚至他祖先的命运。白二不止一次地想，他的祖先应该都有一个长相丑陋的妻子。白二记起裁缝家的女儿来，她真好看，比明溪镇任何一个女子都要好看一千倍。白二心里明白，就是裁缝家的女儿阻止他成为一名瞎眼的算命师。就为她，他宁愿放弃家族的使命。

八月十五过去，白二的爹如他所说的那样迅速老去。他再也不是一个合格的算命师。小溪沟农户家丢的牛，他说盗贼向东而逃，最后偏偏从西边找到偷牛娃。马鹿塘马老爷的儿媳妇生下第五个女儿，他还说人家这次一定会生儿子。下脚湾王家的祖坟上长出一片青蒿，白二的爹说王家的儿孙即将考上状元，谁知王家的儿子过两天就高考失利名落孙山。

算命师偶尔出一次错，稍加处理就能悄悄掩盖过去，也不会对算命师的声誉造成影响。再说，就是神仙自己，也有看走眼的时候，这不算什么。可接二连三的事故，算命师纵有天大的本事也没法堵住人家的嘴，消除人家的怨气。不好的消息一传出去，摊前的生意就逐渐冷落下来。白二的爹明白，他的使命已完成，这个算命生涯已经到头，该是退下来让儿子接班的时候了。

白二没有成为瞎眼人，自然也没学会白氏家族的秘术。然而明溪镇不能没有算命师。临行前的晚上，白二跪在地上，求他爹传授秘术。他担心自己算命不成，反而被人撵出明溪镇。他爹哀伤地看着白二，说自己早已两手空空，神早已把秘术取走，他的脑袋里没有留下任何痕迹。一年时间，是算命师的一个安全距离。一年时间，谁知道会发生多少事情，到时候预言成真，人家会说这个算命师算得真准，万一最后大相径庭，顶多会挨一句"这个背时的算命师"，反正不痛不痒。时过境迁，谁会真的吃饱饭没事做来找算命师的麻烦。人各有命数，强求不得。白二能不能成功，他爹表示爱莫能助。

白二的口袋里装着他虚幻的秘术，战战兢兢地上路了。他能看见悬崖也能看见花朵，他能看见云彩也能看见飞鸟。在进出古道溪的路上，他用一双明亮的眼睛行走，没有一点障碍。可他还是感到害怕，他看得见悬崖，却望不到它的底端在哪里；他闻得到花香，却不知道那朵花何时会枯萎；他能跟着那些美丽的云彩一起前行，却不知道它们终究会向哪个方向飘移；他知道自己也算一只飞鸟，却无法预测会不会因为疲惫掉落下来。对于自己的使命，白二心里没有一点底。白二不确定，祖先会不会恼怒他没法成为父辈那样的算命师，而降罪于他。那时，他甚至有点后悔，他的选择是不是错了。他是不是也应该成为一个完美的盲人。白二看得见全世界，可他觉得眼前空旷无物，心里一片黑暗。他只好硬着头皮往前走。

明溪镇人盼望已久的算命师终于又出现了。他们对白二的到来一如既往的热情。至于那双太有神采的眼睛，他们也不怀疑和质问。白二为拥有一双完好无比的眼睛羞愧难当，像贼一样心虚。人们越是不去关注，他就越是坐立不安。一时他想故意做些引人注意的事情，好让别人觉察到他的眼睛。一时他又装作呆滞无神的样子，好在别人面前掩饰他这双眼睛。白二很快就发现，没有人注意到他的眼睛。哪怕它炯炯有神，东溜西走。没有谁当白二是个能看见的人。在明溪镇人心里，算命师的眼睛本来就无须看见，完全不用求证和探讨。明溪镇人习惯太阳东升西落，习惯溪水从高到低，自然也很习惯白氏家族的算命师永远都是一位瞎眼人。只要那个路口不空，那里住着的当然就是一位瞎眼的白氏传人。

最初，年轻的算命师坐在路口，手足无措，紧张得快要晕过去。他眼神明亮，没有付出任何代价，跟祖先之间无法产生契约，自然也不会任何秘术。作为一名毫无准备的算命师，当他坐在路口时，他不得不把自己完全敞开。哪怕四面八方任何一个方向传来一点危险，他都无法抵挡。其实白二也没有多大的野心，只要裁缝家的女儿从他面前多过几次路，将来再用竹竿将她牵回家，他就满足了。

在明溪镇路口瑟瑟发抖的白二，迎来了第一个客人。那是一个眼袋很大，面部浮肿的农妇，愁苦的样子让人不忍。白二看得分明，他掩饰性地咳嗽两声，农妇便顺势站在白二面前。农妇说自己活不下去了，求白二给她指条明路。白二强自镇定，学着他爹的样子，摆开架势。一场大火不知从何而起，自幽暗中生发，将农妇的房子烧得精光。可怜的农妇睡梦中被浓烟憋醒，侥幸逃得性命。可她一无所有,昔日遮风避雨酣睡休憩之所已成一片废墟。农妇淌着眼泪,认为自己活不下去了。

白二恨不得抓耳挠腮,农妇期盼的眼神让他无地自容。哪怕他有万全的心理准备,但在一个等待搭救的弱者面前,脸皮再厚的人也会难受和尴尬。白二不知所措,他的脸涨得通红。

农妇突然扑通一声跪在他面前:"白师傅,求你给我算算吧。我丈夫出门两年,过几天就要回来,到时他一定会打死我。白师傅,求你救救我吧,我该怎么躲避这个灾祸?"

一群人等着看好戏,大家都很好奇,这个白氏新一代传人将如何使用他祖传的秘术,解救农妇于水火中。

白二满头大汗,急得反复宽慰农妇。房子被烧也不是农妇有意为之,她的丈夫只会体谅她,怎么会打她。农妇泣不成声,她不再哀求,她的手一直抚摸腹部,那里隐约有隆起的形状。白二心中一动,急中生智之下让农妇赶快逃走。逃得远远的,方能避开灾祸。农妇跌坐在地,面孔雪白。白二一看,就知道自己已切中要害。他暗自得意,庆幸自己有一双好眼睛。

围观的人见白二不用询问农妇的生辰八字,不用掐指默算,就能随口给农妇指出对应之策。白二不负众望,白家秘术果然名不虚传。观者如潮,无不动容称赞。众人得到意料之中的结果,满足地离开。

初战告捷,白二揩掉额头上的汗沫,心脏尚在狂跳。原来当算命师如此简单又如此凶险。裁缝家的女儿有一个心上人,她求而不得,一次次来找白二。其实她不需要算命,只是爱听白二说一些恭维的甜话,来延续美妙的想象。白二知道自己是替代品,他有口难言,无法表达爱慕和思念。他心中微微泛出苦来,假装自己是那个从未出现的人,才能对裁缝家的女儿说出无数甜言蜜语。这些情意绵绵的话说得那么动听,那么迷人,那么令人沉醉。裁缝家的女儿像一个上瘾者,无可遏制地迷上白二的摊子,她每天来听一遍好话。她娇羞的样子让白二很是动心,白二一度陷入恍惚,但时常想到娇羞的对象并不是自己,便索然无味。

自从接替父亲后,白二就开始反复不停地做梦。梦里,白家祖先告诉他,其实没有人傻到故意弄瞎自己,他们都没有瞎。那个梦很真实,白二从梦中醒过来,冷汗津津。他紧紧盯着他爹,试图从中找到假盲的迹象,但他没有看出任何端倪来。他爹照旧绕不开坪院里的坑洞,躲不掉疯起来乱跑的小猪崽,也时常撞在门前小路边的草垛上。他一次次问他爹为什么要娶娘做妻子,她明明那么丑。他爹说如果不娶她,就没人相信他能算命。白二不得不在他爹面前败下阵来,他暗暗发誓,决不走爹的老路,娶一个丑女人做妻子。

白二喜欢裁缝家的女儿,他猜测人家嫌弃他看不见。"你长得真好看啊",他每次看着她的样子,都由衷赞叹道。裁缝家的女儿扑哧一声就笑了:"算命师,你又看不见,好不好看重要么。"她嘻嘻哈哈,并没把算命师的话放进心里,她只是觉得滑稽觉得有趣,却从不当真。她戏谑的态度让白二一阵心酸一阵生气,他告白的话几次三番被她堵在喉间出不来。他明明长得不算难看,找他算命的人那么多,他也从来不缺钱花。然而她的态度却让自己觉得配不上她,让他莫名生出自卑之心。如果恰巧旁边有人喊他白瞎子,白二的怒火便被瞬间点燃。他暴跳如雷,抓住别人的衣襟摇晃,向人家证实自己不是瞎子。要他仔细看,自己的眼睛比他好,比他看得远。吓得别人大惊失色,挣脱出去,很快就逃得无影无踪。那些人一定不明白,算命师为什么要发这么大的火。明明就是看不见,为什么坚持自己看得见。

裁缝家的女儿最终嫁给乡长的儿子,不再出现。白二好梦难圆,恰似被人抽走脊梁骨,每日萎靡不振,两眼呆滞,倒像真的看不见。有人来找他,他不是哈欠连天,就是语焉不详颠三倒四。这让来者更加惊魂不定,让白先生为难的命运肯定不是好命运。来者不但没有得到帮助和解惑,反而多出一层忧惧和疑虑。白二实在不是一个合格的算命师,心思早就不在算命上面。他整日神游太虚,很想知道乡长的儿子是不是她那个心上人。白二无从寻觅答案,感受到一种命运坠地、人生破碎的痛苦。他想大哭一场,他甚至想给自己也算上一命。然而他心里清楚,那套骗人的伎俩完全帮不上任何忙。

农妇在丈夫归来之日失去踪迹,音讯全无。其夫回家面对满院废墟,遍寻不见女主人,深觉荒谬和屈辱。他花三天时间终于明白来龙去脉,并成功找到白二这个罪魁祸首。这个不幸的男人为妻子的背叛号啕一场,并发誓要用刀割掉白二的破嘴。

早有人给白二带信,要他学农妇遁走,避避凶祸。赶集天,街上的人把白二的摊子围得水泄不通。白二暗暗叫苦,众目睽睽之下,他没有任何转圜余地。农妇的丈夫果真提着一把柴刀直冲进来。白二还算机敏,他跳起来,一下退出去好几步远。摊子上的薄木已被砍掉一块。白二从地上捡起砖头丢过去,准确地砸中对方的脸。农妇的丈夫扔掉刀子,捧着脸呻吟。他额头发红,眼冒金星,眉梢被砖头的毛刺划出一条血痕。很明显,农妇的丈夫处于下风。

白二利落敏捷的闪躲引起轩然大波,众人好似刚刚擦亮双眼,这才看清真相。白二的骗局被当众揭穿,明溪镇人醒悟过来,原来给他们预测命运的人是一个双目完好的人。群情激愤,他们无法忍受白二有一双好眼睛,也无法忍受自己的愚蠢在白二面前无所遁形。围观者愤怒至极,自动选择跟农妇的丈夫站在一起。曾经找白二算过命的人更是生气,觉得自己受到欺骗,吃下大亏。有眼睛的人是普罗大众,是平庸无能之辈,自己的命运岂可受此摆布。只有那些失掉双目的人才配指使他人,他们看不见眼前的路,却看得见心里的路,看不见世上的路,却看得见天上的路。他们的眼睛是神拿走的,神赐予的福报就是让盲者做一个命运的预言者。这个想法根深蒂固,谁也推翻不了。白二无力反驳,更无力抵御汹涌而来的唾骂和嘲讽。他的摊子被众人砸碎。

由于白二在明溪镇至少给十分之一的人指点过命运，也就没有人再来帮他。白二狼狈不堪，颇像丧家之犬。他只好直接弃下摊子，在派出所所长到来之际，于讪笑声中掩面逃离，恨不得双目已被众人戳瞎。

白二羞愧难当，在明溪镇难以立足，便整日闭门不出。他总是做噩梦，梦将他一次次带回那天的场景。梦中，他有一双好眼睛，并因此蒙受责难。白二的爹为了驱使他出门，不得不把祖训摆出来，但白二却想毁掉自己的眼睛。白二的爹不肯帮忙，说白二已经过了十八岁，他的命运不能再由这个古老的规矩来决定。白二的命运只能由他自己来决定，他的眼睛也属于他自己。白二想起裁缝家的女儿，想起世上那么多好看的姑娘。想起她们终将花落别家，他又是心酸又是难过。算命师，是白家行走于世的招牌。他和爹都是白氏传人，他们不敢扔掉祖先传下来的饭碗，哪怕里面空空如也，装不下一粒果腹的食物。白二觉得命运开始就被注定，不管眼睛是否完好，他都将成为一名算命师，不得不承续祖先的遗志。父子俩沉默良久，白二流着泪说："要不，我去双溪坡吧。"白二的爹大惊失色，他嘴巴颤抖几下，最终没有说话。

没有人知道双溪坡的具体位置。人们总是嚷嚷要去双溪坡学秘术，却无法找到真正的入口。双溪坡里有老人会遇人断。任何人从他眼前经过，被他看见面相，他就能断出来者的身份和前世今生。遇人断是一种古老的秘术，掌握这门技艺的人要用身体的一部分去交换。白氏一族的先人为得到这门秘术，不得不变成瞎眼的人。神会拿走他该拿走的东西，双溪坡老人也不例外。传说他无法娶亲生子，一生孤寡。

半年后，白二再次出现在明溪镇。他重操旧业，在原来的位置再次支起摊子。他面白留须，着灰布长衫子，颇有几分仙风道骨。只是那双惹过祸的眼睛，已暗淡无光，不复往日神采。白二认为，最好的安身立命就是遵循古训，从哪里跪下去的，就从哪里站起来。尽管白二故弄玄虚，他的摊前还是聚集大量人群，大家都想亲眼见识一下遇人断秘术。更多的人只是好奇，双溪坡老人究竟有没有将秘术传给白二。可双溪坡遭遇如何，白二绝口不提，众人无从知晓。

这一次，众人万万没想到，白二不再替人琢磨命运，而是变成一个贩卖好消息的人。在他替人算命决断的时候，他战战兢兢、如履薄冰。毕竟那只能愚弄一些傻瓜呆子，明溪镇里大部分人还是精明的，要想从他们手里取走几个钱是一件冒风险的事情。贩卖好消息就不同了，毕竟天底下，任何人都无道理将好消息拒之门外，没有谁不愿意听好话。看不清来路，也无法预测归路。那就安慰安慰那些受苦的灵魂，最好的办法就是转移别人的不幸，然后告诉对方一个好消息。一个好消息就是一剂良药，买走的人将受用无穷。贩卖好消息，白二有自己的诀窍。对于明溪镇人来说，这也许就是白二从双溪坡学来的秘术，它比遇人断更能熨帖人心。

白二将其当一门生意来做，他价格公道，童叟无欺，很快做得风生水起。他的摊子前，开始重现往日的荣光。我妈起初没有从白二那里买回好消息，而是想办法让白二成为我的寄爷。那时，我黑瘦异常，只咽得下米汤。我妈认为我长不大，她急需找到一个给我取贱名的人。那一年，白二开始给身体弱的小孩取名。他成为很多人的寄爷。白二取名字没有讲究，十分随意。作为命名者，他只征求小孩自己的意见。如果小孩听信大人哄骗，说自己是桥下捡来的，白二就为其取名桥生。有的小孩说自己是被大水冲来的，白二就为他取名水来。有的则是石头里蹦出来的，叫岩头。

  白二为我取名坎上，他没有征求过我的意见。他遇见我的时候，已经从一个白面清癯之人变成唇须浓厚、颇有沧桑感的中年人，脸上多少有几分肥胖和油腻。他说，六月初三午时一刻，要小心妹妹从土坎上掉下去。他为我取名，亦是为我消灾祈福。这是白二从双溪坡回来后说的唯一一个坏消息。白二的好消息只会讨人欢心，却从来不准确。他的坏消息第一次说出口就像一个谶语，我的不幸被他言中了。

  我妈对白二的预断不以为然。总觉得白二好好地从双溪坡回来，身上没有不对劲的地方。人怎能没有付出任何代价就学到好东西呢？何况白二从前以骗术闻世，劣迹斑斑。我妈不相信白二仅仅只看我一眼，就能断出我的命运。这一天到来之际，我妈在水井前搓洗衣物，她半真半假地看顾着我，并没有把白二的话放在心上。没多久，她被沉重的家务活压得直不起腰来，就彻底忽略了白二的警告。我轻易溜出她的视线，跟随着一群顽劣的大孩子去攀爬屋后的高山。那是一道隐秘的崖壁，它的高度被边上生长的林木粉饰过半，完全看不出它的凶险。为了让那些大孩子刮目相看，我挤进石头的缝隙，手脚并用，试图从这里翻上去。一只黑色的野猫在我眼前陡然出现，它阴森森的眼神让我惊悸战栗。至今我也说不清那是一只真实存在的山中野猫，还是命运给我带来的幻觉。因为事后追问，除了我，没有谁看见过这样一只猫。我受到惊吓，手脚松软，随即滚下深渊。我的身上到处都有木头砸落的瘀痕，青紫累累。我觉得心脏和全身骨头都被砸碎了，我佯装沉睡，不肯回应我妈悔恨交加的呼喊。我妈绝望之下，拿出家里仅有的钱，去向白二买好消息。

白二说无妨，他当初为我取名，就已给我削减大半灾祸。我这次死里逃生，全因我在坎上。白二最终没有收下那些钱，而我也在三日后成功醒来。我妈从此对白二心悦诚服，做任何事前都要向他讨个主意，哪怕白二从来不给她透漏一星半点机密。我妈到处宣扬白二的遇人断，在她的努力下，人们终于相信白二在双溪坡学到了秘术。然而那又如何，白二十分谨慎，除了贩卖好消息，他拒绝为任何人预测命运。久而久之，整个明溪镇人被白二驯化了。他们习惯白二的好消息，而逐渐淡忘那令人遐思和神往的遇人断秘术。

白二的爹重病卧床时，极希望白二娶妻生子。那是他唯一的遗憾。他心里明白，白二自十八岁时不肯遵从祖先遗训，就已跟他，跟整个白氏家族分道扬镳。他不肯瞑目，在吐出最后一口气时，犹自哀求白二把苗子沟的丑女娶回家。他的妻子亦来自那里。我妈起初热心不已，一心想要为这个恩人找一个好女子为妻。她的标准就是这个好女子必须得比裁缝家的女儿好看，比她贤惠，甚至要比她会生养。因为裁缝家的女儿嫁过去那么久，仍然没有成为一个母亲。要把这几样都配齐，世界上根本没有这样的女子。我妈孜孜不倦，白二的爹含恨而终，白二却冷漠如旧，无动于衷。他已越走越远，跟古老的家规格格不入。当他融入明溪镇街头时，他是一个再正常不过的生意人。

白二说，他的心少了一角。他拒绝我妈的好意，神情异常平静，眼睛里不再横生波澜。我相信白二说的话。因为他在遇见裁缝家女儿时，对那个美丽依旧的女子露出与人为善的笑来，脸上没有渗入一丝悲哀和不幸。

神一定拿走了白二寄爷的爱情，我猜。

母思阿巴

　　古道溪人相信，假如没有这场大雨，天地之间没有任何力量能带走母思阿巴。

　　牧羊人母思阿巴站在对面的山崖上，容色平静，没有悲喜；形单影只，与牛羊为伴。他挥舞着长长的牧羊鞭，为了管束不听话乱跑或者偷吃庄稼的羊群，有时会扬鞭大喝一声。古道溪人听到后，抬眼望望，照旧坐在门槛上抽烟歇息，或者低下头来喝碗中飘香的洋芋汤。直到有一天母思阿巴不在了，他们仍然会时不时听到山里传来一声大喝，仿佛母思阿巴还在那里放牧他的羊群。

　　谁在守羊啊，母思阿巴不是失踪了吗？是嘎惹，有人快速答道。嘎惹是个被阿妈收养的孤儿，没有读过书。他喜欢跟着母思阿巴去牧羊，或听白先生讲一些命运纠葛的故事。母思阿巴不见后，嘎惹接过他的羊群，把他的工作当成自己的事情去做。嘎惹性情快活，少有忧虑，他从母思阿巴那里学会了牧羊，也学会了唱山歌，他唱得一点儿也不忧伤。

　　母思阿巴不是殁于前夜，而是逝于黎明。那是一场没有预报的大雨，突如其来。在黄昏时降落，使黑夜变得如此漫长。雨水如注如倒，从两边的高山上以雷霆万钧之势，异常凶狠地扑向古道溪，灌满整个河道。洪水在狭窄的空间里左奔右袭，咆哮怒吼，犹如困兽，为挣脱禁锢之地，整整折腾了一个晚上，直到带走人命才偃旗息鼓。

这场悲剧似乎早有预兆，山神菩萨通过嘎惹来显露给众人。

独居的白先生一大早就已知晓，河流正在绞杀他的邻居。他站在堂屋前湿漉漉的青石台阶上，盯着对面的青峰白壁发愣。那山崖被水洗了一夜，青的地方更加青，白的地方愈加白。过路的人取笑他，白先生，雨中参禅啊。白先生眉头皱起，嘴巴抿紧，呈现出山民端详不透的孤傲。只有童真烂漫的稚子才能让他稍露玄机。白先生，你在看山里的神仙吗？白先生目光幽暗，喃喃自语，微微叹气。我在看那多出来的东西。母思阿巴走了。说罢，白先生转身，也进屋了，留下不明所以的懵懂嘎惹。

嘎惹略微不安，他在雨水的伴奏中翻来覆去睡不着，天要亮时，才短暂地合一下眼，很快就被突如其来的噩梦骇醒：他跟阿妈在洞山拾捡柴禾，又渴又饿，浑身疲倦。困顿的他顺势坐了下来，四下一看，周围的场景变幻莫测。峡谷底是一个巨大的湖泊，看起来是洞山水库，湖水碧幽清澈。一个人躺在湖底，一动不动，脸色苍白，眉眼紧闭，嘴唇乌青。他是死了吗？嘎惹突感怖栗，锐声尖叫起来，认出那人是母思阿巴。阿妈显得更害怕，畏惧着转过头去，呵斥嘎惹赶紧闭上眼睛别看。嘎惹却把眼睛睁得越来越大。

身边的人换成了母思阿捏，她正在垂头啜泣，一直哭到呕吐。她用双手捂住嘴，慢慢抬起头来。嘎惹猛然发现，原来是母思阿巴在哭泣。阿妈什么时候走了，母思阿捏什么时候不见了，母思阿巴不是在水里吗？他惊疑不定，又看向湖底，母思阿巴还是躺在那里，一动不动。回头看，身边还是母思阿巴，不是阿妈也不是母思阿捏。怎么有两个母思阿巴，一个孤独一个悲伤，他迷惑不解。身边的母思阿巴停止哭泣，用手擦擦嘴角，居然冲着他狡黠地笑，好似要变出一个戏法来。嘎惹，你好好放羊，我走了。说完，母思阿巴变成一只巨大的黑鸟，扑扇着羽翅，朝对面的山林飞走了。湖底的母思阿巴像一条原本沉睡的鳝鱼，翻转着身子挣扎两下，也消失不见了。母思阿巴，母思阿巴，嘎惹感到撕心裂肺的疼痛。他意识到这是母思阿巴想要告诉他什么，便伤心地喊叫起来，试图挽留他唯一的朋友。

这个梦让嘎惹惶恐不安，心脏怦怦直跳。他担心母思阿巴，却不敢告诉一心干活的阿妈，她只会骂他胡说八道。他到白先生这儿寻求帮助，全古道溪，也只有他才有闲工夫耐心温和地对待孩童。可白先生的话让他更迷惑了。他说对面山上多了东西。明明少了点什么。少了母思阿巴和他的羊，还有牛。

母思阿巴和他的羊，还有牛，像三脚岩上悬挂的古老歌谣，终日在石壁上飘荡不绝。每日清晨上山，黄昏时回家。风雨无阻，雷打不动。他在那里时，你不觉得他多余突兀。他不在那里时，你也不会第一时间就觉察出异样。

除了白先生和嘎惹，母思阿捏最先知道母思阿巴不见了。这个老太太是母思阿巴年已六旬的姐姐，自从独居的母思阿巴过完去年的生日后，母思阿捏就时常撇下自己的儿孙和家庭，从五公里外的张母沟来到古道溪，非要陪伴这个比自己小不了两岁的弟弟。

即便这样，也难以避免悲剧的到来。母思阿捏起床后，照常没有看到母思阿巴。她不以为意，往日这个时候，母思阿巴早上三脚岩放牧了。三脚岩就是寨子对面的三笔山峰，呈鼎足之势，高高耸立。母思阿捏朝对面望望，没有多想，她开门放鸡放鸭，用脸盆从谷仓里舀出半盆苞谷，撒在坪坝的泥土中，等它们来啄食。母思阿捏在边上安静地看了一会儿这些生龙活虎的家禽，感觉十分陶醉。她用篦子梳头，满头银发纹丝不乱，在脑后紧紧绾起，再用丝帕包好头。做完这一切后，她终于疑惑起来，耳边不断传来羊群的喧哗吵闹声。

从母思阿巴的房子东头直走十米，再拐过一道弯，就是母思阿巴的羊群栖息地。那是一栋废弃的老仓库，前面一大块空地，用结实的木料和山藤捆了栅栏，圈出一片活动区域。此时，母思阿巴的羊群在里面乱成一锅粥。天已大亮，而主人并未按时放它们出圈觅食。羊群集体慌了神，不安分的叛逃者已把一双前蹄架在栅栏的缝隙里朝上攀爬。

饿急杀了，挨千刀的。母思阿捏骂起人来头头是道，毫不客气，更别说骂羊了。她一边骂羊，一边朝河边跑去。河水已消退些许，但从岸边老坎上冲刷的痕迹来看，河水曾经漫上过堤坝。堤坝上摆放着被雨水打湿的草鞋，母思阿捏认出那是弟弟的鞋子。她的心不由得有些发紧。

夏季天热，母思阿巴放牧归来，把羊赶进羊圈后，没有将牛关进栏中，那里闷热潮湿，牛虻密密匝匝，个个疯狂，吸起血来毫不留情。母思阿巴不舍得让牛受苦，在河边为它寻了个阴凉舒适的临时居所。他将拇指粗的长绳子一头系在牛鼻子上，一头系在河坎的枫香树上。牛便整个晚上都在清浅的河水中浸泡纳凉，怡然自得。

牛在河边哀鸣，它站在河对面一块略微凸起的地方，退无可退。河水没过它宽厚强壮的脊背，它的尾巴只能徒劳地在水中划着圈，像驱赶牛蝇一样，费力地弹起，再无力地落下。尾巴制造的动静在轰轰隆隆的流水声中微不可闻。牛把头高高抬立，洪水在它的脖颈处织了一圈围脖，又打着漩涡快速离去。牛全身毛发濡湿，一双大眼睛泛红，眼泪汪汪地看着母思阿巴。

在古道溪，嘎惹几乎没有心事，平时一挨枕头就能进入梦乡。下雨的夜晚，本来凉爽怡人，异常好睡。但嘎惹躺在床上，辗转反侧，难以入眠。这种鲜少出现的情形让他苦恼，他不知道自己究竟是怎么了。好不容易挨到天要亮时，才合上眼帘，又从噩梦中惊醒。嘎惹从床上爬起来，没有惊动阿妈。他顾不得拿雨具，就朝河边跑去。在黎明前的黑暗中，除了雨声和哗哗的流水声，四周一片寂静。整个古道溪浸泡在水中，田里的水漫过田埂，路在水下隐约露出模糊的曲线。嘎惹一心想着母思阿巴，他在白茫茫的田野上朝前飞奔，踩得水花噼里啪啦四下飞溅。

有脚的还在，包括河岸两边的水草杨柳，根部被强大的水流洗刷得发白透亮，枝叶零落，垂头丧气。还有系在枫香树上的牛，经过洪水一夜猛烈的冲击，显得惊魂未定。此时，睁着一双泪眼蒙眬的大眼睛，看见来人就抬头哞哞叫，无比委屈的样子。无根的都被冲走了，包括堆积的枯枝朽木，扔掉的衣物和食品袋，小孩的尿不湿和杂七杂八的垃圾，烂在河中央的泡桐木，放在河沙上的背篓和农具。母思阿巴千万不要有事，嘎惹的心里闪过不祥的感觉。他浑身发抖，哀求着，不停地祈祷。

牛啊牛，你看见什么了？我看见母思阿巴被水打走了。他戴着斗笠，披着蓑衣，脱掉草鞋，没有任何犹豫，跳下河，奋不顾身地朝我走过来。母思阿巴没有高大强壮的身躯，还没走到河中间，洪水就没过了他的胸部。冲击的力度太大，一个趔趄，他摔倒了。他在水里挣扎了两下，想要站起来，可是还没等站稳，就又倒下去了。人力微小，根本无法与强大的水流相抗衡。母思阿巴的整个身子被瞬间吞噬，只有一双手勉强露出来，在黑沉沉的河面上慌乱地摇晃了几下，很快看不见了。洪水有滔天之怒，母思阿巴没有方舟可渡。猝不及防之下，他只能搭乘一些枯枝败叶，随波沉浮，在无人觉察之际，去了死门或是未知的远方。

在河边一无所获的母思阿捏并不死心，她从村东头一家家问询，你们看见母思阿巴了吗？人家摇摇头。她就哭喊，这背时的化生子，他一定被水打走了。说完就大哭起来。到了另一家，她又如此问道。一直问到母思阿巴旁边的白先生家。她哭喊起来，白先生啊，倒不是在问他，而是在报讯，白先生啊，母思阿巴被水打走了。

白先生讲究生活品质，常常耗费心思侍弄房子周围的花草。他爱用一种细长、韧性极强的草来预测命运吉凶。母思阿巴的羊觊觎他的草，有时候不注意，会越过院坝跑来偷吃。白先生不高兴，虽没说什么，但是脸色阴郁。母思阿巴不费吹灰之力就看懂了白先生的意思。他从此严加管束自己的牛羊，绝不让它们越雷池一步。他自己更是带头执行，再也不进白先生的家门半步。哪怕是过路，也要远远绕开了走。母思阿捏知道弟弟性情古怪执拗，他是绝不会到白先生家里来的。问到这里时，她心里已经肯定了那个结果。不等白先生答复，她就坐在地上号啕起来。

嘎惹一直坐在河边，望着奔腾不息的河水发呆。直到天色大亮，早起的人们四下活动，他才怏怏而归。嘎惹把希望寄托在白先生身上，也许白先生会告诉他，母思阿巴的命运究竟如何。白先生说得没错，对面山崖上确实多了一个什么东西。嘎惹很快就发现，那是一只硕大无朋的鸟，全身黑羽，尖喙利爪，遒劲有力。它贴着崖壁飞翔，倏忽而来倏忽而去。它在那里来回盘旋了二十多圈，才慢慢消失在山林之中。只留下湿漉漉的爪印和几根黑色的羽毛。那是母思阿巴的灵魂。白先生已对邻居的命运了然于心。等到母思阿捏寻来的时候，白先生头一回那么认真，他充满同情地告诉母思阿捏，应该沿着河流去找。这会儿母思阿巴应该去得不远，运气好的话，说不定还能留下点什么。

母思阿捏方才醒悟过来，又朝河边跑去。这时候，整个古道溪都知道了母思阿巴的遭遇。上坡的不想上坡，煮饭的无心煮饭，连孩子都不再睡懒觉。大家纷纷放下手中的事情，朝河边跑去。嘎惹跑在最前面，他想起那个梦境，忧惧惶恐，好像都是因为自己做了不好的梦，才给母思阿巴带来如此的厄运。

"母思阿巴、母思阿巴"，大家沿着古道溪朝下游走着。一边走一边喊。除了哗哗的流水声，没有人听到母思阿巴任何回应。机灵的人带着长篙，遇到河中可疑的东西或者衣物，就用长篙拨一拨。可惜这些都跟母思阿巴无关，他什么也没留下。

母思阿巴真是个傻子。那还用说，他要是个正常人，就不会有此一劫。古道溪人叹息道，认定母思阿巴凶多吉少。他那是泥菩萨过河自身都难保呢，偏还要不自量力去搭救牛。牛可比他牢靠多了，哪怕整个身子泡在水里，以牛的体重骨架，河流也不可能轻易把它带走。等到水小了，再去牵牛也不迟啊，牛命哪有人命珍贵呢。只有嘎惹懂得母思阿巴，他一刻也等不了，就算牛不会被冲走，可淋着雨泡着水也不行。母思阿巴自小孤僻，不善于跟人打交道，只喜欢跟牛羊相伴，把它们当成朋友。哪怕为此遭遇不测，也舍不得让朋友受苦。

抱怨归抱怨，跟一条人命比起来，这都不算什么。古道溪人发了一阵牢骚之后，还是希望母思阿巴没有走得太远，还在某个地方侥幸活着。他们找了整整一天，沿途不断有人加入，到最后，那支队伍已经变得非常庞大。有公路的地方，他们骑着摩托车，速度远远快于流水的速度。没路的地方就慢得多，为了追赶河流，跑得上气不接下气，连话都说不上来。体力好的人走在前面，把体力不好的人远远甩在后面。像跑一场马拉松，队伍稀稀拉拉，拖得老长。母思阿捏年老体弱，落在队伍的尾巴上。她几乎挪不动步了，泪水随着脸颊不停地往下掉。后面慢慢地，连眼泪也流干了，她茫然而机械地朝前移动，甚至忘记朝河里看。

古道溪河发源于洞山，无数山泉汇聚成潭，在地势低洼处形成水库。水再由堤岸慢慢沁出，随着山势从深涧里摔落下去，朝谷地村寨缓缓流淌。古道溪人收纳涓涓细流，拦河筑坝，形成河道。只有到源头你才会惊奇赞叹，杯碗大的水源地，拇指粗的小溪流，会变成波浪宽的大河，最后入海。古道溪河不足五米宽，却长得没有尽头。

母思阿巴的亡魂不知顺着流水漂向了何处。他们沿着河流寻找，一遍遍呼喊，然而徒劳无功。一个人顺着河流最终去向何处，没有人说得清楚。到天黑时，人们终于跑不动了。古道溪河早已不叫古道溪河了，它也许叫明溪，叫白河，叫大溪，叫漫水，叫酉水。它只是某条大河的其中一个源头而已，后来再叫什么，谁也不知道。那河变得宽敞和缓，变得深不可测，变得神秘陌生，变得险象迭生，变得危机重重。早已远远溢出了古道溪人所知的边界，他们不得不停下来。这时候，连他们自己都糊涂了，到底是在寻找一个丢失的人，还是在追逐一条自由奔放永无尽头的河流。

母思阿巴的失踪，嘎惹比任何人都要伤心。在古道溪人眼中，母思阿巴是个除了牧羊放牛什么也不会的傻子。一个活了五六十年，家产除了一群羊和一只牛外什么也没有的男人。善良的古道溪人同情他，却谁也没把他放在心上。整个古道溪，除了他的牛羊，只有嘎惹跟他是真正的朋友。没有进过学堂的嘎惹，为躲避严厉啰唆的阿妈，整日跟母思阿巴厮混在一起。起先，母思阿巴不理他，冷落他，排斥他。然而嘎惹有无数种办法接近母思阿巴，他用孩童的天真良善，质朴热忱，锲而不舍地追随着母思阿巴，最终打动了母思阿巴。嘎惹和母思阿巴互为对方唯一的知己朋友，一个不把对方当作浅陋无知的孩童，一个不把对方看成痴愚蠢笨的傻瓜。

母思阿捏担心弟弟挨饿受冻，离开自己无法生存下去，即使出嫁多年，她时常偷空跑回来照顾母思阿巴。然而，她的顾虑是多余的。母思阿巴喜欢山，痴迷山。除了必要的吃饭睡觉，一直待在山里。很多时候，他连吃饭也不回家，就在山里摘一些野果挖一些甜草根果腹。山里多的是无穷无尽的宝藏，养活了无数飞禽走兽花草树木，再捎带养养母思阿巴，毫不在话下。

嘎惹跟着母思阿巴，见识大山的瑰丽神奇，了解许多未知的事物，到达险峻丛生的地方。竹杖草履，蓑衣斗笠。结伴而行，逆溪而上，至山之最深处，终达水之源头。亦不过浅浅一碗琥珀，盛放在莽荒之地。掬一捧入口下喉，冰肌冷骨，如当头棒喝、灵台清明。周围箭竹遮天蔽日、密不透风。草长莺飞，杂花生树。有枯枝败叶，亦有生机无限。复而上山之巅，则是另一番风景。绝顶凌空处，眼前身后十万大山，匍匐逶迤，纵横交错，生生不息，绵绵不绝。它们是远古神祇，又是预言未来的先知。嘎惹在母思阿巴的鼓动下，在山中咆哮了数十声，得以消心中块垒，顿觉畅快无比。但凭指点江山、激昂文字。耳边有山风呼啸，鼓瑟吹笙。

他们喜欢用手捧山泉水喝，用削尖的竹签掘葛根，用芭蕉叶包裹烧熟的野红薯，用桐树叶装摘下的野果。他们也玩游戏，闲暇歇息的时候用木棍为蚂蚁搭桥，用细藤为山麻雀筑巢。母思阿巴教嘎惹如何伪造陷阱，如何躲避野兽，如何识别药材，如何攀爬悬崖，如何在雨来时寻找石窟避雨，在挨饿时快速找到食物充饥。如果说母思阿巴在山下是一个被人瞧不上眼的傻瓜，山里的他，就是一个无所不能的异人。

山里的东西随取随用。嘎惹穿着母思阿巴用青竹编的斗笠，用棕叶编织的蓑衣，用稻草秸秆做的草鞋，行走在高高的山岗上。有时候，嘎惹也学着母思阿巴，赤脚走在茂林里。要是踩着草木初生的芽尖，脚底就会传来一阵刺痛。嘎惹痛得龇牙咧嘴，哎哟大叫。母思阿巴却似乎感觉不到痛，对足下传来的动静毫不在意，偶尔还会笑话嘎惹。他的脚底早已有一层厚厚的肉茧保护，任凭沙砾荆棘，也不会被伤害。嘎惹总是兴致勃勃地跟在母思阿巴的后面，对山里的一切事物充满了无穷无尽的好奇心。他有数不清的疑问，但没有什么能难倒母思阿巴。只有在嘎惹面前，母思阿巴才像个智者。尽管大多时候他用沉默作答。

最让嘎惹叹服的是母思阿巴的山歌。古道溪人到了山里，就一定会唱山歌，渴了饿了累了感到孤独了，山歌是慰藉人心的最好良药。母思阿巴通常到了毫无人烟的深山里才会轻启歌喉。他从不跟人对唱接唱比赛斗歌，也从不在有人的地方唱。除了羊群和牛，还有嘎惹，谁也别想轻易听到他的歌声。一副绝妙的喉咙，异常优美的声腔，宽广浑厚的音域。歌声轻轻地滑出来，又轻轻地落下去。像洁白蓬松的云朵，落在羊群身上，飘向山花野草，挂在高高的树巅；像惊飞的鸟，搅乱五彩斑斓的阳光，噗啦啦地洒遍林间；像山涧上悬挂的瀑布，无数耀眼清亮的水珠，熠熠有光，碎玉溅地；像天鹅的羽毛，飘逸温柔，轻轻地淡淡地拂在山神的耳朵和脸颊上。

母思阿巴唱歌的时候，山林是寂静的，万物有灵，时光静止一般。牛羊傻呆呆地看着主人，忘了低头啃草。嘎惹的心总是变得异常柔软，痒痒的，又觉得十分悲伤，说不出来的悲伤。他想笑，又想哭。母思阿巴的歌声明明那么动听，那么悦耳，那么轻快。嘎惹却能听出歌声里的痛苦和相思，那是孤独者的歌声，也许母思阿巴藏着心事，或者装着什么人。嘎惹似懂非懂地想。

母思阿巴在寨子里活得像一个白痴，可在山里，却如鱼得水。好像他把全部智慧都贡献给了大山，再也没有余力应付山下的日常生活。母思阿巴是嘎惹眼中的山里神仙，是山中王者，与山融为一体。嘎惹清楚，母思阿巴就算一辈子住在山洞里，他也会活得好好的，绝不会有性命之忧。永远不会出差错，永远不会有意外，永远过着外人难以揣测的山野生活，不会戛然而止，不会骤起变故。连古道溪人也认为，母思阿巴终日与山做伴，天下再也没有别的力量能够带走他。

母思阿巴被河水打走，只是他们的猜测，凭着岸上遗留的衣物，还有河对岸的牛。本来应该最清楚母思阿巴去向的母思阿捏，在面对这场不幸时，甚至说不出任何有力的线索。她睡得迷迷糊糊之际，隐约感到母思阿巴在隔壁的房间里传出来动静。她听到他好像打开了门，准备出去。她被迫中断梦境，含混地问了一句。母思阿巴似乎说了一句关于牛的什么话。下大雨了，去看看牛。牛能有什么事，淋淋雨又不会死。母思阿捏认为弟弟把心思都用在了牛羊身上，真是小题大做，多此一举。她既没有听清楚，也没有多想，翻了个身，很快又睡过去了。此时，在众人的追问中，母思阿捏又着急又内疚，完全说不清楚母思阿巴起那么早，究竟做什么去了。没有照顾好可怜的弟弟，让母思阿捏自责万分。她捶地大哭，暗暗埋怨山神菩萨没有保佑母思阿巴。

活要见人，死要见尸啊。母思阿捏拦在众人面前，一边哭泣一边苦苦哀求。大家允诺，会暂时放下手头的活计，再去寻找几天。嘎惹随着众人沿着河流追赶了一天，空手而归。众人都已抱着母思阿巴被河水打走、早就葬身鱼腹的想法。只有嘎惹，连夜返回古道溪，在天将黎明之时，心中又燃起新的希望。

第二天，依然没有发现母思阿巴的任何痕迹。众人倦怠疲惫，只是沿着河流默默行走，像为了应付自己的良心而在例行公事。只有嘎惹一直在喊，喊母思阿巴，喊老汉，你在哪里，你快回来。起先，嘎惹喊不出口，觉得羞怯难堪。好像这么一喊，他跟母思阿巴之间隐秘的友谊就会大白于天下，会带来轻视和嘲笑。可白先生说，喊魂要使劲，才会让母思阿巴迷途知返。随着河流走远了，他的魂魄也许再也找不到回家的路。到这时，嘎惹也顾不上别的了，他越喊越动情。喊到后面，已经忘乎所以。嘎惹的声音那么凄切悲怆，远远超过了一个孩子可以承受的悲痛程度，让人听得肝肠寸断，让那些心慈良善的古道溪妇人跟着落泪。

嘎惹回想起过去种种，不禁泪流满面，哭得喘不过气来。他在喊父亲，把母思阿巴当着父亲来喊。嘎惹发现自己那么热爱依恋母思阿巴，像热爱依恋一个父亲，虽然他从没有过父亲。母思阿巴走了，就是父亲走了，他又变成了一个孤儿。他一生中只有一个父亲，只有这一次父亲。哪怕是他受到别人欺负了，哪怕是喂养他的阿妈打骂他了，母思阿巴往往从黑暗中冲出来，像一头野牛，像一只雄狮。他单薄瘦小、稍微驼背的形象，鬼鬼祟祟、悄无声息的样子顿时变得光芒万丈，变得高大豪迈，变得英雄气概。跟嘎惹想象中的父亲一模一样。

一个好端端的人怎么说不见就不见了呢，更何况那个人是母思阿巴啊。嘎惹望着河流两岸巍峨高耸的古道溪群山，痴痴地陷入幻想之中。他失魂落魄，不吃不喝，不声不响地坐在河边，抚摸着母思阿巴的草鞋，看着早已平息了怒气、缓慢流淌的河水。他从母思阿巴被水卷走后就开始幻想，他看见母思阿巴一次次被水撞倒，又一次次从水里站起来。母思阿巴走向他，湿漉漉地走向他，笑容满面地走向他。

在母思阿巴失踪的地方，母思阿捏听从有心人的建议，将一些零碎的纸币撒在路边，盼着贪财的人捡去。但是，撒在地上的钱一般没人要，连小孩都知道，那钱带着祸患，看见了都远远避开。母思阿捏天天夜里悄悄去查看，那些钱还在那里，和着雨水香火灰，冷冷的。她特别失望，长长叹气。这是做缺德事，但为了弟弟母思阿巴，就违心去做。做的时候就很心虚，除了自己,其他人都不告诉。偶尔,在原处没看到钱,她就一阵狂喜,以为母思阿巴终于解脱厄运,回归他喜爱的山林了。但一会儿她就知道白高兴了,心情一下来了个大转换。那钱只不过被可恶的风吹到另一个地方而已。没人傻乎乎去捡厄运,除非那人不知道。母思阿捏明白这些,也没指望古道溪人去捡。她把钱撒在路口,装作无意丢失的样子,盼着有外乡人路过。把厄运转嫁给陌生人,她的心里会好过点。

古道溪人心知肚明,知道母思阿捏在装神弄鬼。只有嘎惹很想去捡那个钱,他头一回那么长时间没有见到母思阿巴,而且他知道,以后也见不到了,永远也见不到了。他太想母思阿巴了,太想知道关于他的任何信息。为了母思阿巴,他愿意去捡那些纸钱,哪怕厄运缠身,他也愿意。只是嘎惹刚一转动念头,就被阿妈看出来了。她没有再像往日那样打他骂他,只是放下农活,坐在家里对嘎惹严加看管,甚至禁止他走出房门。白先生也不赞同嘎惹的想法,他认为那不是一个好主意。母思阿巴既然走了,活着的人就该放下关于他的一切,继续好好活着。

母思阿捏见钱打发不走,就想到了另外一个办法,把母思阿巴的斗笠、蓑衣和草鞋摆在路口焚烧,一边烧一边流泪,唤着母思阿巴的小名,说着一些哀求思念的话。据说这样做很灵验,亲人的苦苦诉说会随着灰烬化为青烟,找到四处飘荡的亡灵,好叫母思阿捏依靠冥冥之中的线索得到弟弟的下落和归宿。但是毫无用处,母思阿捏没有得到亡者的任何信息。她不死心，又访仙寻佛，烧香问卦，甚至连山神菩萨都被她搅扰了好几次。母思阿捏尝试着找到一切有用无用的方法。直到最后，白先生制止了母思阿捏那些荒唐的行为。失去弟弟的母思阿捏终于病倒了，她伤心地离开了古道溪，回到自己家中。她把母思阿巴的羊群交给嘎惹，只带走了那头无辜的牛。

没有人可以永生，除非他是神仙。看到伤心不已的嘎惹，阿妈把他抱在怀里轻拍着，头一回如此温和地安慰他。为了嘎惹不再痛苦下去，阿妈以老迈之躯，亲自带着糍粑和煮熟的猪脑壳，攀爬了大半天，前去洞山拜祭山神菩萨。白先生大方打开了坪院的篱笆墙，似乎不在乎嘎惹的羊群会不会去吃他的草。他只是告诫嘎惹既不要轻易再去出事的河边缅怀朋友，也不要对母思阿巴的远行感到悲伤和遗憾。

白先生的话往往让人信服，嘎惹认为自己应该振作起来。母思阿巴性情古怪，内向自闭，从不跟人打交道，更是一辈子都没有走出过古道溪。假如死亡真要降临在每个人身上，就算是母思阿巴也逃不过。那么死于水中，让河流带去远方，虽然是一件痛心难过的事情，却也是命运对母思阿巴最好的安排。不是古道溪人抛弃了母思阿巴，而是母思阿巴逃出了古道溪，这一生第一次离开古道溪。他离开得那么干净彻底，那么迫不及待，甚至在梦里，才想到跟唯一的朋友告别。

母思阿巴失踪后，嘎惹一连三个晚上梦见白先生说的那只鸟，那是一只他从未见过的黑色大鸟，似乎在母思阿巴走之前的那个夜晚他曾经也梦见过它。鸟的眼睛似曾相识，既深沉又忧伤，欲言又止，欲说还休，像洞山里温柔的湖泊，给他一种熟悉又陌生的感觉。鸟在嘎惹的床前盘旋，似乎在叫唤他：嘎惹、牧羊，嘎惹、牧羊。他知道，母思阿巴放心不下自己的羊，特地来托梦给他。母思阿巴，你去了哪里，我们到处找你。我去了远方，去一些从没到过的地方，去旅行，我这辈子还没出过门呢。嘎惹浑身一激灵，猛地惊醒过来。

作为母思阿巴的朋友，嘎惹接下了远行者一直在做的工作，依样去做母思阿巴做过的每一件事情。他在重复做这些事情的时候，怀念着朋友，觉得非常满足。一个可有可无的人，一个没有上过学也没有打过工的人，最终成为一个让古道溪无法忘记的人。要说嘎惹有什么梦想，那就是成为母思阿巴，活得坚韧和顽强。幕天席地，餐风沐雨，占山为王。除非死亡，天地之间，没有任何力量能让他离开古道溪。

嘎惹永远记得母思阿巴第一次教他认识故乡的场景。他们站在三脚岩上最高的地方，俯瞰古道溪。两边群山绵绵，清浅河流绕村而行。林野杂陈，阡陌纵横。青瓦木房，柴扉对望。白鹅黑狗，鸡犬相闻。绿竹掩映之下，房屋参差其中。山水清新得宜，黑白勾勒，雅致脱俗。夜雨泼墨点缀，纤秾合度，明妍灵秀。炊烟婀娜，晨雾升腾。早起的农人扛着锄头没入山林，出栏的鸭群争先恐后扑进水塘。飘忽的云影中，有白鹤展翅翩跹起舞。羊颈上垂挂的铜铃,随着一声鞭响,叮叮当当坠落一地。

现在,嘎惹孤身一人站在同样的地方,努力适应着没有母思阿巴的生活。他将沿着远行者的命运轨迹,终生守护古道溪,守护家园。

人间盐粒

初秋,天极热。早上,父亲从地里捉回来一只大西瓜。碧绿色,样子讨喜。他嘱我放入深井里,凉透后食用。二乐走过来,看着西瓜展眉挠耳,笑嘻嘻的。西瓜如一轮烈日,缓缓沉入井底。忽又徐徐展平,风拂之下,纹丝不动。二乐眼睛睁圆,露出惊叹,嘴巴嚅动两下,分泌出大量唾液。我惹她,守着呵,小心妖怪窃了瓜,到时就吃不成了。光影斑驳,在井上跳跃,如此反复。搅动水汽蒸腾,凉意丝丝沁出。镜面受到灼烧,骤然退开。我转身时,强忍着乐。二乐果真倚在青石旁,护住井口,无暇他顾。

我在午睡,隐约听到母亲在笑。二乐,人家逗你的,别信。去玩吧,吃瓜时记得来。对面有小伙伴相邀,二乐二乐,快来快来。我醒了会儿,想着这世上并没有妖怪。就算有,也只掳人,管瓜做什么。窗外簌簌发响,枯枝被高温炙烤,犹如火烹。蝉声一唱,就兀然断掉。咔嚓咔嚓,鸟儿起飞,惊人好梦。

晚饭后,取刀剖瓜。每人捧一瓣红瓤蹲在坪院里啃。清甜、冰凉,十分畅快,暑气祛除大半。大家都顾不上说话。汁水坠地,引得蚂蚁穿梭不绝。几只黑鸦占据了西边的青橄榄树,羽色黏稠,似一团浓墨。母亲念叨,二乐怎么没来。她留了一份西瓜,倒扣在白瓷盆里。

人声鼎沸,一群人从对面翻山而下。他们大声喊母亲的名字,语气凝重。说有事商量。什么事,却不肯说,很神秘。黑鸦受惊,声音粗哑惨厉。这暗黑色的鸟,一直被民间视为不祥之物。它们偏偏等在此刻,聚集在寨子上空,不停盘旋、不停尖叫。我们惊疑不定,母亲吓得脸上变色。她认得其中几人是镇里干部。出了什么事啊,母亲一路小跑。我们蜂拥跟去。

寨子今天丢了小孩?一人问。他看出母亲的紧张,解释说,这个寨子他就知道母亲的名字,所以才叫她。母亲松口气,答自己一整天都在家,没听说丢孩子。说话时,那人不停地扶鼻梁上的眼镜。他的鼻尖上全是汗水,眼镜不停下滑。他让母亲再想想,寨子里有孩子的是哪几家,孩子是否都在家。有人看见四个孩子路过关里湾,去河里洗澡,回来时只见三个。孩子从小溪沟这个方向来的,也是沿着这个方向回去的。他们跑了关里湾、马鹿塘、黄泥田,那几个寨子都没丢孩子。孩子就是这个寨子丢的。那人说着,拿着手机让母亲看照片。母亲看了一眼,喊了声天,后退两步,差点坐倒在地。手机里是一个浑身湿漉漉的孩子,仰面躺在河埂上,光着双脚。脑袋很大,面部发白,浮肿变形,根本看不出本来相貌。秀才哥哥路过,停下摩托,接过去看。他犹豫起来，说自己想到了一个人，就是不好说出来。母亲也点头说是跟一个孩子有点像，但不敢肯定。

二乐来到世间五年，她长了一只大脑袋，形状类似考古发掘的人类头骨。也就是说，她身上出现了返祖现象。呆滞的大眼，凹陷的鼻梁，像一只表情惊诧的大猩猩。这孩子长得真有特点。这是她五岁这年，听到的关于她长相最直接的描述。是啊，脑袋有点大。脑袋大好啊，脑袋大的人聪明。二乐的确聪明，她隐约听出话语里强烈的怜惜之情，那个大脑袋支在她细小的脖颈上，让她有不堪其重的感觉。

二乐顶着一颗沉重的脑袋，难免也有着与年纪不相符的沉重心思。这跟她的妈妈美竹有点不同。美竹长得好看，身长面白。脑袋不大，里面也没装什么东西，很空。走路一身轻松的美竹到了谈婚论嫁时，终于让她爹妈操心了下。好看是好看，十里八乡的媒人都不大愿意上门。大家心知肚明，好看当然好，光有长相却不顶事。美竹缺了一颗好脑袋，或者说她脑袋里缺了根管用的弦。光有好看过日子难，谁也不想娶个花瓶在家摆着。好在木匠夫妇不嫌弃。他们也没法嫌弃。他们的儿子老亥，跟美竹比起来也就半斤八两，谁也聪明不到哪里去。老亥一身肥肉，走路喘气，扑哧扑哧，蠢相十足。木匠夫妇精明，早先多砌了火坑，只等儿媳妇进门就分家分田，与老亥一家划清界限。两家同一个屋檐，却是各过各的，毫不相干。美竹和老亥倒也般配，俩人过日子一时也看不出破绽。

木匠家住水井湾里面，他们一家老少出门都会从我家门前过路。美竹嫁过来一段时间后，我们老是找不见东西，也就是一些挂在外面的雨伞、刷子、毛巾之类的小东西。找不到也就找不到了，也许忘在什么地方也未可知。大家并不在意。倒是我爸留心，经过一段时间观察，他对我妈说，那孩子手脚不干净。他说的是美竹。我妈不让乱说。美竹也就是贪点小便宜，小家什不放在外面就行。乡邻势利，美竹不聪明已让人轻视，要是知道她还有这毛病，那她的处境会更难。我妈想得周到，美竹的婆婆却不这么想。分家没多久，她们之间就出现矛盾。她四处宣扬儿媳妇的不是，觉得自己十足委屈。大字不识一个，倒是晓得用钱；大手大脚，完全不节俭；饭都煮不熟，炒菜不放盐。我妈应付一声，低头纳鞋。木匠老婆凑上前来，继续数落美竹。她见我妈兴趣乏乏，干脆爆出猛料："你知道吧，我几乎不敢出门。就是要出门，也要把外面的东西收好，把门牢牢锁上。东西在外都不用放，放了就不见。我丢了三个盆子，两把扫帚，还有一个拖把一个木桶。我也不怕难堪，就直接问美竹。她倒是好意思，就说没看见，也不让我进她那间屋找找。"我妈顿了下。木匠老婆愈加起劲，眼里泛出泪水："我儿真命苦，将来不晓得怎么过。"我妈就劝她，这也不算丢，本就是一家人，就当送给儿子用了。

二乐出生在春天。那时候，整个水井湾花红水绿，水碧山青，鸭跖草铺满小河两畔。老亥去给丈母娘报喜，提着一个袋子。旁人看不见里面的东西，就故意问："这里面是鸡公还是鸡娘啊？"老亥嘿嘿笑，不知如何回答。木匠老婆从后面匆匆赶来，抢过话头："生了一个做棉鞋的。"旁人尴尬："女儿也好，长大了疼娘。"木匠老婆冷哼一声："是啊，是啊，那都是美竹的福气。"

美竹带二乐，总是状况频出。胀食闹肚子，感冒发烧，三天两头儿去医院。二乐长得小巧，面黄肌瘦、营养不良。小猫一样伶俐，瞪着一双警觉惊悸的大眼睛。经常从美竹背篓里翻爬下来，摔得鼻青脸肿。好在，磕磕碰碰，也被美竹养大了。

日子真正难过是在木匠出事后。木匠帮人建房子，一层楼倒板时后退踏空，脑袋结结实实地撞在石头上。家里失去顶梁柱，各种欺凌不平之事也相继临门，木匠老婆一下子委顿了七八分。老亥的堂嫂是个精神病患者，她时常陷入幻觉，觉得每个人都不怀好意，要来害她的儿子，夺走她的丈夫。她思维敏捷、伶牙俐齿，以一人之力对抗任何前来辩驳她的人。有一日突发奇想，认定二乐长相神似她的丈夫。老亥的堂嫂从此成了附骨之疽，对美竹如影随形。她搜罗所有恶毒污秽的词语，一遍遍浇筑美竹。在这之前，她怀疑每个女人都想勾引她的丈夫，她捕风捉影、疑神疑鬼。在强势的人家那里吃过无数苦头。木匠的死，就是兴奋剂，不断刺激着她的神经。无所倚仗的美竹成为合适的猎物。老亥的堂兄性格木讷，老实巴交。他跟美竹并无多少交集，清白犹如三角岩上的石崖。他别无办法，只能在别人前来告状时，动用最粗鲁的拳头，将那个疯狂的女人揍得死去活来。老亥的堂嫂躺在坪坝里凄厉哭喊的声音曾是很多孩子的噩梦，然而伤好后一切如故。她坐在家门口，对每个路过的人哭诉她的不幸。巧舌如簧，虚构偷情细节时绘声绘色。老亥的堂嫂就像中了魔咒，把美竹视为仇敌。她埋伏在路口，安心等待每一个美竹来临的时刻。只要看见美竹，她就诅咒，或者扑上去撕咬。

老亥的堂嫂曾被乡镇干部几次送进精神病院，也被不同的人教训过捶打过，然而无济于事。老亥的堂兄忍受不了这种折磨，在某一天不告而别。可美竹无处可逃，她像惊弓之鸟，时时提心吊胆。每一处响动，每一点异象，甚至一些来历不明的光影，都像那个疯女人的污言秽语。黏稠的唾液，带着可怕的病菌，黏在她身上，一辈子也挣不脱甩不掉。就像她不祥的命运，总是寻找恰当的时机，一次一次将她击倒。每次过路时，她都战战兢兢，偷偷摸摸。总要打起十二分精神，来应付阴影处的邪恶之神。有时候，为了避开老亥的堂嫂，她会翻一个山头。或者从我家猪圈边溜过。为了躲开这种无中生有的苦难，她再也不敢走那条平坦大道。那本是一条捷径，可以迅速通向村寨的任何地方。

木匠死后，美竹的婆婆在跟疯女人的几番较量中败下阵来，借口老亥的弟妹年幼，家里负担重，出门几年不回，她将田土全部承包出去，只承诺给美竹买口粮。美竹粮食吃完后，就得从她婆婆那里讨要。这期间，她生下儿子，开销更大。老亥一身虚胖，养家糊口的责任心没有存留的空隙。他常年在外晃荡，很少给美竹寄过生活费。挣的工资本来不多，全无计划，领到手后去网吧或者赌博，转手就输掉。有时候生活无以为继，还要打电话死皮赖脸求美竹接济。

娘家，是美竹剩下的最后一条退路。美竹长期借住娘家，二乐成了一个面容模糊的孩子。我们知道她的成长，然而我们看不见她。直到有一天，我的小侄儿用嫌弃的口吻说，他讨厌二乐，她老是在垃圾箱里翻东西吃。我才惊觉她的存在。

二乐到了上学年龄，拿不出学费，只好延后。美竹的婆婆拼命赚钱，一心想为老亥的弟弟修新房娶媳妇。美竹母子的生存并不在她的心思上，她也疼孙女，不过这种疼法也有限。她认为孙女迟一两年上学也无妨。她用木匠留下来的钱在河对面建了气派的洋房，一口气装修完毕。扬言这栋楼是小儿子的，老亥一家没有半点份。她私自把老屋留给老亥。美竹心里气愤，然而她说不出口，她也不懂得如何去跟婆婆抗争。靠娘家接济也不是办法，娘家的负担也就能再多承受一根稻草的重量了。娘家的两个弟弟都不中用，找不到老婆成不起家，一年四季不务正业。美竹的父亲常年在家养病。母亲已年过六旬，多年来独自在外做家政，一人支撑着这个家。美竹靠着母亲挤牙缝的钱，让二乐进了学校。她无奈回到老屋，因无钱买菜，只好自己摸索着种一点。

对这种生活，美竹也不是没有怨言。但她的智力和本分不足以让她避开任何凶险，老亥的堂嫂总是从一个不可能藏身的角落里蹦出来。有一次，她抬手甩了美竹一耳光，接着劈手夺过二乐，双手掐紧孩子的脖子。美竹急了，她像一头神牛，脑袋一抵就顶了过去。老亥的堂嫂被她顶下了田。第二天，老亥的堂嫂去政府哭闹。美竹遭到训诫，精神病人是受到法律保护的。美竹宁愿自己是精神病人，她想不通的事情有很多。为什么疯女人可以躲在暗处偷袭她，朝她的后脑勺抡棒子。那一次，她被打得差点脑震荡，然而对方并未受到惩罚。她的生活陷入杂乱，母女俩长期处于惶恐之中。恶意防不胜防，就像空气中的尘埃、林子里的风、天上的雨滴，无法躲避。

美竹带着两个幼儿，也没办法去挣钱。在农村，除了种地，没有其他的门路。老屋多年没捡过瓦，年久失修，头顶漏雨。屋里阴暗，木地板受潮腐烂。美竹一脚踩破，右脚卡在窟窿里，摔肿了眼睛。手臂骨折，养了很久的伤。二乐和弟弟无人看管，饱一餐饿一餐。这时候，实在看不过的乡邻纷纷给她出主意，让她去跟婆婆要求住新房。不知道美竹提没提，反正她一直没能住进去。

美竹千方百计绕过命运的陷阱，却还是没能成功。她开始嚷眼睛痛。她左眼生疾，整日红肿流泪。她挨着，实在受不住时，就去小诊所胡乱买眼药水点。但这并不管用，眼疾越来越严重。"让你婆婆带你去医院检查吧，她手里有钱。"有人给美竹出主意。她不吭声。

美竹不中用，除了没钱，她也不懂如何坐车如何去医院。

拖到眼睛快失明的时候，美竹终于筹了一点钱。在这期间，老亥在车间操作时被机器绞断了四根手指。他辞工回家，陪美竹去了医院。医生大为惋惜，如果早来，这眼睛不会瞎。他们摘除了她的眼球，左眼的位置变成了一只窟窿。美竹回家时，二乐的弟弟吓得大哭。虽然暂时遏制了病情，但医生的预测并不乐观。美竹的眼疾一旦复发，不仅她的右眼保不住，她的性命也多半保不住了。听到这个消息后，寨子里的人很难消化掉。不知道美竹独自在暗地里，默默吞咽了多久。也许对她来说，接受并不难。对命运的看法和诘问，更多来于那些聪慧且有七巧玲珑心的人。美竹笨拙，心思少了一窍，也许有足够的空间包容这个苦难。她只是比以往更加沉默，二乐也是。二乐的灵慧逐渐钝化，她已成为美竹的翻版，像她的影子，复制着她的一言一行，一谈一笑。母女俩的命运如此相似。

有时候，我看到美竹抱着小儿坐在通向新房的河桥上，长时间一动不动。我无法知晓她心里到底在想什么，很想上前去打扰一下她，我绞尽脑汁，找不出适合的话语来，只好作罢。

听说老亥得到了一笔赔偿，大家议论纷纷。美竹的婆婆也动了心思，她也知道终究得让这个弱势的儿子一家住进来。她要求赔偿的钱分一半出来，作为条件。老亥一家住进新房不久，老屋就在一个雷雨夜里轰然倒塌。

美竹带着一只眼睛和一只窟窿生活，窟窿旁裸露出来的皮肤纯白，斑斑点点，不规则分布，像得了白化病。美竹的面孔变得可怖。她走在大路上，令很多人侧目，也让很多孩子惊恐不已。就连老亥的堂嫂都不如往日那般气焰嚣张。二乐和弟弟习惯了这个丑陋的母亲，美竹却越来越不习惯自己。美竹的脾气开始变坏，不知受眼病影响，还是有人暗中指点。她一贯的老实懦弱中也有了轻微变化，开始争吵、哭闹。也许是想到年幼的儿女，她的心思多了一点。最终，老亥做出保证，会把工厂赔给他的钱分成两半，一半给母亲，一半给美竹治病。

美竹再一次从医院出来的时候，整个人都如游丝系着一口气。她无力做家务，无力看顾孩子，甚至也吃不下几口饭。她瘦成薄板，灰色的衣服挂在硬而嶙峋的骨头架上，让人骇怕。黑暗之神随时准备接走她，也许再过一天，她就会堕入永夜。

此时，美竹的婆婆把自己撇开成外人，处处表明跟美竹一家毫不相干，不想为她的死活多操一份心思。老亥再次出去打工，美竹再次住进娘家，她失去了吃饭的力气。病情时好时坏，二乐成了野孩子。有时候在外玩一整天，都不见有大人出来寻找。美竹的大姑子远嫁贵州，因丈夫常年外出，她一直住在娘家新屋里。大姑子带着两个女儿占据了新屋的一角。她生下孩子后身材大变样，膨胀成原来的两倍。高大壮硕，这使她行动不便。身体的惰性造成了心理的惰性。她几乎从来不过问和关心弟弟老亥一家。

　　外祖母家离新房不远，二乐每天都跑回来找两个姐姐玩。加上寨子里另一个八岁的邻居小女孩，四个人组成团玩得肆无忌惮。从早到晚，整天不见人影，也无人注重。大人们忙于大人们的生计，他们疏于管教孩子，也忽略了安全教育。谁知道危险就潜藏在身旁。

　　美竹病重后便一直卧床，有时候她也流泪，用那只好眼。它残留下来，独自窥探这个世界。哪里还有半点真实、半点慈悲。它血丝密布，包裹着那么多心事，满眶纠缠不清。酸胀疼痛，似炸似裂，令她厌弃厌倦，最终奄奄一息。二乐不声不响，自己吃饭睡觉，照顾弟弟吃喝。她把饭菜端上母亲的床头，晚上又悄无声息地撤下来。二乐蹲在灶火边，用筷头拨开一粒粒米饭，细致地数了一遍。确定在这三天三夜的时间里，她的母亲水米未进。她的弟弟年幼懵懂，他不明白母亲的痛苦，也不懂得姐姐的难处。他吃喝玩乐一天，此时，正在小床上睡得香甜。二乐想了一下，突然扯出一根干枯的枞树枝子，朝着那张睡梦中的童颜抽下去。她下手很重，几乎竭尽全力。孩子像被锐器捶打破开的水花，凄厉、尖细的哭声四下溅开。"妈妈是最疼他的，绝不忍心听他哭得这么凶。"她盼望着那个木雕似的身体能突然弹跳起来，扑过来骂她打她、哄他抱他。那具身体静止不动，周围腾起一阵阵青烟。像一个微不足道的灵魂，等待着被永夜接走，被白天遗忘。

　　二乐蒙着头，借着火光坐了半刻。一只老鼠窸窸爬来，全身蜷缩，头伏下去，啃她刚破了指甲的小脚趾。一种新鲜血液散发出稚嫩香甜的气味，这种诱惑大于死亡的恐惧。二乐只是惊痛了一些，她不知在这深不可测的黑夜里，一场不幸已悄然逼近。

那天的太阳很大、很热，足以痛灼一切卑贱如蝼蚁的生命。二乐扔下弟弟，独自离开外祖母家。她去老屋，从我家门口经过。她被西瓜的香甜缠住了，那种味道在她的舌头上一遍一遍翻腾。她守了西瓜半日，还没吃上一口就被表姐们喊走了。

二乐其实天天跟着表姐们去洗澡，因为无人制止，让几个孩子以为，这是一场游戏，可以乐此不疲地玩下去。小河并不大，一个地势低平的洼地拦腰蓄积流水，在此形成了一口深潭。表姐们很兴奋，二乐跟着她们在水里扑腾翻滚。二乐想着，她要早点回去，把西瓜带给妈妈和弟弟。任谁几天不吃饭都会饿死的，可她的妈妈不能死。二乐慢慢陷入恍惚，她觉得浑身乏力，疲惫不堪。她的眼皮重若千钧，有如巨石覆盖。那片水包裹着她，托举着她，她觉得自己睡在一朵白云上。荡荡悠悠，摇摇晃晃，二乐的身子陷入了白云堆里，慢慢看不见了。起初，她隐约听到弟弟的哭声，还有一两声鸦鸣。她还感受到了鱼的肌肤，冰冷滑溜，贴着她的脖子游走。水中静寂无声，叹息声似神谕，在她耳边轻轻响起。冥冥中，她看到母亲身上被一层青灰的光影覆盖，那是一种死亡的气息。二乐被手中的缰绳缚住了身子，她越是挣扎，就被绑得越紧。二乐又看见了母亲身上腾起的青烟。这个念头令她恐惧,她双手痉挛,浑身颤抖。她想喊叫,一大口河水灌了进来。她只模糊看见表姐们,在岸上呆呆地望着她。二乐的双手远远地显现了一下,似在跟这个世界挥手作别。

那天下午,表姐们竭力维持神情,若无其事地回了家。人们在潭水附近发现了二乐的身体。她没走多远,全身泡得发白肿胀,已无法辨认。人们把她放在柳树下,一个寨子一个寨子寻人来问。谁家丢了孩子啊,她的额头上还有乌青的瘢痕没有淡化。终于问到小溪沟王家寨。母亲跟秀才哥哥认出这个孩子就是二乐。只是这个后果太过惨烈,他们不敢肯定不敢想象。只好去试探她的胖姑姑。胖姑姑在家里缝十字绣,她肥硕的身体倾斜在门槛上,眼皮困顿沉重。她看到两个女儿回来时,认为二乐自行回了外祖母家。她无力抵御这暑气未退的天气,来不及细究便早已沉入梦境。我们将其摇醒,问起几个孩子。她才起身,茫然四顾。二乐好好的,哪儿能丢呢。二乐每天来找表姐们玩,下午自己再回外祖母家。一直如此,不会错的。直到最后大家在屋后一处柴禾堆里找到了两个孩子。她们蜷在那里,身体轻微颤抖,眼神大而无辜,令人不忍心责问。邻居家的女儿在家,完好无损。

大家踌躇再三,然知这件事终究无法欺瞒美竹。找了一个可靠的青壮男子骑车去接。他没有勇气去美竹的娘家,只隔着几片稻田唤她。"二乐不在家,跟姐姐们玩去了。""那你出来,我带你去看她。"男子假装若无其事，他心里直喊"造孽、造孽"，嘴上没露出任何破绽。阳光一斜，阴影就从屋后林子里扑上来。在这酷暑日，美竹却觉得冷。"我女子怎么啦"，她的声音像被坚冰裹住，又脆又薄。全凭不多的力气吊着，勉勉强强抵达路口，抵达那个人的耳朵，仿佛晚风一送，便要中断。美竹瘫伏在摩托车后座，浑身战栗。车子开得不快，然而路边的灌木丛还是飞速后退，一排排掠过。这时候，美竹觉得仅仅一只眼睛，远远不够用。它视物模糊，捕捉不到任何重点。只有那无边的黑暗，源源不断地涌来，跌入左边的窟窿，发出沉闷的回响声。这扇魔鬼之门狰狞、贪婪，吸入厄运，藏纳污秽，依旧张大着嘴，露出乏味的表情。美竹只觉得那个窟窿幽深无比，肿胀酸痛难忍。她无法应对这种局面，反复追问却无任何结果。来人不忍说出口，只拣好话来宽慰她。

不过短短几分钟车程，美竹却像走了一世那么长。

美竹犹如深秋干枯的落叶，车子刚刹住，她就飘了下来。旁边的叔叔急忙趋前一步，也没能接住她。屋前乌压压的人群安分起来，侧目噤声，见了美竹便一起让路。一片静谧中，美竹的右眼顺着通道向前，在某个点上定住了。二乐躺在薄席上，一块白布覆盖着她。美竹发出一声嘶吼，双手频繁捶地，再也出不来声。更深的悲伤和绝望像重物击打胸口，那个瞎眼的妇人，终于被那口致命的瘀气堵住了咽喉。她爬了几次，没能站起来。两个妇人提着她，朝二乐挪过去。半道上时，美竹晕厥。人群重新躁动起来，悲伤一直未被中断。这个场景,没有人能置身事外。母亲们聚在一起,呜咽吞声,都说二乐脑袋大聪明,可哪知是个短命的相呢。几个男人背转身头,叹息落泪。八十岁的老太太已在家卧床半年多,拖着残腿执意来看二乐。只看一下,就悄悄离开了。她心里有数,虽然活了这么多年,还是看不惯这生死。老亥的堂嫂远远站着,她被这种场面唬着了,神色怔忪。

美竹躺在床上不吃不喝,一瓶营养液续着她的命。她一直喃喃自语,"我们有低保,学校也不收你学费。我肯定能养活你,我以为你肯好好长大"。天色已晚,我们无法入睡,看着盆里的西瓜,半晌无言。瓜瓤软塌下去,红色的汁液不停淌出,触目惊心。小溪沟人大概永远不会忘记,这酷热而又黑色的一天,这悲哀而又疯狂的一天,这浑然变色黯然神伤的一天。这个如盐粒般微小而珍贵的小女孩,留给人间的些许咸味,就这样被大地蒸发掉了,再无一丝痕迹。

下脚湾人

壹

午后燥热，下脚湾的红薯地里，藤萝纠缠蔓延，满畦鲜碧。小虫子收拢翅翼，在草茎上晃荡，摇须屈腿，得意非凡，以为整个天地都是自己的。这个秋天，很多人哀叹年成不好，日子艰难。我妈说，都是因为一场雨迟迟不下。天空把云朵收进口袋里，捂得滚烫，却不愿意撒手，一场雨忍了多久，连盼雨的人都忘了。

跳尕子在绿波中弹跳飞跃，追逐嬉戏。若无人惊扰，它们便隐伏暗处，同苕叶混作一色，口齿有力，咀嚼有声，沙沙作响，终日饱食，一片土地被啃得千疮百孔。我妈在下脚湾持镰割藤，手掌里不时会捏着一只跳尕子。这些小怪物把自己包裹在绿萝乡里，来不及逃走，多半被挤压成一堆肉末。肥腻的身体流淌的液体同植物的绿汁一道，把我妈的手心浸染得污迹斑斑。

田地遭了稻瘟，一片金黄中掺杂着黑灰的污点，十分难看。草垛一树树码下来，飞蛾无处藏身，却又贪慕人间，不肯痛快离去。在夜晚，愤怒燃成大火，集体飞出下脚湾，袭击了小镇。五颜六色的蛾子一遍遍撞击玻璃窗，奋不顾身，不死不休。人们躲在有灯光的房子里，惊愕地看着这一切，心头掠过阴影。第二天，早起的清洁工说，大街上扫出来的死蛾子，至少有好几千只。他心里难过，觉得这是不好的预兆。

同跳尕子一样，下脚湾的毛毛虫几乎也是一夜之间长出来的。下脚湾两面的山坡，远远望去，火燎一样。枞树褪尽了颜色，如琴音暗哑，绿意衰减。灰枯的枝丫上挂满同色小虫，一串一串，密密麻麻。树身臃肿，像结满了果实，让人毛骨悚然。山风失度，虫躯慵懒无力，足齿紧附树枝，逐渐松弛下来，晃晃悠悠，随着空气荡落下地。它们一律细长青灰色，腰肢丰满，身体柔软，落地便快速蠕动，专拣阴凉地栖息。我们在山脚下扯黄豆，土瘦豆稀。手指仿佛长了眼睛，看见毛毛虫蜷缩在豆茎上酣眠，就马上回避退缩。脚上也似长了眼睛，遇到任何可疑之物，都要连番惊跳。我只好远离了黄豆地，站在高高的土埂上，茫然无措。我妈其实也很忌惮，她躬了身子，长刀缓慢伸出，架在豆叶中，一点一拨，虫子便跌落在地。接着，我妈的动作变得十分快捷，她挖出一勺土，转身就把虫子填住了，用脚踩平，才显得如释重负。一条小虫子被埋进黑暗之国，要如何逃生，无人追究。它妨碍我们的生活，我们在伤害它时，坦然从容，不用心怀罪恶。对于下脚湾的土地，谁都认为自己才是主人，拥有不可置疑的支配权。

贰

月光落到下脚湾时,我们都睡了。关在笼里的小兔子觉得自己太过贪吃,它陷入自责和惶恐之中。小兔子感到胃里装的不是甜美可口的绿叶菜,而是一大颗火球。胃在剧烈地灼烧,小兔子全身痉挛,痛苦不堪。它在笼子里打滚翻腾,它的挣扎被暗夜消声,痛苦成了哑剧。星空明亮而沉默,小兔子合上了忧伤的眼睑。只有睡在外间的姐姐翻身时低语了一句:老鼠子太讨嫌了。房子阴影处,大老鼠拼命用爪子挠门,嘴里发出痛苦尖细的声音。它发现徒劳无功,便用身子撞击,一下一下,不计后果。这个让所有生灵不幸的晚上,同样让大老鼠变得悲惨,它最爱的孩子掉进了水缸。这完全是小老鼠咎由自取,它贪玩,喜欢一切危险刺激的游戏。为此,它把母亲的警告当成了耳旁风。小老鼠在水缸上面的顶棚里嬉戏,在横梁上来回奔跑,最终落入绝望的深渊。深夜里,就像无人知道小兔子的命运一样,也无人知道老鼠母亲的痛苦和疯狂。这些情景,只出现在梦里,我坚信它真实无比。可等我醒来后,我又忘记了这一切,包括这位可怜的母亲。

黎明之后,天色大亮。枇杷滴翠,芭蕉凝碧,天地明朗起来。仿佛下脚湾并不需要雨水一样,世间万物,一切自有安排。小兔子的死,最先被一只小公鸡发现。

它第一个踱出院子，站在芙蓉树下，练习晨鸣。抬头收胸，扭腰侧颈，为了不伤害年轻的骄傲，努力模仿着成人世界。但是它的鸣声出腔后失去了力道，半道上拐弯发岔，充满了怯弱和稚嫩，并未如它所意料那样清越、嘹亮，气势逼人，倾倒天下。

小公鸡沮丧万分，它唯一的忠实听众躺在兔笼里，安静如初，姿势僵硬，没有照常颔首呼应。小公鸡很快就发现了异样，慌乱的啼叫不受控制，从它嘴里连续不断冲出来。两分钟内，一场死亡被小公鸡宣告天下。牛停止反刍和甩尾，在牛栏里凝神倾听；猪的呼噜声突然轻了几分，猪圈里出现短暂的空白。鸭子站在水田里，谷垛边；白鹅半浮在池塘里，草茎中；公鸡飞到屋檩子上，梅李树上；母鸡蹲在鸡窝里，竹篱笆下。它们一起喊叫起来：哞哞、哼哼、嘎嘎、喔喔、咯咯。为小兔子举行了一场惊天动地的豪华葬礼，就连老狗黑花都倚靠门墙艰难站立起来，竖立双耳，发出苍老悲怆的叫声。

我们情绪激动，扔了老鼠那泡得发白发胀的尸体，清洗了水缸，顾不上吃早饭，就开始讨论兔子的死因。先责骂几个淘气的孩子，他们热衷给兔子喂食物，若无人呵斥，他们会一直喂下去。但很快就发现，兔子不是撑死的，它中了毒。姐姐做检讨，昨晚临睡前，她给小兔子喂过几片没洗的菜叶。人的情感常因死亡变得柔软、细腻。这只兔子像云中来客，某一日突然降临，跟姐姐在四层楼顶骤然相见，它毛发干瘪，瘦小疲惫，眼神哀伤。它是家养之物，大概从樊笼里逃离不久。我们舍不得将它放归山林，它注定没有自由，住进另一个樊笼。我爸特地为它做了宽敞舒适的巢穴，我妈频繁从山中为它采集红薯叶、黄豆叶。一个鲜嫩甜脆，一个清香柔绵，一日日将它养得肥胖可掬。毛发油亮艳丽，像一簇黄色的火焰，笼子里满是灼灼夺目的光辉。惹得小公鸡心醉神迷，在它笼边整日缱绻缠绵，徘徊不去。

如今，这团火焰独自熄灭在下脚湾的月光下。我们望着锅里煮熟的菜肴，凛然生畏，不敢下箸。我们的胃已被驯化，变得宽容迟钝，吃进去多少残留物，罔昧不知。比较起来，小兔子的胃更加敏感纤细，它比人类活得高傲。我们坐在餐桌边，感到万分羞愧，觉得自己受到了最严厉的惩罚，浑身充满污秽之气。

小兔子的意外殒命，并没扰乱日常视线。我们把目光集结起来，暗中织成了一张巨大的网，铺下了邪恶的陷阱，静静等待另一场死亡跌进下脚湾。

叁

如常的日子，一些人依然显得年轻，一些人却突然老了。有些事并不听从人的意愿，而是服从另外一种神秘力量的安排。几乎所有的疾病都不约而同袭击了一副倔强的肉身。听到舅公病倒住院的消息时，我们大吃一惊，才恍然发觉，这个人已经八十岁了，比我们想象的更老更虚弱。时光的流逝也是个人的损失，岁月没有优待任何人。

犹如瓜果熟透，随时会掉落，我们一旦意识到舅公的苍老，他就好像一刻也不愿在人间停留，准备着马上咽下那口气息，随时起身去下脚湾。幸好，外地的侄儿孙辈陆续赶回了家，大家打着地铺守在他身边，预备在第一时间迎接死亡。第一日过去，第二日过去，第三日过去，那口气依然没落下。第六日，我回家去看他，多日没进食的他在床上缩成了一小截干枯的木头，已经丧失了意识。他像一个虚无缥缈的影像，我无法把他看成一个骨肉均匀，具体、有重量的人。

十多日过去，舅公的胸口始终温热，那口气一直无法落下。像这场能给下脚湾带来福祉的雨水一样，迟迟不肯降临。时间一长，人人疲乏，精神倦怠，对等待死亡失去信心。一日三餐，从集市上买来好酒好菜，分桌吃饭。为打发漫长无聊的时间，支起了麻将台、牌桌子。舅公去下脚湾的过程渐渐变成事故，这个场景充满了悖论，人们为承受悲伤的死亡，而不得不纵情狂欢。

一个堂叔精于卜算，深信自己有一种神秘的预知能力。他掐完十个指头，闭目核实一番后说，两个凶日里，舅公能打过第一个，绝打不过第二个。第一个凶日，热得难堪，人人抱怨天气和时间。我们从红薯地、黄豆地回家，把饭菜摆在坪坝里吃。刚吃下几口，就有稀疏的雨粒溅落在汤盘里。紧接着，从舅公家里，传来急促的鞭炮声。父亲急忙放下碗筷说，你舅公走了。大家松了口气，雨落下来就好，地里有水了，山上的枞树复活了,死亡不再是一场悬案。舅公终于顺利地变成了下脚湾人。

为离去的人寻找归宿是件很伤脑筋的事情。下脚湾不葬夭折的人。不幸亡故的孩子,涨大水时,随手扔进门前小溪,轻易就叫河水打走了。人们核算,不出三个时辰,那孩子就会漂向李家湾。做短暂停留后,在漩涡里徘徊一瞬,然后一泻千里。出了李家湾,离开故土湘西,便到了重庆地界,就再也寻不着回家的路了。万千溪水汇集成大江大河,足够容纳一个冤屈的亡灵。不知什么缘故,成年人才有资格住在下脚湾。我猜想,不是下脚湾不够宽和仁厚,而是小溪太窄了,没有能力运载这么沉重的负担。尤其现在,河水逐年干涸,连只出意外的小鸭子也无法送走。

二〇〇九年五月,堂姐成为下脚湾人。那是下脚湾最下面的土地。一片苞谷地,由我父母栽种。肥壮油绿的苞谷秆,上面垂挂着沉甸甸的穗子,没来得及成熟,被父辈毫无怜惜地砍倒在地,准时夭折。花叶残败,汁液四溅,掺着泪水雨水,下脚湾被前来送别的人踩在脚下,遍地狼藉。人们悲伤不已,难以兼顾他者的命运。那些年轻的庄稼,突然失去生命,失去一株植物活在下脚湾的幸福。那一刻,我捂着胸口痛得直不起腰来。二〇一四年七月,一位堂兄病逝,他正值壮年,有一张极其英俊儒雅的面孔。可惜这张脸因病痛折磨,扭曲到变形,他瘦成了一副骨头。

肆

一个寨子，总有一处地方令人敬畏和忌惮。那个地方就是下脚湾，下脚湾住的全是亡灵。它是一道山湾，离寨子不远不近。土丘随着坡度纵深，一级级抬高。山湾里有古老的树木和各种植物，阴郁少见天日。下脚湾里也曾经种满了庄稼，苞谷、红薯、洋芋、油菜等各种蔬菜，还有葱姜蒜。它们长得饱满，对得起福泽深厚的土壤。下脚湾每天都很热闹，适合我们毕生在此刨种日子。耕牛、农具、种子、呼吸声、飞鸟、眠虫，还有风日月，每天准时走向这里。

下脚湾的命运在一夕之间陡然生变。一个壮年汉子抛下妻儿，好端端地喝进大瓶农药。他的家族请来风水先生，经过激烈争吵，最终决定将他葬在下脚湾。把凶死的人埋进口碑极好的庄稼地，旁人很有异议。奈何他兄弟七人，家族庞大，俱是敢怒不敢言。坟地自动多了界线，它的周围无人栽种。下脚湾从此成为亡灵的故乡。

那以后，有在路上挑担突然倒地暴亡的；有在屋上捡瓦，一脚踩空，脑壳恰好磕在坚硬石头上的；还有被疯狗咬伤，得疯病的；也有好端端睡下去一觉不醒的。既然有了先例，那就不用发愁，谁家在下脚湾没有一块好土地呢。下脚湾的土地不再长庄稼，而是种亡灵。坟群林立，阴气森森。一湾亡灵，虽然老实沉默，仍然叫人害怕。飞鸟、眠虫和风按照惯例朝此集中。但牛不来了，锄头和背篓也不来了。大白天，孤身一人是不敢在此说话的，谁也没有胆量让一群鬼魂相伴。下脚湾成了没有阳光的地方，少了人的呼吸声。

对下脚湾，人们不约而同有了默契。看向那里的目光始终畏惧躲闪。黄昏以后，不应该带孩子过路。熟睡的孩子，头上要倒搭一条妇人的裤子辟邪。走夜路的人，尽量避免经过下脚湾。从我记事起，下脚湾人一直安分守己，从没出来捣过乱。不知为什么，人们不相信它们。总以为长夜漫漫，它们无事可做，会时常出来打劫，惊扰路人。两个妇人吵架。头脑聪敏、牙尖嘴利的那位开始骂出新花样，"你死后埋下脚湾"，或者"你全家都住下脚湾"。跟"下脚湾"产生勾连，那真就是世上最恶毒的诅咒。听的人无法言语回击，当然要扑上前去拼命。两人扭打一处，扯头发、抠脸皮。叫上儿女或者丈夫，两人战争就因为"下脚湾"变成两家人甚至两族人的战争。若是打累了，又恢复到骂战，能靠这字眼对骂三天三夜。

天晓得下脚湾有多大委屈。

伍

夜里很冷，我蜷起身子，缩在棉被下做梦。路上人很少，大家都低头行走，抿紧嘴角，一声不吭。下脚湾如此荒凉破败，好像变了样子，又熟悉又陌生。我在路口彷徨，一眼就看到了舅公。他身形格外瘦小，拄着拐杖，在前面摸索前行，很像一只艰难移动的蚂蚁。他失明十多年了，我担心他会跌倒或者被风吹散，跑去搀扶他，劝他回家。舅公满面凄苦之色，坚持要高笋。这里怎么会有高笋呢？我心里酸涩难忍，答应一定帮他找到高笋。

梦醒时才想起，舅公几个月前住进了下脚湾。人一旦去了那边，就需要戒备和提防。冷不丁下脚湾人就会发出警示，告诉子孙，你什么地方逾矩了。于是在给家里打电话时，我说了这个梦。我妈大吃一惊，说这是舅公在托梦。舅公家门前田里的确长着一大丛高笋，前两天，刚被二姐清理掉。二姐是舅公的儿媳，有次回家碰见她，说起这事来，她显得很无奈。舅公在世时，二姐为了清理田地，几次要砍掉高笋，舅公都拦着。想不到他人去了下脚湾，还要争这个东西。最后，二姐只好又找来几株高笋补种在田边。

下脚湾人，只要有需要，就会托梦给这边。一位老妇去下脚湾三年后，女儿渐渐淡忘了她。老妇心中有气，却并不直接说给女儿，只天天在梦里缠绕身体虚弱的外孙女，说自己在下脚湾受苦、受穷，直到女儿从外孙女那里知晓自己的心愿。于是，女儿买来大堆纸钱，在老妇坟前焚烧掉。纸币刚烧完，风起扬灰时，一条蛇团在其中。它抬头，朝人微微示意，心满意足地爬走了。从此，怀孕的外孙女再也没做过那怕人的梦。

堂姐去下脚湾后，伯娘反复做类似的梦。梦中，祖母牵着堂姐的手，在伯娘面前一次次走进下脚湾。祖母早亡，在父辈幼年时病逝。因此，大家都没见过她老人家。但伯娘坚称那个带走堂姐的人就是祖母，她在说起这个梦境时，既痛苦又气愤："你们奶奶当面把我妹妹（女儿）接到下脚湾去了。"

堂姐美丽善良，正当好年华，在这边过得好好的，祖母为什么要接走她？伯娘说，堂姐小时候祭祖，曾站在祖父母坟前发过誓愿，许诺以后挣钱给他们修建漂亮豪华的墓园。童言无忌，做父母的听了，只是笑笑，并没将堂姐的孩子话放在心上。堂姐后来忙着上学恋爱、结婚生子，她还没来得及兑现儿时的诺言，哪里能想到下脚湾人就当了真呢。祖父母苦苦期盼，大概久等不至，心中也就充满了愤怒。

下脚湾人有的宽厚，有的小气。小气也无非长夜寂寥，无趣生闷，于是捉弄这边的人来取乐。他们躺在漫长的岁月里，肉身败坏腐烂，化作泥土，但是灵魂不朽。他们的语言具有强大的魔力，话语一旦吐出，便会产生效用。虽是鬼魂，其实有若神灵。不懂事的孩子，爬上坟头逮跳尕子，抓土狗子，摘好看的花朵，或者围绕坟地赛跑，捉迷藏。甚至这些事都没发生，仅仅声音大一点，显得快活一点。任何一点小小的举动，都有可能触怒下脚湾人。据说，爱生气的祖先会多嘴，谁被他念叨过名字，谁就要在吃晚饭时难受，直到把好吃的东西全部吐出来。尤其坟边玩闹的无知孩童,常常遭到他们的惩罚。吃晚饭时,经常恶心、呕吐和哭闹。

下脚湾人不但小气,而且欺软怕硬。坟头上的柴禾大多肥壮结实,因害怕他们不高兴,也无人砍伐。偏有泼辣蛮横的妇人,倒上半盆清水,花一早上工夫,把刀子磨得雪亮,穿上粗布衣裤,就爬上坟头。哐当几下,就将那些柴禾全部放倒。妇人在坟头上行凶,心里也不是不害怕。为对抗这种害怕,她们一边作恶,一边大声咒骂。骂下脚湾人在世没有留下财产,去了那边也只是一味睡觉,不晓得庇护子孙。妇人心里害怕极了,因此,她们的咒骂里就带上威胁,要是下脚湾人敢降祸,她就刨他们的坟。妇人的诅咒没有下脚湾人的话语有魔力,但下脚湾人一律屏息静气,全都不敢出声多嘴,好像十分害怕妇人的诅咒。妇人捡了大便宜,最后安然无恙地回家。

也有良善的妇人,对下脚湾人恭恭敬敬,不做任何亵渎的言行。她们每隔一段时间,就同丈夫一起,薅去坟上杂草,将下脚湾人的门面打理得光鲜亮堂。为防止坟土下滑、流失、坍塌,她们会花钱筑墓,将坟土牢牢护住。她们时常扯一把野蒿草,束成刷子,拂去石碑上的蛛网和秽迹。她们还会植几棵松柏,与下脚湾人相依相伴。松柏慢慢长着,某一天开始,上面会陆续停留一些黑色鸦雀,下脚湾人就不再感到孤独寒冷。

陆

对土家族人来说，除了一些特定的日子，需要打开通道，拜祭先祖，互诉思念外，我们不应跟下脚湾人有太多关联。特定的日子除了清明和忌日外，就是大年三十，这是两边团聚的时间。这天早上，父亲早早起床，背篓里装好夜里煮熟的猪头，带上香烛、白酒，有时还带上水果，连续走访下脚湾人。每到一处，摆好碗碟，点好蜡烛，浇上白酒，烧几张纸钱，手持香火跪拜下去。这时，外边的人恭敬虔诚，言辞谦逊得当。下脚湾人也一副先辈的仪容和尊严，坦然接受子孙们的跪拜和馈赠。一根平时几乎看不见的纽带发挥着神秘的作用，两边都知道对方就是自己最亲最爱最思念的人。

堂姐离世五年，祖父母的儿孙三十多人陆续回家团聚。大伯于是提议，给下脚湾人立碑筑墓，尽儿孙之孝。也同时与他们立下契约，让他们保佑儿孙康泰，万世昌荣。那天，我们在下脚湾人的坟头燃放了数不尽的鞭炮，烧了小山一样的纸钱，然后邀请他们来吃年夜饭。年夜饭就是把所有能做成菜的东西都做成菜，满满当当摆一桌子，再盛一碗米饭，放双筷子。万事齐备后，燃放一挂鞭炮。父亲在鞭炮声中发出邀请：太公太婆，爹爹奶奶，伯伯满满，各位老人家，都来吃饭吧。

有时候，下脚湾人不经邀请，也会跑到这边来。但是我们不许他们来。主动来的人，心不在身体里，而是装在口袋里。人走后，心会随时从口袋里跳出来，因为有活着的人对他的思念和记忆。但是，这个世界已经不再有他们的位置了。为了让他们离开，活着的人必须硬起心肠，断开一切牵绊。我们会选择一个风向好的路口，烧掉他们的衣物、用过的东西；烧掉他们的言辞、音容、影子。我们的冷酷无情让下脚湾人没有任何借口返回。

下脚湾人本来是我们最亲近的人，是我们孝敬和喜爱的长辈。我们承认他们以这种沉睡的方式存在，活在我们心里。我们在讲述过往历史和家族血脉时，无法回避他们。下脚湾人的名字和称呼，时常从我们嘴里吐出来，他们无处不在。但我们跟他们之间，毕竟有了界限。这让我们在坟墓前面各自止步，不再前行。我们在说话做事时，为了不惊醒他们，就有了很多禁忌，有了很多需要规避的地方。我们继承下脚湾人的财产、土地，延续他们的生活，同时埋葬他们的一切过往和人世情感。

明亮的太阳下，我们手持长帚，一遍遍打扫坪坝。扫去烟炮碎屑，扫去冥币香火，扫去酒席，扫去聚会，扫去狂欢，扫去哀乐，扫去葬礼上留下的一切痕迹，扫去舅公留在世上的痕迹。他的衣物被褥日常用品，在一个下午全部烧掉，他跟世间的联系随着他的离去而被全部擦除。即使这样，儿孙仍然受到几次惊吓，有时听到老人用打火机点烟卷的声音，有时是挪动椅子、拐杖点地的声音。二姐坚持说深夜里，她能看到下脚湾人坐在椅子上，守着火坑里的灰烬，安详、平静，如往常一样。有人为此常常咒骂那个装殓师，怪他不懂葬礼的大忌，把棺椁里的枕头垫得过高。舅公会以为自己在睡觉，不知道自己已经去了下脚湾，他会照旧按照日常习惯在家中生活。人错失了送别他的机会，他就会在人间逗留，不愿意离开。

木房子最善于收集天地灵气和各种野生小物，跳蚤子、飞蛾、毛毛虫，那些东西能顺着草木的芬芳寻觅过来，把木房子当作天堂。如果你嫌它们脏乱，嫌它们吵闹，嫌它们恶心肉麻，嫌它们妨碍生活，你可以理直气壮地驱赶它们，用各种办法设置障碍，阻止它们入内。但对纺锤娘要客客气气。小时候，我妈就告诉我们，纺锤娘是过世不久的先人前来告别，万万不能伤害。只有完成告别，他才能成为真正的下脚湾人。我妈的话，我们深信不疑，因为这不是她故意捏造出来吓唬人的，这是她的长辈告诉她的。纺锤娘进入房间一定是静悄悄的，它出入的路径很神秘，无人知道它什么时候来，从何处来。即使门窗紧闭，它也能循着空气进入，它有自己的道路，总有法子到亲人的枕边来。

纺锤娘进入房间时，会带来一种神秘而惊悸的气息。它的个头跟螳螂、蚱蜢差不多大，外衣鲜艳碧绿，样子桀骜，神态轻慢。在房间每个角落不声不响地跳跃、飞翔，发出翅膀带动空气的声音。有时突然鸣叫，像是通过腹部鼓动而发音。缓慢、吃力，类似门轴转动的"吱呀"声,但又比那个要迟钝模糊,如从地底深处传来,原始、古老。它叫的时候,往往吓我们一跳。大人不许小孩议论它,更不许凝神倾听,最好做出不在意的样子。任何不敬的行为都可能冒犯到准备长眠的祖先,激怒他们会带来严重的后果。

从纺锤娘到来的那一刻起,我们接到最稳妥的信息,亡人的名字从此就被封存了,只在一些特定的日子,取出来用用。生死的界限如此明显,我们提起下脚湾人的名字时,变得忌讳,格外小心翼翼,也多了一些隆重的仪式。他们有他们的生活,我们有我们的生活,为了不被下脚湾人看笑话,我们就得鼓劲儿去活。

其实我们从没见过下脚湾人,他们比影子还虚幻,但他们确实生活在我们的不远处。纺锤娘来后第十五天,正是九月。大地中央,舅公的新坟上,野草长势蓬勃,很快吸引了各种小虫子,它们在潮湿肥美的土层里筑巢垒窝,搭建家园。阳光照耀的小山坡,亡者的气息顺着热度散发出来。软风一拂,到处都是干净的尘土,只留下灵魂发出空荡荡的笑声。我们在坟边耕种收获,忙忙碌碌,绝口不提下脚湾人的名字。

第二辑

与祖先重逢

来历不明的生活

壹

公交车上,一个人唤我的乳名,语气亲热、自然、熟络,像一个相处多年的邻居。然而声音陌生,进入我眼睛的那张脸更是陌生。我仓促应答,内心一片茫然。她下车后,我开始在一堆日常细节中反复翻拣,却毫无所获。我找不到有效信息来证明她的存在,她跟我之间没有任何隐秘关联。到底哪个环节出现了错误,整整一天,这件事困扰着我,来历不明这个词让我心烦意乱。

我一直喜欢在木房子里听雨。温凉的春雨反复濯洗青色的瓦片,蜿蜒滴落,像透明的泪滴,总要被多情的屋檐眷恋挽留。雨水伤心徘徊、百转千回后才拖着长长的身线跃向地面。落入阳沟,发出清澈的声音。这种声音无限拉长节奏,缓慢而有韵味。好像这种滴落是一种时间和空间的延展,是一种无休止的轮回。它穿透层层烟雾,从远古时代过来,直接撞击我的心灵。幼时的我,每每由雨水激起无数遐想。我对木房子感到好奇,对我的祖先感到好奇。最初为何选择这个地方,而不是生活在别处。我们究竟传承了多少代?我的先祖叫什么名字?娶了什么样的妻子?他经历了多少磨难?除了最初的啼哭,他是否还流过泪?他的一生是怎样的一生?

在湘西小溪沟,人是没法远望的。他无法望见自己的来处,也无法望见自己的去处。无论从哪个角度望出去,他看见的只能是山。山是刚性的,大大小小,连绵不绝,从四面八方向人逼近。所幸有水,有水就有路,柔柔的水一直牵引着人寻找出口。水不会停住脚步,山也不会。山走累了,到这里收拢翅膀,歇歇脚,于是,满山的风景都在后面歇下来了。跟着山一起吐气呼吸,慢慢形成了小溪沟的万千气象。有些生灵就存了偷懒的心思,停下来就不想再挪动了,开始一心一意安家落户,它们觉得这样也非常好。

最后,山歇息够了继续赶路,延展成群山。留下我的祖先,鲜活活地过到现在。但我们没有家谱,这使我对自己的家族一无所知。关于小溪沟王家寨的由来,老人们说法不一,至今无据可考。我曾做了无数神妙美丽的猜想:"湘西的群山是不是神灵故意挖出的陷阱?许多年前,我的祖先把他的全副家当打包成一粒雪白的'蛋粒',然后抱在怀中一步步朝前跋涉。在深渊面前黯然止步,在林壑面前低头绕道,慢慢把'蛋粒'推进深坑,把家放下,开花落子,繁衍生息。从此以后,我的家族镶嵌在水井湾里,像谜一样种在大地深处。"

我们住在水井湾。它因房子后面那一口大水井而得名。我一直认为，这是小溪沟王家寨最美丽的地方。三十多年前，还是一丘稻田。住在老屋里的人习惯了水井湾的静默永恒，从不觉得它美，但它的确是美的。这种美，只有寨子里古老的时间知晓。大地上流泻闪烁的光阴，只要在井口里卧伏的碧水上稍作停留，便会被它羁住翅膀，圈住脚步，再也无法动弹。多年来，所有的时光走到水井湾时就这样全被截住了。田里的稻子割了一茬又一茬，鸟雀们停留了一季又一季。为了迎娶母亲，全生产队的人帮着父亲填土、搭脚、伐木。磨刀霍霍中，水井湾左边的青橄林，右边的几十棵椿木树，对面满山坡的枞树林以及后面山上的大片楠竹林；寨子上空的鸟雀、云朵、空气和风，一起见证了房子的出生。它在这个植物丰茂、雨水丰沛的地方出生。我喜欢用"出生"来叙述它，只有这个温情的词能界定生命的起始、成长和死亡。到现在，它刚好满三十五岁，被六月里的一场大火化为灰烬。

房子没了，别人都说，那是有征兆的。年初的时候，父亲去祖先墓地烧香拜祭，发现坟头那棵柏树好端端地枯萎了，父亲赶紧补种了一排小松树。但房子还是在夏天里"走失"了，被这场早已预示的灾难勾起惊恐哀愁的除了我们，还有水井湾后面的田二奶奶。

田二奶奶家的祖坟前长有几棵高大的柏树，浓荫密盖。只是坟周边的土地，几经变动，最后划分在别人名下。土地主人二姐热爱侍弄庄稼，是寨子里最勤劳能干的妇人。她家的每一块土地都被她打理得平整,每一处土坎边角都被薅得精光,一根杂草都没有。照在土地里的阳光都是满满的,她种的阳春长势最好。但二姐家的地,被田二奶奶家祖坟上的几棵柏树遮了大半的阳光。那些柏树不知长了多少岁月,高大的枝丫撑起了一把巨伞,土地里的大半时光就被这古老的先知吸收殆尽。在一个天空旺旺的日子里,二姐抱来秸秆柴禾,点火焚烧。火烧了好几天,二姐不断添柴加火,活活将几棵古树烧得枯黄。树烧死了,土地里的阳光又美了起来,二姐种的阳春更加值得炫耀了。但这场大火把田二奶奶的心都烧碎了,她坐在墓碑前大哭了一天。

贰

田二奶奶原先是个得势不饶人的强悍妇人,邻里口碑并不好。谁也不曾想到,德富爷爷在给人家盖房子的时候会从楼顶摔下去,又刚好把脑袋磕在一块大石板上。田二奶奶变成寡妇后,遍尝人世间的蚀骨冷漠,气焰沉寂下来,那些往日受过她欺压的人现在反过来欺压她。这次二姐问也不问,直接烧了她家祖坟上的柏树,把田二奶奶的天都烧塌了。动祖坟是大忌,要是一般人家,早就扯了天皮。田二奶奶不敢吭声,只敢私下找人哭诉,在家怄了几天气,还是不敢吭声。

小溪沟王家寨是周边唯一没有外姓掺杂居住的小村

寨，我们这支王姓家族跟周围所有姓王的人都不同字辈。没有族谱，让生活在小溪沟的王家人多年来一直感到悲戚和惶恐，不知道究竟如何追溯自己的过去，如何验证自己的生活。在少数民族聚集的地方，我们是从外地迁徙来的汉人，在此生活通婚，才变成了土家族。有人推测我们是由太原王氏迁徙到山东半岛，再由琅琊祖移至衡阳。但渔溪王氏一族是如何让自己的子孙分流到湘西小溪沟王家寨来的，无人知晓。

多年来我们远离外界，一直活得很孤独。我曾反复央求别人讲述汉人祖先的事情。没有人能说得清楚，因为长辈们都早逝。祖母的死或许是唯一的传说，这让我津津乐道，热衷于在文字里反复渲染。我十几岁时，同族哥哥有到衡阳谋生的，有一年回家过年带回来一个让所有人宽心的消息，说在那里遇到了跟我们同字辈的王姓，还是一个大家族，还说那边的亲戚要到小溪沟来认亲。这让全寨人喜气洋洋，辈分最老的太公公在老屋坪里敲着青橄木拐杖，当着全寨人，庄严地宣布，要为那场遥远的相认，安排一次隆重的接待。只是这么多年过来了，小溪沟王家几位上年纪的长辈又逝去了几个，那支一直跟随着太公公的拐杖，埋在百家树里都快要发新芽了，我们还是没有等到来认亲的人。

四年前，小侄儿出生。年轻人认为用家族字辈来命名并不好听，现代人的名字应该时髦一点、个性一点。父亲则反对胡乱取名，他认为侄儿是家中长孙，取名要按照祖先的规矩来办。父亲害怕王氏一族的字辈从我们这一代没落。其实，到小侄儿下一代，我们已经不知道该用什么字辈来取名了。这是一件令人悲伤的事情，古老的传承到这一辈差不多要中断了。王家的字辈往下不知道走向如何，唯一让我们感到慰藉的是可以往上回溯好几辈。不是因为口口相传的记忆，而是有墓碑上的刻字为证。那些埋在土地里的祖先，这是他们曾经存在的唯一凭证。经由墓碑上的蛛丝马迹，我们抚摸那些永不枯烂的名字，借此找到血脉之间的神秘通道。

王家寨一直生活着一群来历不明的人。一栋房子的存在，使我看清了自己的来处，但房子未必能知道自己的来处。小时候，我曾缠着父亲，要他告诉我，这栋全寨人一起建成的房子，它的骨骼和血肉，它满身的芬芳，都分别来自哪座山。公家湾、上脚湾、下脚湾、里沙坡、对门沟、老屋场……每一座山都有一个名字，每个名字里都长着数不清的枞树。一栋房子虽然在他们手里出生，却没有谁能说得清楚一栋房子的来历。那些适合建成房子的树木被人们从山里面一棵棵寻出，刨根、剔丫。淌着白色黏糊的汁液，光溜溜地摆放一坪，面目模糊，谁还能明白无误地指出它们到底来自哪一座山？粗壮而直的做了房梁支柱，其余的做成板壁。人们把一棵剥了皮的树头架放在高高的木马上，把锋利的锯齿喂进木头身子。一人端起锯子的一头，来回拉锯。随着"沙沙"的酣醉声，割木粉纷纷扬落，一棵木头不到半天工夫就成了厚薄均匀的木板。那些树死了，在它们汁液浓稠的胸腔里，一定还有没来得及做完的梦。一个充满了春天气息的梦，被永久封存在还未干涸的木房子里。山野林木的芬芳没有随着季节枯死，那是为回归做好的铺垫。它们的记忆在时间里长久埋伏，等待在最好的时机里复活燃烧。

叁

每年夏天，五颜六色、大大小小的虫豸就从周围的草木上纷纷跌落，奋不顾身地朝这栋新房子里爬。我家周围立刻呈现出秩序井然，色彩缤纷的虫路。年幼的我，每天唯一的任务，就是搬个小凳子，蹲守在虫豸最多的路口，手拿大石块，阻断虫豸们的去路。在这漫长的寂寞无助的日子里，陪伴我的，是早已垂垂老去的外祖母。外祖母死后，每年夏天往房子里爬的虫豸越来越少，房子的记忆大半干枯在时光之中。它们的气味芬芳湮没在风中，消匿不现。

我问湾湾太太，虫豸为什么一定要往房子里面爬呢？她说，那是因为你家的房子感到害怕哩。它太年轻了，那些木头被你的父辈找寻了来，做成它的骨骼。它们全都失去了记忆，不知道自己到底出自哪个山头，当然会感到害怕。一感到害怕，它就会散发出气味，来吸引那些曾经在它们身上安家的虫豸，借此找回自己前世的记忆。房子看不见自己的来处，虫豸也一样。它们也是在寻找，这都跟人一样，人也在寻找。房子害怕自己来历不明，等到你父母把日子过踏实了，房子有血有肉不再空空荡荡，渐渐变得笃实沉静，它就不会害怕了。我们成了它的来历，人也就不会害怕了。湾湾太太说到这里时，就显得特别孤独。她把一切都看透了，可她却看不见自己的来处。几岁时，她被土匪劫到王家寨里，当了人家的童养媳。年轻时死了丈夫，两个女儿远嫁，唯一的儿子脾气暴烈。湾湾太太终年独住一处，她是一个没有来历的女人。

世界上的事情，都是有来历的，湾湾太太一直这么强调。我们有祖坟记录过往，也有柏树见证未来。就像在我们眼里，家是清晰可辨的，父母亲人是温暖可依靠的。我们在房子里出生、上学、工作、活着。一切都有迹可循，这是一条简洁明了的线条，线头和线尾都一目了然，没有任何悬念。一个人，除了来历，还有什么能更有力地证明他曾经存在过？湾湾太太是一个典型的湘西土家族女人，黑丝帕牢牢包住头发，经年不拆，穿一双自做的布鞋，脚上长长的裹脚布也是经年不拆。每当太阳光绕过水井湾后那一片翠竹，把金子全都洒在房子周围的椿木树上时，所有人都出门干活去了，湾湾太太就拄着拐杖从房子右边出现了。只要看到光影在青石板上轻轻一顿，我就知道她来了。她穿一身黑衣，脸上的皱纹像椿木树上的枯皮，层层叠叠地皲裂着。她的样子比寨子里任何一件事物都要显得古老，古老得就像从那口幽深的水井中走出来的一样。湾湾太太是寨子里的活神仙，没有她不知道来历的事情。寨子里一大半年轻人都是她看着出生的，几乎全部的媳妇都是她应允着娶进门来的。寨子里每一个人，每一个家庭，每一只家畜，甚至寨子上空的云朵，林子里的鸟雀，路口的小野花，台阶下秘密的蚂蚁巢穴，她都能随口说出来历。祖母的死，就是她说给我听的。祖母躺在散发着体香的木房子里，看着那些虫子奋不顾身地朝她爬来，像虔诚的信徒来朝拜。这多少带有魔幻意味的景象一直盘旋在我的记忆里。她的死是一个谜，伴着许多诡异的传说。其中一种说法是因为祖父无意中触犯了神灵，祖母因此受到诅咒，在梦中被一只大虫抓伤，受惊吓而死。

房子在时，我看不清它的来处。它死亡后，鸡笼没了，鸭栏破了，猪圈毁了，依附在房子里的一切东西都走失了。在这半年时间里，我们思绪混乱，生活无序，人人变得悲伤慌张。生活是突然来到一处悬崖边的，我们一家人悬空生活在这里，意外遭遇了断层。我知道母亲很多次从那个临时搭建的绿颜色小棚子里起床，有小半天神情是茫然的。她也许说不出那种感觉，但我知道，那就是怀疑，怀疑自己的出处，怀疑这一切的出处。这一切都显得那么突兀，一切都来历不明。她有时候听到猪叫了，鸡吵了，想着该喂食了，慌急去找家什，脚步却不知道该往哪里抬。喂食的工具都不见了，但母亲老想着它们在什么地方悄悄躲藏着。

每次从外地回到这栋木房子里，我都在角落里翻找老旧的时光碎影。一张残损的照片，一小截污秽的橡皮擦，半本语文书。这些东西看似微不足道，可它们一旦串联起来，就是我的整个童年，整个过去，我的一切，这个家的一切。现在这一切都无迹可寻，在短短二十分钟内，它们成了灰烬。

不管我做何种猜想，都无法抵达真相。我们成了丢失过去的人，那些能证明我真实存在的一切物件都藏匿不见了。我真的有过祖先吗。我真的在童年生活过吗。我是从这块烧焦的土地上出生并成长起来的吗。谁来证明呢。那些无法证明的存在还是存在吗。这成了我有生以来精神上遭遇的最大危机。

一连几天夜里，我都梦见那些被二姐烧毁的树在哭泣。经历多少风雨人世，它们跟老祖宗一样老，应该跟老祖宗一样受后人仰视尊敬。它们是神祇一样的树，它们活在世上，像祖先一样，庇护子孙。谁知道什么都不懂什么都不知道敬畏的子孙，会因为一个浅陋理由，就用大火把它们活活烧死呢。我常常躺在离家稍远的一座瘦小的山头，和着轻风残阳，对着无限苍穹发呆。想着人的存在与虚无，无端伤感和落泪，直到暮色铺地才怏怏而回。我们在遭受大难后，感受到无路可走的恐慌和不安，才终于明白，这是一件可怕的事情。人如果抛弃了自己的过往，抛弃了自己的祖先，他就再也无法去寻找自己的来历。

我开始习惯坐在废墟堆边复习自己的记忆。我在这里出生，将来也必定会从这里出走和死亡。我身上的一切细节，毫无疑问都来自面前这栋消失掉的房子。现在的细节都必须还原到记忆中去，跟儿时的情节一一契合，我才能够看清自己的来处。户口和身份证烧毁了，可以补换一个新的，一切都来得及，我们不用担心外在身份的丢失。只是从今往后，世间的风月再也来不及滋养那些坟前新植的幼苗了。我们与这栋房子所共有的一切情感细节，就只能埋葬在记忆之中了。可记忆善于做伪证，最是形迹可疑、来历不明。

与祖先重逢

  黎明时分,雨水降落,天色晦暗如故,世界被重重帘幕遮掩。这场雨把大地浇透了,事物恢复本来面目,一切明晰可见。公鸡声音清亮,几乎把雨水叫停了。雨水逐渐变小下去,断断续续。雷声如鼓,从遥远的天际隐约传来。闪电快似一道律令,昭告世间之物。恍惚片刻,不复再见。在雨水中持续浸润的不仅仅是整个山谷,还有许多秘不示人的心事。

  我坐在门槛上看一本童话书。雨停下来的时候,我的目光也在一行带拼音的字上停下来。"那条沟不断被雨水冲刷,泥沙俱下,逐渐显得大,而且深。雨后初霁,小兔子坐在水边发愁。她不是无端哭的,她清晨出门玩耍,被这条壕沟阻断归路。她想要跨过去回家,却一直缺乏勇气。幸亏她遇到了一位好心的神仙爷爷,在她最需要的时候出现,守护着她的成长。爷爷砍断一根梨木,剔除枝丫,给小兔子搭了一座美丽的树桥。小兔子蹦蹦跳跳回了家,爷爷摸着长长的白胡须,微笑起来。"看到这里时,我不由得悲从中来。这个童话击中了我心中的软肋,它让我在一个美好的故事里泪水滂沱。因为没有祖父陪伴，我一直觉得自己活得不够扎实，在外受了欺负，或者没有勇气归家时，缺乏一个为我搭桥通路的长者。有一个面目慈祥的祖父温柔相伴，肯定要比读一百本童话书更好。

祖父母过早离世，致使父亲伤痕累累，也造成了我们童年时代的遗憾和凄惶。山谷里有一种野果，长至成熟时，满树沉坠，颜色红转深紫，味道酸甜。因形椭圆，类似羊乳，故名之羊奶奶。我迷恋这种野果，大概不是为了贪吃。羊奶奶，羊祖母，一口一个。吃的不是果肉，而是这个名字。一个名字吞下肚腹，伴随着祖母的呵护，舒服、熨帖、满足和充实。极大地填补了味觉上的贫乏，还有情感上的空虚。是的，我一直嫉妒那些拥有祖父母的孩子。对祖父母的渴慕，让我在整个童年时代，都在寻找那些相似的温度。

当时，我们沉醉在羊奶奶的无数滋味中，双手和嘴巴被熏染得乌黑发紫，犹自不觉得饱胀。夜幕降临时，方才醒觉过来。几个不足十岁的孩子在山里面面相觑，手足无措。天黑下来，山谷里暗淡无光。夜风一吹，我有些站立不稳，成了被壕沟阻断归路的小兔子。我们开始哭泣。山英哭得最凶，她的脸颊在黑暗中闪闪发亮。她的祖父神奇地从一个山坳处转了出来，他背起山英，绕过蚂蚁包，轻轻快快地走在前头。我们全都不哭了，闷声不响地跟在后头。没有祖父母的孩子比别人要少一点底气和胆量，甚至少了庇护和退路。山英不同，她伏在祖父背上，有恃无恐。她嗔怪祖父来得太晚，她怨恨父母不来寻她接她。她一遍遍言语问候自己父母,骂出很多粗话丑话来。而她的祖父只是嘿嘿直笑,并不斥责她。山英不怕今晚无处可去,假如她跟父母闹翻了,她还有祖父母可供庇护。这在山谷里是常有的情景。有孩子惹父母生气了,就去祖父母家吃饭睡觉,借此躲过父母责罚。这让我无比忧伤,我想自己的祖父母在哪里呢?山英可以以下犯上,在祖父面前肆无忌惮地骂自己父母。而我在每一次怏怏不乐时,只能幻想着在百家树坟头痛哭一场。

去山里游荡时,我们路过一座坟。地势开阔处,高大的石碑团团堆砌,周围遍植松柏。泥土新翻,野草薅尽,光洁的坟头上还有燃烧殆尽的烛火。看得出后人的虔诚和用心。山中时光静谧,我们停了下来。两个孩子对此充满好奇,十岁的小少年第一次发问:"小姨,你的爷爷奶奶葬在何处?""百家树。"我回答道。他锲而不舍:"你爸爸的爷爷奶奶呢?""大概也在百家树。"我竭力表现得漫不经心,试图让他放弃追问。可他仍不罢休:"你们家最开始的那个人的坟在哪里?"意料之中的事情,他终于问了出来。我尴尬了一下,佯装镇定,心里暗自恼火:"你问这些干什么?"这种怒气看似突兀,其实它来自二十多年前我对父母的追问。那时候,我突然对自身的来历产生了无法遏制的好奇心。我想知道,我们这群山谷里的居民有没有最老的祖先,他在哪里,他叫什么名字,长什么样子。我刚问到祖父母的祖父母,我父亲就回答不出来了。如同现在的我,他被问住时,张口结舌,窘迫难堪。我清晰记得他恼羞成怒的样子。他生气,责怪我多嘴。那时我也是小少年,有着跟现在这个小少年同样的委屈,替早已被丢失的祖先伤心难过。"你们为什么不去祭奠他们?你们把他们忘记了吗?"小少年的质问抽打着我的脸,我面红耳赤,嗫嚅难语。我们当然去过,每年一两次,去那些坟头烧纸插香。我祖父母的坟头有两棵很大的柏树,不,好像是三棵,或许是四棵。究竟有几棵树,在小少年清白无辜的目光下,我怯场气弱,狼狈慌乱,变得不确定起来,费力的解释成了狡辩开脱。

挨着我家房子东头,一棵大橙树下有座孤坟。没有墓碑,瘦小的土堆,勉强能看出圆弧来。我们习惯在橙树上拴咬人的狗。放牛回来,顺手把绳索往树上一套,就进屋吃饭。于是,坟堆周边到处都是狗屎和牛蹄印。母鸡整日在坟上垒窝扒土,为争夺一条蚯蚓打得蓬头垢面。猪老是借这块地方的阴凉蹭自己长癣痕的皮肤,它的鼻子要是贪图快乐上前拱一拱,一些泥土就会被新翻出来,散发出潮湿腐烂的气息。这个地方成了动物们的乐园,谁都可以在上面大展身手。人也不例外。扛回来一根老去的泡桐树,背回来一捆秸秆或者柴禾,都往坟上一扔了事。这个地方太过便利,成了驿站、会所、憩息台,人们常常忘记这是一座坟。因它离家近,我们跟它之间关系亲密,消除了距离感。不觉得禁忌,亦不感到是一种冒犯。坟呢,倒也知趣,为了不跟人世抢占地方,尽量压缩自己的生存空间。它毫不起眼,要不是那些特定的日子，没人记得它的身份。有时候我见它，都恨不得把自己挂到土坎上去。

过年时，我父亲总还记得提前清理一下，让它恢复光鲜亮洁。然后陆陆续续有人来拜祭。在坟头点三根香，烧一些纸钱，倒少许酒水，磕头念叨几声。整个山谷里的男主人都会自动前来履行这个程序。清明节里，坟上飘满了清明纸，白的、红的、黄的。五彩缤纷，喜气洋洋，一些平时被压制太久的草也会趁机抬起苍白瘦弱的脑袋。这座坟会在这两个节日里重拾尊严和身份。可它的身份究竟是什么，却无人能够回答。每到这个时候，我都守在坟前追问，这里面到底是谁？在坟前跪倒的男人们闭口不言。他来自久远的时代，他是我们众多祖先中的一员。他是所有人辈分上名义上的老祖宗。山谷里的居民都得来拜祭他。可他究竟是谁？这是一团疑云，盘旋在山谷上空经久不散。其他的祖辈脉络清晰、子孙绵延。只有这一座小小的土堆，在长久的岁月里淡化了身份，模糊了来历，成为一座无主孤坟。

人在长到一定知觉的年龄，几乎很难不回头观望自己的来处。然而我们没有来处，我甚至连父亲的高祖的名讳也叫不出来。仅仅在百家树里有一处墓碑，有数量不详的柏树陪伴，这远远不够抵御小少年的质问。也许多年以后，世事变迁，儿孙健忘，它们也不过是遗留在时光蛮荒中的无主孤坟。

在山谷里，人人都有一颗良善之心。对周围的群山温柔以待，不攀高踩低，也不恃强凌弱。即便是一座小山坡，也要诚恳慎重，为它取一个符合本性的好名字。然后，无尽岁月的浇灌，子孙万代一瓢一饮，一箪一食，一日日喂养供奉，填充修缮，使其形神俱备，血肉丰满。一座山，有了名字就有了面目和记忆，有了起码的尊严。亘古以来，神仙妖怪、祖先山民和平相处。一座山，便成了我们存储苦难神话的殿堂。一个经验丰富的人，闭眼都知道什么时候该去哪座山合适。心有所求的人找到合适的山头才能如愿以偿。比如洞山。

大大小小的洞，从山的各个部位显露出来，像无数双苍老的眼睛注视着我们。我猜这些洞最初应该是一只老鼠打造出来的。一只老鼠如果打定主意在山上生存下去，那它一定会建造一座乐园，用以繁育子孙后代。我相信，当第一座山洞以眼睛的形式出现时，老鼠的子孙已经遍布山野。孩子们秉承着祖先的意志继续打洞，等它们的王国铸造完毕，山洞也就像老鼠一样遍布在山的每一个角落了。神，就这样来到了我们中间。动物知道找个洞把自己藏起来，人也一定打算这么做，挖个洞把自己藏起来。躲过严寒的冬季，躲过悲苦的人世。山无言，但山有洞，有洞就有祖先，就有一双窥探人心庇护子孙的眼睛。

最初，一个悲观绝望的人找到了洞山。他跟妻子吵架，随口说了句让她去死的气话。不想妻子记挂在心，果真抱着半瓶百草枯喝了下去。这个人后悔不及，日日自责痛哭，觉得自己也活不下去了。最后，他不听劝告，独自一人住在洞山的石窟里。他在洞里不吃不喝，绝食七日。被人抬回家时，已经奄奄一息。这个大难不死的人后来活得无比酣畅。他热衷于给人讲述那次死里逃生的传奇，喋喋不休，乐此不疲。他说，在似醒非醒的梦境里，他能感觉到山风的温柔抚摸，类似于人的软语呢喃。这让他战胜饥饿和恐惧，内心空明澄澈。好几次，一些平常不见的猛兽走近他，对他低头嗅嗅，用舌头舔舔他的脸，然后转身离开。他能看见它们眼睛里的爱怜和顾惜之情，以及那些欲语还休的万千祝福。这个人坚称自己遇见了祖先，一大群隐匿在山谷里的神秘之物。我们这个民族活在山里，我们跟山息息相关。我们的祖先来自山里，死后又回归那里，要不然，山里怎么会有那么多树呢。大人们对此嗤之以鼻，并不相信他的鬼话。只有孩子一脸惊叹，难怪百家树那么小的地方，还显得那么空荡。难怪当我们第一次追问父母时，他们回答不出这个问题。原来从前的祖先都去了山里啊。

在一些月色亮起来的晚上，我躺在床上，会想起山谷里的老人讲的故事。我们这个民族定居在山谷里，还是有福的。孩子们一生下来，就受到群山保佑，那些重重叠叠的屏障高大而永恒，隔绝了外界的伤害。作为一个懂得感恩的民族，我们无以为报，只好在每一座山的每个洞口处开门搭灶，建立土地公公的神坛。并于所有的好时节里，烧香叩拜，特别是路过时，将随手捡来的柴禾献祭给他，以达成心中各种愿望。

搭建土地公公小庙的洞口，我每次走路时都会遇到一两个，通常还隔很远一段距离时，我手里已紧紧攥了一根准备献给他的干树枝。但土地公公只是小小的山神，接受祭祀的灶台有限，一旦我们的心愿满溢山头，柴禾便会拥堵洞口，那些日夜观照山谷的眼睛就会被屏蔽和遮盖。幸好，老人说，我们还有一个更大的神，他居住在一个最大的山洞里。那个洞，可不是老鼠洞，而是山从内部裂开时长出来的眼睛，镶嵌在东面最大的山上。我们的神，就住在那里面，接受我们的供奉和膜拜。那座山，供奉的神是山神菩萨。

从我们会走路那时起，山谷里的老人就告诫过我们。土地公公是个小气的神，如果在路过时不献祭一根柴禾，他就会念一段咒语，让你的肚子痛。自从我知晓洞山的存在后，我在土地公公面前经过的身影越来越频繁。枞树针儿、桐树叶子、杉树棍、柏树枝，我捡起它们，然后迫不及待地交出来。有时候，一天之内，光我一个人献祭的东西就能盖住土地公公居住的洞口。我不是怕肚子痛，我只是在向土地公公许愿，求他保佑我能早日去洞山看看。

我从未去过洞山。每到年底，家里杀了年猪后，母亲都会背上煮熟的猪脑壳肉、醇香的高粱酒、雪白的糍粑和厚厚一沓香纸，去洞山还愿。同时许下来年，祈求神灵保佑家族兴旺，六畜发达。母亲不偷懒，同样的心愿，每年都去许。也不贪多，一年只许一年的心愿。每年去洞山深处拜祭山神菩萨的人络绎不绝。他们同母亲一样，一年年来许愿，一年年来还愿，并不苛求山神菩萨在一年内承诺亲人们一辈子的幸福。人们沿着河流而上，追溯着源头，最终穿越大大小小的山谷，抵达洞山。与其说是去拜祭，不如说人们背负了太多复杂难明的心事，积淀了太多意象纷呈的情感，需要找一个安全隐秘的地方，把所有的重担暂时拆卸下来。与神对话，就是与自己对话。

我想去跟神对话，但我的愿望始终没有实现。洞山太遥远，母亲总是以我年幼不能支撑长途跋涉为由拒绝我。洞山成了我孩童时代一个经久不衰的梦想和传说。每年去朝拜的人们，回来时背篓里装满了柴禾，还有关于洞山的传说。我只好在这些声色中凭着想象力一遍一遍在脑子里描摹着洞山的神奇。去过洞山的人说，那里最美的是水。像神的眼泪，集山之全力，从内里，植被表层下，源源不断地沁出。在洞前蓄成一天然湖泊，碧幽幽，蓝莹莹，终年不枯。而后，水势从湖泊里溢满而出，顺着山体忽急忽缓地摇落，在群山凹凸里曲折迂回，缝隙中逶迤跋涉，朝着人间奔涌，成就一条母性的河。河在汩汩流淌途中，连起村庄无数，像开在两岸的花朵，延续着十几个山谷的烟霞红尘。

洞山的洞口朝着山下的方向张开，坐落在进山必经的那条小道旁。恰似一只眼睛日夜不息地注视着山下的世界，默默无言地权衡着世道人心。这是山神菩萨的天眼，说不定就长在你心里，山谷里的老人说。表面看来，我们的生活太过简陋寒酸，神智也处于懵懂混沌之境，离神的世界实在遥远，毫不相干。但其实，我们生活在神的国度里。日常中，山神菩萨的身影无处不在，他的气息跟我们休戚相关，生儿育女，婚嫁搬迁，祛凶避祸。遇事不决时总是要去洞山烧香叩拜。洞山因此而得名，神的眼睛温柔缱绻地注视着人间，自然心地慈悲，有求必应。尤其是在旧时代，饥荒战乱，山民饱受流离之苦，无以为生，被迫进山。藏在山洞里，犹如粟粒匿入沧海，恶人是永远没有办法找到的。

避难的人把洞山看作山神菩萨为人提供的屏障。我们的祖先沿着山涧开辟荒土，畜养家畜，种下粮食，养育子孙。从这时起，山神就已从一个虚无缥缈的概念变成了一个具体的可以触摸的形象，有血肉有温度。他在洞山里留下种种迹象，以供山民朝拜，寄托哀思情感。

清明前夕，我们在百家树插满飞舞的纸花，而后进山。

我对山里的一切都充满热情，如我四岁的小侄儿。他对一座普通的山，都有无尽的想象，觉得山里有无数神秘和奇怪的事物。有神仙有菩萨有妖精还有怪兽。偶尔一点响动，他会紧张和兴奋，心里全是惊叹和疑问。每到这时，我都扬扬自得，趁机编造出许多虚幻玄乎的故事，来哄骗恐吓他们。小侄儿睁圆双眼，嘴巴大张，全身都在戒备。这些故事令他过瘾，他几乎竖直起来的耳朵好像听到了遥远年代的呼唤。这种全新的体验在他的生命中前所未有，跟一座山心灵相通让他又是害怕又是激动。这种对山的尊崇和看重，我曾经也有过。但此时此刻，我的心里却一片茫然。十岁的小少年却对我的故事嗤之以鼻，他对弟弟的盲从和幼稚十分不屑。"小姨一定是小说看多了,你不要信她。"我听见他侧头悄悄叮嘱小侄儿。我哑然失笑,他跟我一样,过早地对一座山失去幻想,哪怕这种幻想曾经充盈着我们的心灵,陪伴着我们的成长。我们都知道这些全是假的,我们固执地追寻人的来历。这种理智让一个孩子失去了童心,让一座山失去了神性。扑朔迷离的剧情难以抽丝剥茧,我们对祖先的追寻陷入了群山的围剿。

这次进山,我终于偿了儿时心愿。公路尽头,弃车徒步。长长的小径两旁田土无数,然大半荒芜,人迹罕至。偶见老妇独自于山谷之中,埋头栽种玉米,仍觉惊喜莫名。这一交谈,恍若隔世,几欲疑心对方不是世间之人。因担心我们不知山里规矩,无意间冒犯了山神和祖辈,她竟讲了一个骇人的故事:一个十七八岁的女孩在山里打牛草,口渴难耐,见有山泉莹白洁净,她掬来就喝。女孩到家就生起病来,发高烧说胡话。病好后人就痴了,整日淌口水傻笑,光着身子也不知羞。家人莫可奈何,只懊恼不曾教会女孩识得山中规矩。妇人的善意提醒,并未得到重视。我们只觉得有趣,一路上言笑晏晏,没有收敛半分。

走了大半个时辰,到了山脚。抬眼看,气势非凡。山体耸立,林木花草杂伴相生。阳光炽热,风声寥落。鸟叫声此起彼伏。让人不由得敛声屏气,不敢高声语。被我们惊动的不是山里的神仙,而是一家四口人。两个孩儿不足上学的年龄,眼神活泼,皮肤黝黑,在一块开满阳雀花的平地上打闹。丈夫精瘦寡言,在剥一棵杉树皮。妻子长得敦实，善谈，在一旁协助。一个简易木板房前有一排剥过皮的杉树，亮着身子，光溜溜的。不远处的斜坡上，有羊在叫。羊脖子上挂的铃铛响声清脆，搅得光影四溅。妻子说，他们已在此住了一年。他们下决心在此隐居养羊，等到小孩上学的年纪，就可以下山买房了。这话令人咂舌。妻子得知我们要进山，同样告诫了许多禁忌。这让我们在离山神菩萨很远的地方，就已各自准备了柴禾作礼物。

山路多少年来已无人涉足，但仍有清晰可辨的线条，一人几可容身，行走并不难。遥想当年，前往洞山拜祭山神菩萨的人络绎不绝，这条路多么繁华热闹。不过我见到山神菩萨的居所时，还是有点失望。这个地方小而简陋，只在路边上方用石块砌了一个灶台而已。周围层层堆积的柴禾已经腐朽，很少有新鲜的。可以证明很少有人经过这里了，也可以证明往日的盛世。山民把诉求和心愿塞进这小小的灶台，以求这方寸之地装下各自的吉凶祸福。靠着山神菩萨，一个流浪的孤苦老妪在洞山活了下来。没人知道她的来历，也不知道她的身世。她凭借着一处石窠遮挡风雨，栖身下来。前去洞山的人，都养成了一个习惯。将拜祭山神菩萨的果蔬干粮留下来，为那些长途跋涉的人，四处流浪的人，心灵受到创伤的人，想逃避世俗生活的人提供方便。这些人在离开后自动传承善念，补充着洞内的供养，让洞山的恩泽广布八方。人与自然在洞内相互依存，供奉给山神菩萨的食物，最后演变成献给人间的大善。

可我们的欲望太多太大，填堵了这小小的灶台。如今，神坛早已荒废。灶台一边坍塌，长满了野草。神太微弱了，信仰已断代。菩萨只好隐匿，即便窥破天机，洞晓人世，却依然沉默，静立，把秘密藏进山的心腹里，不言不语。我也静默了一会儿。我们对祖先的坟地如此陌生，甚至在一个小少年的质问面前无处遁形。又如何能继承传统，来牵挂这更遥远的祖先，这朴素的神。

走到洞山水库前，守林人的竹屋还在，却已看不到人生活的痕迹。房子很小，简陋破败。阳雀花开满了整个草坪。青蒿英姿勃发，沿阶沿排成阵势。糯米藤则贴着有缝隙的板壁攀爬，身子从腐烂的窗台前进入屋子。大开的大门，废弃的灶台，倒掉的油瓶，有缺口的碗钵，水缸里白色的鸟粪。阳光能进去的地方，雨水也能进去。还有一些前来寻找庇护的眠虫。寂静的时光里，人和一些细小生命的呼吸声，会一同响起。时间在这里，仿佛停滞了千年。

前面的湖泊安谧沉稳，水波不兴。四周林木掩映，正是野花旺盛的季节。边沿处有很多动物的蹄印，据传野猪总是成群结队来湖边饮水。小侄儿恰巧在此捡到一柄柴刀，刃口已钝。从生锈的刀面上还能依稀看到老去的黯淡的光芒，我不知它曾经震慑了多少动物的雄心壮志。而今烈士暮年，壮志难酬。被人抛弃在这无边岁月里，与蛮荒相伴。

我们刚在湖泊边的小树林里掘出几株兰草，天就变了颜色。灰色的云朵层层堆积，空气一下浑浊起来。风从湖面而起，猛地钻进林子。树叶被密集抽打，涌起哗然一片。风掀开波浪，掀开坪地上的阳雀花，掀开我们的衣服和头发，掀开了这座山的一切秘密。白色的绒花脱落枝头，飞舞漫落，带来虚虚实实的错觉。纤细的野草此起彼伏，一层一层涌起微澜，像被火燎，灿烂作响。风畅行无阻，山体发出闷雷般的声响，仿佛数不清的怪兽发出吼叫，仿佛山神的应答和回响。林子顿起，高大的树木弯腰低头，左右摇摆，波浪滔天。风带来神秘巨大的漩涡，将世间之物卷入其中。万千生灵弯腰低头，一起跪拜臣服。我们陷入恍惚，浑然不知何处。命运在里面缠搅、沉沦、浮现。顷刻间，一声巨响，风骤然收翼。时间仿佛静止下来，场景复归，什么都没发生。然只恍惚片刻，一切又重复开始。人在此刻，很难不惊慌。我们抹着满头满脸的汗水，朝山下逃窜。一路跌跌撞撞，狼狈万状。天黑如漆，山中如万古长夜，带来恐惧和战栗。一场大雨眼看顷刻便至，但迟迟未下。反而制造出更加汹涌的声势，逼迫着我们，催赶着我们，直到我们惊慌失措地逃离洞山。

山脚那家人早已不知去向，让人疑心是否碰见过他们。想起牧羊人的妻子和栽玉米老妇的话来，我才恍然大悟。也许我们的来访，便是一种最大的冒犯，打扰了山中无垠的寂静和安宁，惹来天怒，降下一场大雨将我们逐出大山。

我总是以为，所谓的山神菩萨，也许不过是山民想象的产物。在卑微的无声无息的生活中，山民生出寂寞之心，无法排遣孤独，便造一个神来陪伴。在这种想象中，我们假装所有的祖先从未远离，他们都在山里用一双神的眼睛来注视着人间岁月。可当我们在孩童时代，犹自保留着一种天真，来追寻我们的祖先时，父辈却无法回答这个浩瀚如烟海的话题，他们只能一次次大怒，一次次出走。像那个逼死妻子而内疚的丈夫，自我放逐，在崖洞里绝食以求得永生。我们如山中老鼠，孜孜不倦于打造完美的洞府，却一直在做拆解神话的事情，逼得祖先走下神坛。无知的我们，只肯承认他们在百家树短暂停留过，心里认定他们终将沦落成屋旁橙树下的无主孤坟。颠覆、摧毁，如那柄腐朽的柴刀，这个古老的神话体系早已锈迹斑斑。山神菩萨已隐退，他窄小的胃口无法消化人间过多的柴禾。而此时的我，早已忘掉了儿时看过的那个童话故事。风雨途中，没有等来祖父，为我们搭建一座归家的彩虹桥。

时间的碎骨

风将黑夜卷走的时候,我正从一个梦里醒来。我发现自己原来是一棵树,由于缺乏约束和规划,我长成了乱七八糟的样子。我的主人为此而苦恼,他面朝着我,手指着天空明晃晃的太阳,大声而疯狂地咒骂着,一顶过于夸张的大草帽,遮住了一张表情丰富的脸,我看不清他的面目。后来我想,假如生活一定要通过梦这条途径,来企图告诉我一点什么,那我必定已失去窥探它的机会。我认定,这看不见面目的地方一定不是未来,而是我的过去。我一次一次地从过去的某个缺口处掉落下来。

为什么会做这样一个奇怪的梦?我坐在车里,忍受着时间的胶着和撕裂。物象疯狂铺张,在我眼前飞驰而过。世界混乱无序,上下颠倒,漫无节制。抵制不住恶心的感觉,灵魂飘浮于感官之上,处于一种失控状态。我的眼睛从车窗外剥离开来,恍惚所有时光都在离我而去。

在房子走失第五十七天,时间艰难蹒跚到八月,我跟几位同事外出中发生了车祸。车子下落七八米后被一丘淤泥层积的稻田拦住了去路,下坠的车头直插泥水,砸出一个大窟窿后,泄了满身机油,止住了脚步,这就是我们活命的理由。我被人从破烂的车头拖了出来,背上了公路,放在水渠边等待救护车。中午灼热的太阳让我恢复了意识,彼时,我全身泥水,光着双脚,眼镜不见了,以右额为中心,半径五厘米内瘀血肿胀,毫无知觉,右眼成了一条缝隙。

经过全面检查,医生指着片中一个部位告诉我,十二腰椎上有一小块骨头裂开了,至少须在床上休息三个月。这场事故如果是一场灾难,那么它是从医生的宣告开始的。关于这次经历,我不能免俗地在空间里写下了说说:"上帝在敲烟灰缸,笃笃笃,敲碎了我的骨头。整个八月,我被埋葬,整个八月,我没见一片阳光,一丝风,一颗星子。整个八月都藏匿不见。"这接连而至的灾难,母亲会将之归结于命运,命运总是残酷无情,但每次不幸中总有大幸。生活不至于把人逼上绝路,生活可以一直过下去。

这是我人生中最艰难的日子。我训练了好几个晚上,终于成功劝走看护,使她相信,我可以独自度过晚上。现在,夜静下来了,走廊寂寥,窗帘纹丝不动,我在床上铺开四肢,忍受着时间的长久缄默和无情切割。这小块碎骨,限制了我的自由,我无法做任何事,无论怎么摆放,都觉得身体是多余的,手不需要,脚也不需要,一切都不需要。无数个白天,无数个夜晚里,睡眠隐遁不现,时间变成了巨大的空泛的虚无的存在。我时常处于冥想中，听见全身的骨头在身体各处不停抗议，发出咯吱咯吱的声音。它们蕴满了力量，像不安分的小虫子，伺机出逃。我守着我的骨头，哄着它们，骗着它们，不厌其烦地将它们劝回来，甚至动手往回拉，将它们一一按回原来的位置。一小块碎骨，打破了躯体的完整性，在床上，我变成了一堆支离破碎的时间。

医院里，人们进进出出，门基本是个虚设的物件，没人关注它。但此时，寂静的夜里，我不得不注意到它。由于虚掩，它无法履行自己的职责，这让我担惊受怕。如果来了小偷呢，流浪汉呢，醉鬼呢，房间里只有一个不能动弹的人，这样想着，我无法再忽略那扇门。想到医生的告诫，我有过短暂的犹豫。我想了很多办法：用手肘撑床，双手攀附窗沿，先侧翻俯卧，俯卧后慢慢放下双脚。不管怎样，都需要保证腰部不起褶皱，更不能惊动那块沉睡的骨头。我像一个初生的婴儿，寻找一切可以倚靠的东西，把所有的着力点放在手上、颈上和思维上。我成功地反锁了房门，这是一次可怕的冒险，稍有不慎，也许会让我陷入万劫不复的境地。我开始后怕，站在门边，丧失了回到床边的勇气，那块碎骨开始在体内尖叫，疼痛波纹一样，一圈圈朝外扩散。我绝望至极，呼吸逐渐紧促，仿佛溺水的人在慢慢沉没，岸就在不远处，却找不到回游的办法。

白日里的冗长和嘈杂又让我故技重施，我期待着夜晚的到来，饮鸩止渴一般，明知凶险却忍不住一次次尝试。白天的我和暗夜的我，呈现出不同的特质，白天疲惫孱弱，夜晚来临后，我用自己独特的方式起床，反锁房门，然后来回行走，借此度过良夜。我听从的不是身体的召唤而是意志的召唤，我为自己感到得意，为保有这样一个秘密而窃喜。

有天晚上，看护走时，忘记把水放在我触手可及的地方了，其实我并不渴，但我想喝水的欲望变得格外强烈，思想斗争到最后，我发现自己非喝上水不可。离门不远的地上放着一箱矿泉水，虽然我已反复训练了爬起、走动、关门、走回、躺倒、再爬起、走动、开门、走回、躺倒，可我意识到自己无法弯腰。受伤的腰椎无论如何也缺乏勇气弯曲，站立的姿态怎么也够不着地上的水。房间里没有任何力量可以帮助我获取一瓶水，我挺直着身子，变得十分焦躁，怒气让我像一根绷直的木棍子，没有柔软下来的倾向。我在房间里一次次尝试着弯曲，一次次接近那个临界点，一次次无功而返。过去，我总认为低处的东西只要愿意俯就，就能触手可及，高处的东西才让人生畏。我没有想到，有一天我会够不到低处的生活，如不是需要一瓶水，我大概不会发现自己的狭隘和偏见。低处的生活也会如此深幽、丰盛、迷人而艰难。低处更接近生活的真相，低处里藏有生活的秘密。

清明前夕，坐车途中，两旁青山肥土中，全都插着清明纸，样式新鲜而美，颜色活泼好看，像漂亮的装饰物，那些坟看起来喜气洋洋。母亲在雨水中将一大抱清明纸插满了亡者的坟头，对于逝去的祖辈，在怀念中，我们充满敬意，万分虔诚。不管怎样，去年的大灾是平安度过的。

火是夜间十一点左右烧起来的。父亲感冒，全身骨头疼痛，吞了几粒药，早早歇下了，等他听到噼里啪啦的爆裂声，艰难走出房间时，火舌已经舔没了一大半房子，此时正气势汹汹地横卧在堂屋上梁间，转眼就要扑向他。等救火的人赶到时，父亲抱着他睡觉的棉被，站在坪坝边上怔怔出神，他额骨高耸，眼窝深陷，看着大火把放在屋檐下的洗衣机吃进了肚子。

二十分钟不到，一场大火魔术一般，用大红舌头卷走了父母的全部心血。那是他们的时间，还有一辈子的奋斗和辛劳。此后几日里，父亲露出了他天真的一面，他在瓦砾灰烬里不停翻拣，找出来许多碎屑，试图拼凑它们的原貌。仔细辨认，可以看出它们是五口大锅，一台插秧机，一台打米机，一台切草机，另外一些是家用电器的底座，自行车钢丝，板车上的铁片，破裂的灶台，残损的瓷砖，母亲的一长排坛坛罐罐。另外一些是农具，木把的部分消匿了，剩下的铁块，被火淬得脆黄。除了这些，大都是些黑乎乎的东西，它们散落四处，严重变形，扭曲到不可思议的角度，叫人看不清本来面目，不知是哪些家什的残肢破体。

父亲在废墟里捡拾最多的是弯曲的小铁钉，足有大半提桶。它们的存在多少为父亲的记忆提供了一些凭证。但是更多的东西被大火完整吞入了腹腔。这里面包括数不清的木料，堆成小山一样的粮食，父亲收集的各种精巧物件，父亲在几十年岁月里积累起来的财富。一切都变成灰烬，它们厚厚地堆积在父亲面前，掩盖了一场罪恶。这使他在灰烬里的拼凑显得可笑，大火吞并了一切，也吃掉了他的时间。每一步踏上去，会留下一个深深的脚印，但这是徒劳的。歇在山林子里的风会突然腾空，巨大的薄翼带动这些粉末一起出逃，父亲几十年来留在时间上的所有痕迹都被抹得干干净净。父亲的过往变得虚空，不太真实，他在废墟里寻找了七八日，最终没能寻回时间。

父亲把捡回来的碎屑卖给了废品收购站，换回来一大块蓝色的塑料布，在坪坝边支起几根木头架子，围成了一个简易棚子。这个蓝色的棚子在废墟旁边的重生，美丽而刺目。大半年时间，父母在里面重新构建了一日三餐。

我的住房在最东面，据说那些书是最后烧完的，大火把所有的字都吃进了腹中，才饱胀着肚子离开。当时火势凶猛，所有的东西都在火中死去了。灭火的人见还有东西在层叠燃烧，扒开一看，里面全是书，就走开了。这里面，有父亲的无数珍藏，包括现在已看不见的连环画；有几姊妹小时从叔伯舅姨亲戚家撒娇哄骗占有的书籍；有我十多年读书期间通过各种渠道收集的；有朋友远方邮寄赠送的；还有我从几千里以外的哈尔滨托运回来的。我不想细数我在这些书上面耗损的心血和情感，我说说另一些东西，它们跟书比起来也许更让我心疼。所有的照片，因友情而收到的礼物、信件，十多万字的手稿，二十几本黑色软皮日记本，里面记载着关于成长和时间的秘密。跟生存困境比起来，这些东西太让人不以为意了。它们没有等来援手，只好持续燃烧，这种形象在我后来的冥想中成了独自涅槃的火凤凰。

木房子是一座时间殿堂，里面长满了记忆。像肌肤上的纹理，骨骼里的血肉，灵魂上附庸的气息，这种原始、粗朴、简单、自然的巢穴，有着最贴近生命的体温，生活在其间的人们，有着共通的命运体验和痛感。这种能够呼吸的活着的物体，它的走失是一场不请自来的灾难，使你感到生命的消逝和自我的残酷损伤。一种剥离、撕裂的疼痛从身体深处传来，你无法找到伤口，也就失去了痊愈的机会和宽恕的力量。我父亲在灰烬里寻找，我也在里面寻找，但我们都没有找回自己的时间。一个人不管尊卑贵贱，总是希望能给世界留下一点痕迹的，父亲也是如此，房子丢失以后，他成了一个忧伤的老人。他倾其一生，在房子里不停调和时间的冲突，储藏生活的秘密，使这栋房子从形式空空变得内容丰满。可是父亲忽略了，时间会让人心变成一座荒芜的空城，我们的生活当中总是藏有一个强大的敌人，如命运一般，无以为抗。

对此，我的叙述变得无能为力，我想起索尔仁尼琴那句话，他说：时间不能救赎一切。但他同时又认为，一个作家的任务，就是要涉及人类心灵和良心的秘密，涉及生与死之间的冲突的秘密，涉及战胜精神痛苦的秘密。怎么消解这场灾难？我用了最便捷也最笨拙的办法，可是我无法在我的文字里涉及任何秘密内核，一支笔探出去，永无止境。

　　火患不仅是父母的灾难，也是我的困境。车祸发生后，我暗自松了一口气，觉得自己终于也可以承担一部分苦难了。有天晚上，窗外路灯明亮，我的灵魂伸出一对奇妙洁白的翅膀，不停旋转飞翔，那些触角，探入了夜的深处。我发觉床边站着一个人影，像小偷一样四处翻找，耐心细致、悄无声息。他没有面目，脸部陷入阴影里。我十分害怕，担心他发现我在窥视，于是假装沉浸在熟睡中。过一会儿，我头脑一清，睁眼时，没有人影存在。我不认为这是梦境，因为我的感觉如此真实。几天后，这种事又一次发生，一个妇人站在墙边，用圣母般的悲悯目光看着我，她身体带来巨大的阴影，将我完全覆盖。另有一群人立在我身后打量我，他们全都静悄悄地，没有发出一点声响，我无法看清那些面目，却能感受到目光的注视。也是一会儿，所有物象消失，一切都无异常。深夜，一只老鼠小心翼翼爬上脚趾，接着张开尖利的牙齿啃噬，发出咔嚓咔嚓的声响，像在咀嚼一枚新鲜多汁的果实，我的血液从老鼠的腮边啪嗒坠落。我能看见它灰色的毛发，竖立的耳朵，狭窄的面目，摆动的尾巴，以及啖肉时满足的神态。我毛骨悚然，无法喊叫，无力挣扎，疼痛感如此强烈真实。

　　或许，小偷、圣母和老鼠都出自身体内部寻找、宽恕和惩罚的自我设定。我无法解释这种幻觉，只能把这看作体内的骨头作祟，它不安现状，不怀好意，使我悬于巨大的虚空中，感官无处着力，四处碰撞，敏感多疑。我向洗手间跋涉，看见一个人蹲在坐便椅上，他抬起头，眼睛无声地注视着我，既不回避也不叫唤。他有一把长胡子，这胡子让他年轻的面容显得苍老。这是一张完全陌生的面孔，但我一眼就认出他是我的伯伯，那个死了二十多年的人。

伯伯跟妻子在地里给苞谷除草施肥，危险隐伏在暗处，"你们别想来抓我，我没做坏事"，他把头颅高高扬起，对准虚无的天空和无处不在的敌人，开始不停唠叨和咒骂。紧接着，像被太阳灼伤一般，他骤然扔下锄头，跳转身子往家里跑。他的时间像风的尾巴，在那个下午一截截缩短，消失得飞快。他的妻子无论如何也追不上他，最终失去了他。他反锁房门，吞下了大半瓶农药。他躺在放倒的门板上，仰面，被时间陷害，沉入永夜。他的妻子找不出他逃离的原因，只好认为这是命运的安排，她悲痛但心甘情愿地接受了这一切。

我站在吊脚楼下看到他家里乱作一团，有人哭泣，有人喊叫，有人给他换衣服。他的胡子上还残留了一颗亮晶晶的药水，在云朵下面反射着白光，诡谲迷人。我望着他，迷惑不解，跟母亲说，伯伯是不是睡着了。这事实上是一个陈述句，我不明白一个人沉睡之时为什么那么多人来打搅他，并且神情悲痛而古怪。那时我才几岁，不了解生死，不知道死亡是以这样一种形式到来的。在以后的日子，我总在不同地方看到伯伯，他每次都以不同面目出现。虽然他的长相我早已忘记，但只要见到那把大胡子，我就肯定是他。见到他，我觉得很自然，一点也不害怕。

伯伯死后大概三年多，我的堂哥娶妻，夫妻俩总是吵架。堂哥气性大，总是闹着要去死，嫂子也闹过几回。这样，寨子里就传来风言风语，一定是伯伯的缘故。伯娘请算命先生一看，说果然如此，还说伯伯的尸身并没有腐烂，他变成了草寇。什么叫草寇？就是说伯伯的体内寄生了一种藤蔓植物，等到藤蔓从他身体各器官里长出来后，伯伯的魂魄就附在上面，永远不消散。如果藤蔓顶破了棺材盖子，钻出地面，四处爬伸蔓延，那么伯伯的鬼魂就可以跟出来到处害人了。他们商议后挖开坟墓，掘出伯伯的棺材，搬来柴禾，把伯伯的躯体放在火堆里焚烧了。大人不让小孩靠拢围观，我随着一群伙伴站在远远的地方，只见埋伯伯的那个山坳里火光冲天，足足烧了一个下午，木柴炸裂的声音隔空传来，让人无比悲伤。从那以后，我再没见到过伯伯的影子。我相信大人们说的，伯伯随着那堆大火灰飞烟灭了。今天晚上，消失了二十几年的伯伯重新出现在我面前，我也没有出声，呆呆地站在那里。我知道这只是我的幻觉或是想象，世上是否真有鬼魂存在，我没有证据否定，但从不觉得惧怕。

现在，伯伯的儿子并没有逃脱死亡的笊篱，那场记忆当中的大火焚烧仍旧阻挡不了生命的消匿。大半年时间里，堂兄厌食、腹痛、消瘦、闷闷不乐。他被绝望灰暗的气息攫住，常常躲在暗处哭泣，同时把这当作一个秘密扼守。他深知，一旦秘密外露，就像小鸟被惊飞一样，不再复返，同时也会让他的担忧和恐惧得到印证。他单纯的妻子在这种掩盖下，毫无察觉，茫然无知。一场旷日持久的感冒症状让堂兄丢失了自己的秘密，医院诊断书上表明年轻的堂兄是一名肝癌晚期病人。他的母亲，那个当年没有抓住丈夫衣摆的妻子，今日也无法牵制住儿子的脚步。父子俩携起手来跑得飞快，打定主意要让这名妇人饮尽悲苦。我年迈的伯娘拖着孱弱的身子，气喘吁吁，无力追赶。她常常背着家人，在野外的土地里高声咒骂丈夫，接着为儿子哭泣，同时祈祷上苍，愿意用己命换儿子的命。她没有得到任何回应，时间并不理会一个衰老妇人的悲痛。

一小块碎骨在我体内"叫嚣乎东西"，有时候痛意竟会令人感觉到幸福。在过往的时光里，我曾经梦想做一只小妖，无忧无愁，快快活活地唱山歌，吃人或者被吃掉，死在年轻的岁月里。应该是这样的，要么轰轰烈烈，要么戛然而止。我甚至没有设想过，把自己的生命交付给一小间病房，无声喑哑，渐渐干枯和损耗。我在写这篇文字时，我们正在等待堂兄的死亡。任何一场时间和生命的消匿都让我们无力无助。但我们接受它，并且在心里做好了万全的准备。

水井湾预言

壹

雨从黎明开始降落。舅婆独自住在山脚下的小木屋里，早已过了可以死去的年龄，却依然活着度过了水井湾的无数个白天和黑夜。我们不得不对她产生疑惑，也许舅婆是个不存在的人。她假装自己还活着，我们假装看得见她。

舅婆会在雨停时出门。远山清越，溪水浑浊。此时的村寨，暑热从地上一层层铺开，一层层卷起退尽。舅婆垂头敛眉，十分谨慎，鞋袜带起一点泥土，穿过消散的炊烟，随着夜色走入某一个邀约的家庭。月气蒸腾，夏季晚上的虫声点亮了整个星空。深夜里，舅婆的头发被月色煮成一蓬枯草。盘起来的黑丝帕层叠高耸，她的脸露出一小部分。眼睛藏在阴影中，万事万物都无法窥见其神色。宽薄的袖子里，嶙峋的双手朝外凸起，骨节瘦长，几乎无肉，白得让人吃惊。如果山风不慎拨开了她脸上的阴云，就会发现她有一张愁容，还有一双枯眉。每次叹气时，皱纹成倍增加。为了替人们擦拭生命中的晦气,这张脸紧缩成一团,变成了一块抹布,上面浸满斑点。

贰

老屋的废墟前,人事荒芜,野草疯长。我躺在黄昏中,乌鸦的叫声飘落如片片枯叶,像小小的预言,覆盖了我。无数野蔷薇铺张躯体,将腰肢搭在路中央。它们沿路延伸到尽头后,风一吹,便拂开绿掌哗然大笑。蚂蚁排成长队,从浓荫下涉险穿过。一株巨大的紫薇停在不远处,六月的一场大火灼伤了它的皮肤。黎明时,一场暴雨不期而至,新鲜的尘埃没有堆积起来,潮湿的土地就轰然坍塌。紫薇庞大粗壮的根系裸露于空气中,干枯的枝丫显得十分笨拙。猝不及防,它摔下了高坎。

"蚊子在啃鸭子。"一个孩子大声求救。鸭子煺得精光,人们为了某场盛宴,将它从水田里唤回,用一根金色的稻草套住它的脖子。井水冰凉,像锋利的刀,剖开了它的躯体。空气中,干净利落的线条闪过,掏出的内脏被填进后山幽深的苔洞。时光漫长,污秽在泥土中腐烂发酵,黑暗中散发出的气味肮脏而又甜蜜,鼓动集结一些卑微的生灵前来蚕食啃噬。鸭子肉身明亮,吊挂在高高的屋檐下沥水。它双翅敞开,努力勾描出一个飞翔的动作。孩子蹲在门槛边,无计可施。整个下午,她守着这只不再扑腾的鸭子,忧愁、悲伤。她怜惜它没有漂亮的外衣抵挡目光；怜惜它伸长了脖颈，却无法喊叫。那头蚊子飞过来，仪式般绕过三圈，落在鸭子光溜溜的脊背上再没挪动身子。细微的哀叹声长久驻留，蚊子被腥味粘住了。

　　玫瑰花的刺绊倒了我。我支起手臂，草丛里传来奇怪的声响。某种我看不见的东西正在扩散弥漫、缓缓靠近。沉重的呼吸，混沌的光影，隐晦不明的气息，侵袭心头的阴霾。也许这就是厄运，我无从抗拒。万物生长的六月，有生命在燃烧，有生命在凋零。

　　尽管山林充满魅惑，水井湾人也会倍加小心。每个人都知道，天亮时出门，黑暗降临之际回家。那个不存在的人，一定清楚发生了什么事。就像睡了一觉，从梦里醒过来。她坐在苔藓上，揉揉眼睛，打着哈欠，对眼前的这片天色既不吃惊也不惧怕。她从野蔷薇下路过，身形飘忽。仿佛不是靠力气，而是靠灵魂行走。荒野将她的影子拉长、揉扁，驱使她在山路上不停移动。阴影笼罩过来，遮住了我的眼帘。我站在废墟前，望着水井湾，惊觉这个寨子已被神灵占据。我看着舅婆渐渐变小，最后没入整个山林。无数次我都认为，她被那些从不说话的妖怪吞吃了。山风飒飒吹来，天黑后，升起一只庞大的月亮，这让整个水井湾都倍感孤独。光线明暗恍惚，一些草木摇摆几下，地上就多了许多凌乱的影子，像不知名的鬼魂，只肯夜间现身。冷清的山林变得热闹，无数喧嚣聚集而来。夜风一吹，我身上的骨头轻了很多，有些东西正在挣脱肉体，趁呼吸的瞬间纷纷逃离。

我躺在橙树下,听到乌鸦的叫声,想起一个古老的传说。在神的故乡乌鸦河,乌鸦们有着雪花一样的羽毛,悠扬动听的嗓音。它们是先知,叫声一出口便是神谕。乌鸦们终其一生无忧无虑,可神灵的孩子,注定无法被驯养。安逸并不能让它们忘记使者的身份,只要命运出现第一丝裂缝,桀骜勇敢的乌鸦就纷纷逃离。在人世间,先知们第一次预言生命的短长时,羽毛就变得如夜空一样漆黑,喉腔里再也吐不出清晰明丽的词句来。这是神带来的惩罚,是泄露天机的代价。

当我想起这个传说时,某种草叶发出香味当武器,那些雪白而致命的诱惑使我陷入眩晕。雨停的黄昏,我像那株紫薇,从高坎上坍塌下来。妈妈飞扑过来,她在很远的地方就朝我张开双手,她迫不及待想拥抱我。妈妈并未亲眼看见,她坐在堂屋里纳鞋子。天气沉暗,她昏昏欲睡。一声巨大的砸地声惊扰了她。妈妈的指尖冒出一颗血珠,她扔下针线,朝我飞扑过来。她恨不得从遥远的地方就开始拥抱我。她像一只母鸡。

一头老鹰被饥饿激怒,从高空俯冲直下,一次次扑向猎物。母鸡叫声尖厉,它须发毕张,双翅陡然膨大,将两个孩子纳入腋下。然而无济于事,老鹰势在必得。母鸡不停搏斗,它知道自己根本不能抵挡什么。头顶的乌云已将它全部笼罩。母鸡回头求助,看向水井湾人。水井湾人从屋子里蜂拥而出,挤满每个角落,对着天空击掌、吐唾沫、漫不经心地咒骂。"哇吼——哇吼哇吼",伸长脖子高唱,像一曲古老的歌谣,懒洋洋地驱赶着入侵者。老鹰咄咄紧逼,不断伸出尖喙和利爪。但总会有像妈妈那样英勇的母亲,拿着长寻奔上前去。老鹰掉落的羽毛在浓稠的空气中盘旋飞舞,它不得不狼狈退走。

有什么藏在暗处,反复惊扰我。恐惧攫住我的神经,我捉紧妈妈的手。我是那个孩子又不是那个孩子。命中注定的厄运,让我对生活感到厌倦,总是坐在草径上哭泣。我哭得脸颊发亮,像汁水撑破皮的果实。我抬起双臂揩拭泪水,悲伤擦伤我的手背。我没法停止哭泣,妈妈俯身抱住我。我记不清这是现实还是梦境,总混淆两者的界限。我全身都疼,我的骨头碎裂,我的心脏开出花瓣。我的头嗡嗡作响,像一万头蚊子在啃噬我。

叁

天色灰暗,雨从黎明下到黄昏。舅婆的两个膝盖一定钻进了虫子,骨头缝里痒得难受。温热的风缚住她的身子,一大串咒语如鲜血,堵塞舅婆的胸腔,她不得不把它们喷涌出来。她从苔藓上醒过来,看了看天,神色凝重,用木拐戳破隐蔽在地底下的王宫。一团墨色受到惊吓后四散逃命,化成一大摊移动的污迹。我看见那队蚂蚁没有顺利穿越野蔷薇,那是一片禁忌之地。回家之路被阻断后，好几只蚂蚁慌不择路，爬上舅婆的裤脚。舅婆浑然不觉，她看着我，长叹一口气。踩着那一大片移动的黑点，慢慢走远了。

我们喜欢打扫山脚下通往水井湾的小路。哪怕才暮春，它也总是飘满落叶。我们希望野蔷薇密密盖住路径，希望这条小路没有通向任何来处，也不会通向任何去处。我们拿着爸爸扎好的扫帚，一遍遍清理路面，有时候也顺其自然，任落叶像乌鸦的预言覆盖住它。但我们走在上面，无法像舅婆踩在蚂蚁上那样视而不见。落叶干枯后发出的破碎声会灼痛我们的脚趾。路面干净了，也许舅婆就不会来了。每个人都曾这般幻想过，光滑的路面多半会让舅婆产生警觉，会让她有所顾忌。我们希望她在这条路的那头踌躇不前，永远不会闯进我们的生活里来。

在我们眼里，舅婆是身披黑袍的老鸦，口里衔着可怕的预言，她所到之处，人群散尽。她通鬼神，能预言出命运枝节中那变异膨大的一部分。能途经虚幻，到达最真实的岔口，那便是人的厄运。她只能看清它，却无法剔除它清扫它。这让她行走世间近百年，却很少找到一路同程的人。舅婆是一道虚幻的影子，命运瞬间的恍惚使她误入神位。我们都认为，山神菩萨小庙里的神龛前，那张空置牌位迟早属于她。但活着的人，没有谁愿意把命运交给虚拟的神。因为害怕沾染上不祥的阴云，总躲着舅婆。只有灾难降落头顶时，才会来找舅婆，恳求她关闭那扇看不见的门，将不幸阻隔在外。

我知道，世界上每个角落都有这样一个厄运预言家，每个村庄都有舅婆这样接通神域的人。我第一次见到舅婆是在别人家里。堂兄是个早产儿，自小体弱多病。从我有记忆起，福伯家的这根独苗就往返于家跟医院之间，吃药打针司空见惯。有人建议去请舅婆，给堂兄好好看看，他定是被厄运缠住了。反正大家都这么认为，人解决不了的问题，就由神来解决。福伯对此嗤之以鼻，但伯娘天天哭闹抱怨。他家里最终请来了舅婆。法事在晚上进行，不许旁人观看，尤其是小孩子。舅婆黄昏时来临，跟后来我无数次见过的一样。商议片刻后，他们进了堂兄的房间。这种事情，一般人家很避讳，不喜欢有人知道。大人们识趣，会自动躲起来，装作不知。只有小孩好奇心旺盛，扎堆过来，期望能从紧闭的房门前窥破神的秘密。我当然什么也没看见，公鸡叫声凄厉，伴随翅膀拍打声，持续一阵后又归于沉寂。差不多一个小时后，舅婆才打开门。里面烟雾缭绕，有浓郁的仙气。床前地板上留下一大撮尚未熄灭的灰烬，门柱的缝隙里插着三炷香，还在徐徐燃烧。我看着堂兄哈哈大笑，他的脑门上有三道鸡血印子，上面还粘着一根鸡毛。我追着堂兄问，舅婆是不是凡人？堂兄说，那个过程他始终迷糊，恍若做梦。好像身体在这里，魂魄却去了远方。舅婆念念有词，拿着脖颈淌血的公鸡快速走动。公鸡血洒向四个角落，堂兄听不清楚舅婆在说什么。那是一种古老的咒语，那是跟神沟通的桥梁。

肆

异乡人有一张面黄肌瘦的脸，还有深陷的眼窝、颤抖的双手、站立不稳的膝盖和疲惫的躯体。他在夜晚出入别人的寨子，在白天则出入别人的梦境。他站在养满鳝鱼和泥鳅的水田里，穿着褴褛的衣裳。脸色苍白，嘴唇乌青，薄薄的身子不住摇晃。夜色那么深，我就是能看见他。他在每一个深夜里潜进水井湾，他偷鸡偷鸭，偷走人们挂在梁上舍不得吃的腊肉。他还偷走水井湾人的美梦，使他们总是活在恐惧之中。他爬进牛栏里，试图牵走那头不停反刍的黄牛。为安抚黄牛，他一路哼着歌谣。旋律里泛出微微苦味，他并不是一个快乐的人。黄牛浑浑噩噩，跟他走到橙树下，终于发现这是要远离水井湾的路口。它用犄角顶住橙树，身子拼命往后吊着，就是不肯前移一步。异乡人的谎言被戳穿，手臂被野蔷薇刺伤，歌谣唱不下去了。异乡人恼羞成怒，他狠狠用力，缰绳无声而剧烈地晃动起来。脆弱的牛鼻子泛出红光，渗出丝丝血迹。黄牛痛得眼泪汪汪，可它宁愿鼻子扯破，也还是不肯上前一步。他们在黑暗中互不屈服，默默对峙。终于，这暗涌的气流惊动了狗。有人大喊"抓强盗啦"。声音尖厉亢奋，打破了整个寨子的梦境。水井湾人举着火把，从四面八方围上来。异乡人不得不放下手中的绳索，他朝山上跑去，却发现路早已被荒草堵塞。震天的声音逼近异乡人，封死他出逃的每个方向。落叶被踩碎，水井湾人暴跳如雷，红红的火把映照下，是他们青筋突起的脸。

这么多年来，异乡人频频潜入村寨。勤劳善良的人每月都要丢失财物，这让他们气得眼睛发红、手指痉挛。人人发誓要亲手捉住这个不劳而获的盗贼，还要把他活活揍死。如今，异乡人四面楚歌，成为檐上的鸭子。水井湾人因兴奋而失去理智。他们使出比驱赶老鹰多十倍的力气，喊着"抓强盗啦、抓强盗啦"，潮水般向异乡人覆盖过去。异乡人走投无路，那一刻，他茫然无措，并不知道该逃向何处。他跳进填满动物粪便的水田，水井湾人也毫不犹豫跳进水田。异乡人没走多远，鳝鱼和泥鳅就倾巢出动、蜂拥而来，他被至少三个人摁住了。岸边马上递过来一根粗大的绳索，异乡人泥水滚滚，双手被反剪在后，让人押解上岸。为了出一口恶气，大家心照不宣，下决心在把他交给天老爷之前，要好好揍他一顿。

伍

乌鸦啼叫声起，一个关于我的预言紧随而来，它降临到我头上的那天，舅婆的双脚正行走在干净的小路上。比起大人来，我既不讨厌舅婆，也不畏惧她的预言。"不要去开花的地方。"舅婆对我说。我跑回家去，将舅婆的警示如实带给妈妈。一个久经困境的人，会练就一种非凡的本领，那就是对厄运高度敏感。生活中任何一点风吹草动，都会让妈妈战战兢兢、如履薄冰，像惊弓之鸟。这句话让妈妈很不开心，她唉声叹气，既害怕又期待，一会儿懊恼那条小路扫得还不够干净，一会儿又恨不得任落叶铺满小路。妈妈也明白，该来的总会来，不管我们怎么做，也没办法阻止神的走动。她没心思出门干活，就在家里做女红。妈妈要求我待在她的眼皮底下，不能离开。一切照常，我在吊脚楼下捉迷藏。妈妈凝神倾听周围的动静，纳完了一双鞋子。雨停在黄昏，妈妈终于松弛了紧绷的神经，手上的动作缓慢下来。屋后出现动静，有人尖叫，有人大哭。我为了不让别人找到，躲在那丛最茂盛的蔷薇里面。那个地方堆积着很多粗壮的木头。边上是一道高坎。我惊动木头，抱着它们一起滚了下去。摔在地上时，我陷入昏迷，身上到处都有木头砸出的伤痕。

"蚊子在啃鸭子。"我不停唠叨，向经过小路的人反复诉说。坪院里堆满枞树，它们在山里老去，被人拖下山锯成段，新鲜的粉末随风飘散，扬起一阵阵春天的味道。楠竹骨节鲜明，一棵挨一棵立在边上。爸爸将它们的枝丫剔除下来扎扫帚，用来打扫落叶。地笋密密麻麻涌出，破土疯长，悍然不惧这种被肢解的命运。我们从山里挖来大丛大丛兰草，没有花盆栽种，就又将它们丢弃在地。兰草的根湿漉漉白胖胖，在地表上挨过一天又一天。我找来锄头，在橙树下挖土。当我掩埋兰草的时候，我想象自己是在掩埋那只鸭子，温柔地、亲切地，替它盖上泥土。我还在这块土地上种了一株虎耳草，它肥厚椭圆的叶片像极了迷人的酒窝，酒窝旁的两根胡须使我喉咙发痒，惹得我一阵阵大笑。浓荫下，我刨了一个深坑，折断了几条蚯蚓。蚯蚓们挣扎、蠕动，身躯断成几截。我并不在意，我知道过不了多久，它们就能恢复健康，断躯上会长出新的生命。我爬进鸡舍鸭栏，捂着口鼻掏出很多鸡屎鸭粪，将它们填进深坑里，盖上厚厚的土。我决定沤肥，为那几棵有无数苞蕾却开不出花来的玫瑰。我伸手捏死几条绿叶上的大青虫，它们用玫瑰刺绊倒了我。我不敢惊动鸽子。它们从这头飞到那头，尽管路程短暂，仍然乐此不疲。它们叫声苍老，喜欢站在屋顶上，神态十分安详。它们的羽毛飘落尘世犹如大雪铺地，却总有新生的毛发源源不断地长出。鸽子青色的屎，在笼子下结成一副铠甲。我不想招惹它们，只想清理粪便，再顺着垂丝海棠长长的臂膀将粪便扔进前面的水田里。鳝鱼在田壁上执着钻孔，屁股悬空。泥鳅已长得很肥胖，一场饕餮盛宴嘲笑着那只被金色稻草锁住喉颈的鸭子。可人们并不满足。粪便从高空扔下，溅起绿颜色的漩涡。水中居民提心吊胆，它们知道，喂养仅仅是命运的开端。

　　白天是一座巨大的时间迷宫。我总在某些时候，混淆现实与梦境。我跌下来那天，觉得异常疲乏。我在白天沉沉睡去，并难以醒来。我在梦中做梦，我滑入梦的深处，我梦见神的故乡乌鸦河。

乌鸦的叫声像迷雾，整个梦境被笼罩，我看不见来路，也看不见去路，做着不知道为什么要做的事情。有时候，我手握斧柄，在悬崖上，砍一棵横着生长的大树。利斧劈在树干上，薄刃却难以吃进皮肉里。雪亮的光芒闪过，火花四溅，树干上只留下几道白印。金石声传来，震得我心口发疼，手臂酸麻。一只蚂蚁趔趄了下，它被风刮伤，瘸了一条腿。蚂蚁细长的腰身装上了一颗大脑袋，饱满、滚圆，像黑色棉球。两根触须忍着痛，四处探路。它嗅到潜藏的危险。我又抡圆胳膊。蚂蚁跌落下来，粘在斧口上。我亲眼看见风声削掉它的半条腿。风声也斩断了树干。我茫然四顾，周围一片虚空，脚下是望不见底的深渊。雾气在天地间游走，柔滑、湿润，发出咝咝响动，像蛇在吐芯子。我偶尔会清醒下，对自己悬置半空迷惑不解。当脚下现出一大块平整的土地时，我没有丝毫犹豫，将整棵树掀了下去。一群野外郊游的孩子突然出现。他们像一片突然长出来的草，也像低头咀嚼的温驯羊群。树干从他们身上碾过。他们倒在地上，吐出大朵大朵的鲜血。那一刻，我肝胆俱碎，心脏遭受重击。我成了凶手，成了杀人犯。我像那株饱受厄运摧残的紫薇，从高坎上坍塌下去。

　　白天现实而残酷，夜晚虚幻而美好。水井湾里，总会有那么一个人彻夜不睡。夜色下，我曾看见一个把月亮当雪糕吃的兔子。它贪婪而不知餍足，每走一步，滚圆的肚皮都会顶着地。它坐在草径上，瑟瑟发抖，愁容满面。直到天亮，肚子干瘪后才能轻松离开。我还看见一头孱弱的犀牛怪，它总是揉着一双猩红的眼睛，为常年独居深山而羞愧哭泣。直到有一天，我看见那个影子。它在橙树下来回奔走，显得十分着急。尽管它想寸步不移跟在异乡人后面，可还是在疲惫中沉沉睡去。等它醒来时，主人就不见了。月光那么好，异乡人却非要从月光下逃匿。

陆

雨停在黄昏，我躺在橙树下，听到乌鸦的叫声。我变成一堆骸骨，散落一地。我妈将我收集起来，装进怀里。她想搂着我朝医院飞奔，但是她趔趄了一下，像那只被风刮断腿的蚂蚁。

黄牛的泪光像启蒙之音，映照整个天地。我在半夜里发疯，敲开一家家紧闭的门，叫醒一个个沉睡的人。我的喊叫声滚过寨子的每一寸土地，水井湾人的梦境被打断。他们纷纷惊醒，朝我走拢来，就像包围那个被疲倦袭击的异乡人，不给我留一点出逃的缝隙。他们看到空荡荡的牛栏，还听到老牛委屈的呜咽声。他们把怒火转向异乡人。黄牛重回家园，异乡人却无处可逃。他在月光下整晚奔跑，被水井湾人追得喘不过气来。异乡人的命运从一开始就已注定，在梦境中，他只想寻回妻子，回到故乡，却阴错阳差想拥有水井湾的一头耕牛。许多年前，异乡人还有故乡。他跟妻子走亲戚，夜间奔赴小路返家，被林中匪人所劫。异乡人坠落山崖，妻子不知所终。异乡人失去爱情，回不去故乡，成为漂泊的浪子。贫穷使他心生歹念，他从此坠入深渊，一生躲避太阳和光明，最终变成了水井湾的鬼魂。

蚊子被腥味粘住了，它一动不动，贴在异乡人溅满泥水的脸上。我不是告密者，只是我不该藏在蔷薇里，不该做那些乱七八糟的梦。我的眼睛不该在深夜里看得那么远。假如我没有发现那头蚊子就好了，假如我没有听见乌鸦的叫声就好了。我站在那儿，无法动弹。我的眼睑被什么盖住了，发不出声来。舅婆的皱纹里沾满尘埃，她隐在人群中，带有草叶香气的双手苍老而阔大，几乎捂住我的口鼻。我听见绳索勒进皮肉的声音——吱呀吱呀。一种让人痛苦的声音。他们将异乡人死死捆住，四肢缚紧，扔在地上，像处置待宰的猪羊。水井湾人围住异乡人，吐口水、咒骂，狠狠踢打。每个人都有怒火要发泄，根本停不下。让我想起那头遭受围攻和驱赶的老鹰。

异乡人在地上翻滚，但无济于事。他没有白色的羽毛，无法轻盈飞翔。他的衣服沾满泥水，只剩下一副沉重的肉身。他一夜胆战心惊，偷窥踩点，然后被人追赶逃命。一群人把他围起来，轮流揍他。脚踢不动了，接着用拳头。异乡人不再喊叫不再哀求，最后连呻吟声也没有了。异乡人并不是硬气的好汉，只是他太累了，累得顾不上即将面临的生死问题，他只想马上睡一觉。异乡人耷拉着眼皮，酣眠声轰然传来。他怠懒延宕的姿态充满蔑视和挑衅,比偷盗本身更激怒那些抓捕他的人。但是大家都累了,口水也吐干了,连揍他也失去兴趣。只是谁也不愿就此罢休,回家之前还将他牢牢绑在一根柱子上。异乡人在明亮的日光下继续接受惩罚,承受高温的炙烤。他嘴唇干枯,脸上黑气笼罩。黄昏时,来了一头蚊子。它嗡嗡叫着,围绕这个异乡人打转。它先是停留在他的头发上,那个干枯犹如一把稻草的头发,吸足了泥水,泥水里又渗出汗珠,一直朝下滴落。他的衣服更是脏乱不堪。他实在太狼狈了,让一头蚊子踌躇起来,感觉无从下口。

"蚊子在啃鸭子。"我大声哭泣。转过身来,只有舅婆还在那里。"你不该躲起来,你也不该看得那么远,你会伤害你自己。"一枚小小的预言就此降临在我头上,这是我跟舅婆之间隐秘的联系。所有做坏事的人都会得到警告。我受到了警告,异乡人受到了警告,水井湾人也一定受到了警告。世间万物都是舅婆眼中的幻象,但她并非为我而来。当她从异乡人身上预知了一场确切的死亡之后,整个水井湾都被阴影笼罩。

异乡人在那天消失不见了,没有谁知道他的踪迹,也无人追问。守住秘密才能获得安宁,水井湾人在这件事上闭口不语、讳莫如深。死亡有余温,它长久侵袭着我。我被鬼神攫住躯体,我昏睡,我分不清现实的界限。我把白天当夜晚,夜晚当白天。梦境里,我置身在一大片水田里,四周空茫寂然。我拼命挽着裤腿,走得满头大汗,脚脖子在泥淖中越陷越深,我越是急切害怕就越是拔不出来。在这片阒然无声的天地之下，我大声喊叫，但更多时候，我无法出声。我丢失了魂魄，我总是看见那头蚊子。它是厄运，我分不清它在啃鸭子还是在啃异乡人。我看见那几只蚂蚁，它们一次次沿着舅婆的裤脚朝上爬，爬向我。这次灾难一定跟我的梦境有关，我不是悬崖上砍树的人，我是山下突然出现的小孩。一根粗壮的木头从山上滚落，我口吐鲜血。乌鸦在耳边啼叫，我看见一头蚊子在啃自己。

黑夜来临，我被恐惧占领。即使闭着双眼，面前仍然有光影闪动，我看到那个身处绝境的异乡人，我失去方向的同类。他没有影子，也没有魂魄。当他离开乌鸦河，就再也回不去神的故乡。在他一生中，他赤足散发，不停奔跑，一直向着某个有阴影的方向遁匿。遥远漫长的旅途中，总会遭遇疲倦的突然袭击，令他跌足倒在异乡，声音嘶哑却无力呼救。

柒

那个雨停的黄昏，舅婆终于踩着铺满落叶的小路，在夜色中走进我的家门。她的皱纹里沾满尘埃。"妹妹只是吓着了。"舅婆看了下爸爸，拒绝一切安排。爸爸尴尬了一下，放下手中的活物。公鸡万万料不到自己还能逃脱性命，它靠在爸爸的膝盖前，尾巴急速抖动，愣怔很久才慢慢走开。没有祭品，没有香纸，没有符水，也没有逃免厄运的咒语和长生的秘术。我年轻的父母手足无措，讪讪地站在那里。

那一刻，我恍然惊觉，异乡人走了。他是我自己，也是那些迷失故乡的灵魂。当我们被神安抚，在黑暗中悄悄成长时，就懂得了被一头蚊子啃咬的痛苦和羞辱。吐露秘密被看成一种禁忌，我不能开口询问异乡人的下落。我长成一个心怀慈悲的女孩，脸上挤满青春的雀斑。我躺在橙树下，躺在大地中央，犹如躺在波澜壮阔的海上。船在轻轻晃动，我闭上眼睛，天空留下的阴影那么浓烈，它一层层覆盖着我。我陷入黑暗之中，我心存幻想。命运是艘船，它该纹丝不动，让我获得安宁。我与一切生灵相忘于人世，我们将在没有黑暗的地方停留，我们也会在永恒的故乡见面。我不知道谁在那儿，我也没有看到任何人。我感觉太阳缓缓下坠，并不断升起。一切都沉寂下去，一切又明亮起来。这睡梦中的美妙时光，一个随时醒来的人才会体验得更好。

这么多年过去，水井湾人早已忘记给人作法的舅婆。假如有一天，她推开那扇虚掩的门，突然从木屋里走出来，一定会让所有人大吃一惊。但是我知道，舅婆偶尔会来人间走一趟。她在雨停的黄昏，收集阴影下的余温，藏在黑袍里带回家，独自焐热那些暗夜中冰冷僵硬、迷失了故乡的灵魂。

第三辑

湘西花儿

湘西花儿

月亮从公家湾后伸出半张俏白脸时,夜猫子已经站在青橄榄树上"咕咕……咕咕咕咕"叫很久了。伯娘提着煤油灯走在前面,我在后面跟着,我们打算从小路上横穿土塘去二太家。走几步路,我就想着问一次:"真生了?""嗯,一个女孩。"伯娘每次都用同样的话回我,她的声音里透出一股欢喜,我也觉得很快活。

伯娘和二太是外来媳妇,娘家属于重庆管辖,在我们看来,她俩说话时都带有一点"四川腔"。我就特别喜欢伯娘管"女儿"叫"女孩",显得既尊贵又温柔慈爱,不像我们这里把那么小小的可人儿叫作"女子",那么粗暴和随意;尤其可恨的是,还有人称之为"做棉鞋的",一种重男轻女的思想里夹带着浓浓的蔑视之意。谁说女儿长大了就必须给人做棉鞋呢?反正我以后是不做的。

我们走着,渐渐不再说话了,等路过山神菩萨庙,离二太家就不远了,稍稍转一个小弯,山坳处就是。伯娘从路边随手拾了一根枯柴打算献给山神菩萨,我也捡了一根。我向山神菩萨许了个愿:想早点见到那个女孩，长得不好看也不要紧。

两天前，我们正团团围在火坑边摆龙门阵，二太的小儿子站在土塘里像山麻雀一样小心而锐声叫道："姨娘……姨娘！"他唤一声，夜猫子就故意唤两声："咕咕、咕咕"，使得我们很久才听到。伯娘神情庄重，披了件衣服，拧亮煤油灯，匆匆走了。我们敛声屏气地看着，谁也不敢跟着去。我们那的人生孩子时很忌讳外人无端进门，尤其是女人，据说会带来霉气。如果来客无意中撞见了，那就得捉一只鸡去给主人家，一是贺喜，二是冲煞。

伯娘一走，我们就坐不住了。二太家像一个悬而未决的疑案，充满了巨大的诱惑力，把我们的心思和目光都很快吸引过去了。别人家都喜欢生儿子，但二太不一样，她想生一个女儿，因为她已经生了四个儿子了。山下的那班人对二太的出格行为并不加以约束，大概是她家独自住在山坳间，他们懒得爬山的缘故吧。全寨人都知道二太的心愿，她很需要一个女儿，她的家很需要一个女儿。

二太爷常年在外地打工以维持家用，二太整日里忙农活，天不亮上坡，天黑不归家。她根本没有时间去管那几个儿子，大儿子泉水换下来的衣物堆成山，长久不洗，经过汗水发酵都长出梅花斑来了。二儿子发冰的裤子破了没人缝补，就自己弄来了一截针线头，天一针地一针左一针右一针糊弄了一下，裤子缝得皱巴巴的，大段的白线露在外面，让寨上那些巧媳妇看了直叹气。安排三儿子小寒做饭吧,不是稀了就是没熟,菜里不是太咸就是没盐,二太一家人个个吃成了苦瓜脸。小儿子田富的鼻涕呢,长年累月盘踞在两个鼻孔里,说起话来嗡嗡有声,兴致来了,干脆一伸一缩一进一出,哧溜个不停,也没有人给擦一下。

白天,家里常常是没有人的,所有东西都可以肆意进出,这里简直成了人、动物、植物共同生活的地方。家里很久也不打扫一次,积起来的灰尘都差点盖到床上去了。退牯牛呼朋引伴地在堂屋打漩涡,一个接一个,繁殖后代,不亦乐乎。养的两头大白鹅没人喂吃的,饿极了,蹿进灶房里去了,可灶房里空荡荡的,大白鹅很生气,尾巴一抖屁股一翘,就把大堆的屎屙在门槛上了。野蒿子长满了一坪坝;糯米藤顺着缝隙往上爬;阳雀花都开到阶沿上去了;沙和尚(一种鸟名)在屋檐下吵成一锅粥。

再也没有什么地方比二太家更丰茂更热闹也更脏乱了,更不像一个家了。全寨人都看得齐声哀叹惋惜,这家里要是有一个女儿该多好!女儿从来都是勤劳能干的,都是善于操持家务打理生活的,都是极其顾家心疼爹妈。我们都相信,如果二太家有一个女儿,那么所有的问题就都解决了,衣服有人洗了,破裤子有人缝了,家务活有人干了,小孩子的鼻涕也有姐姐帮忙擦掉了。这个家就会变得干净整洁了。所以这一次,二太终于决定生一个女孩。

整个寨子都在密切关注着二太家的动静,大家都在等待一个女孩儿的降临,等待着她带来的幸福和快乐。且不说人了,先说说那些动物们吧:小黄猫不辞辛劳,一趟趟穿过土塘,又返回来,最后实在按捺不住急迫的心情了,就攀着我家屋前的枇杷树往上蹿再往下跳。黑花狗看似蹲在阳光下闭目养神,但它那双尖细的耳朵却朝着山坳的方向笔直地竖立着,一有动静就扭转脖子,神情抖擞地吠几声。小松鼠弹奏着蓬松的大尾巴,从这棵树游走到那棵树上,松果掉在地上都懒得下来捡。老母鸡带着一群儿女,天没亮就一路浩浩荡荡、叽叽喳喳向二太家后面的林子里奔去,那里的草虫并不比别处丰盛,路途也不近,所以我断定它怀着其他目的。大青牛卧在牛栏里,百无聊赖地嚼着干稻草,时不时停下来凝神倾听一下。猪呢,困在猪圈里烦躁不安,也不躺下来响呼噜了,整天磨磨叽叽地打转儿。枞树群稍一受风撩拨,就不停地哗哗鸣唱,把大家焦灼的心情传得很遥远。红蜻蜓在无雨的天幕下一会儿高飞一会儿低飞;蚂娘子、跳跳虫、油尕虫在草丛里行色匆匆,像找不到出路的可怜人。那只白色的蛾子为了寻找一朵称心的花儿,把自己弄得晕头转向,我相信它跑得这么频繁,一定会比那只勤劳的蜜蜂更早知道二太家的消息。

　　夜幕时分,二太果真生了个女孩,整个寨子都松了一口气,一下子安静了,人和动物都回归了理性,紧张气氛也渐渐平息了下来。

　　我呢,跟在伯娘后面,去山坳看二太跟她的女孩。伯娘每天晚上都要去给小女孩洗澡,我央求了很久,她才勉强同意我跟着去。我知道在这样的夜晚,寨子里没有谁能够入睡。我的身后一定悄悄跟来了一大串眼睛和耳朵,并且这个队伍在不停加长加高:有叫花爷的、三婶的、瞎子老幺的;还有蚂娘子姐妹的,白蝴蝶夫妇的,蓝睛虫太太的……只有山麻雀早早进窝了,但它不是把这事忘了,不信你等着,明天一早,它准站在那棵苍劲的李子树上纵声大叫,聒噪不休,扰人清梦。

我身后的眼睛和耳朵越来越多,它们的重量拖累了我的脚步。虽然我恨不得有一双夜娃子的明目和老磨鹰的翅膀,轻捷灵便,一下子就到山坳了,但我还是走得越来越慢了,害得伯娘一会儿停下来等我一下。半个小时后,我们终于到了二太家。

一进屋,伯娘吹熄煤油灯就问:"还没洗吧,今天来得有点晚了。""还没有,正等着你呢。"二太睡在火坑前的木床上,身上盖着厚厚的被子,头上包着碎花布帕子,有点虚弱,脸是祖露着的,很白净,灯火中,目光柔和而清亮,全身洋溢着喜悦的光辉和母性的温柔。我很奇怪,她跟以前好像大不一样了,不再是那个早出晚归、眼睛浑浊、满脸黑疣、疲惫不堪的二太了。屋子里的气氛很祥和,三儿子小寒早已经给一只红色的大盆倒好了温水。伯娘从二太臂弯中小心翼翼接过女孩,坐在宽椅子上,将小女孩平放在膝头,一边嘴里咿咿呀呀地哄着;一边以极慢的速度细心地解开她身上层层叠叠的小衣裳,用一块浸过水后拧干的布轻柔地擦洗着小女孩的全身,再扑上爽身粉,接着用毛毯包裹起来。

灯光下,我们围着这张脸,看她的眉眼变化,猜测着她的心事。她正在一个黑甜的美梦里沉睡着,脑袋悄悄歪向一边,两只手朝上蜷曲着,托着腮,或许在思考着什么;她的眉目天生会抒情,一会儿皱成一团,一会儿又慢慢舒展开来;小嘴巴红嘟嘟的,微微上翘,偶尔嚅动两下,像是在啜饮着妈妈的奶头。她每做一个无意识的动作,围观的人群里就发出几声快活的叹息。伯娘找来了一截铅笔,还撕了一页小学算术本纸,替二太给在外打工的二太爷写信报喜:我已于初二晚上九时生下一个女孩,你要取一个名字尽快托人带回来。她长得很好看,像……像什么?伯娘的笔搁住了。一屋子的人都停下动作,拼命思考,最后我说:"像花儿。""对,像花儿。"大家高兴地附和着,伯娘的笔慢慢画出了一朵小花,二太的小儿子田富高高兴兴地唱着"花儿,花儿,我的妹妹是花儿",在屋子里蹦来蹦去。

她有云朵一样的相貌,洁白、柔软、芳香、美好。像一朵白莲花开在水中央,晶莹粉嫩,含羞带怯。小指头似刚剥出的花生米一样雪白、脆嫩,还带着甜味吧?真想含在嘴里尝尝。一个湘西女孩儿的出生,是一件多么了不起的大事啊!我的鼻子酸酸的,有一种柔柔的情感在心里滋生蔓延。这跟我躲在鸡窝边窥视母鸡下蛋,蹲在土堆前看蚂螂子赶集,或是爬上树,藏在浓荫里偷听雀子吵架的情形不一样,她让我想到生命,她让我很想哭。

陷 阱

它被人钉在木板壁上，前肢舒张，后肢低垂，呈现出十字架形，像一幅耶稣受难图。这是一张被剥离了肉身的皮毛，背部浅褐，腹部赤棕，我想象着它那双早已消失的眼睛，此时正悬浮在某处虚空，预言家般俯视着这个世界。微眯、紧缩、愤怒加上绝望，似两簇跳动的火焰，一如几天前它被人关在小铁笼里垂挂在半空时的表情。那是一种无处着落的恐惧，它怒屈着四肢，蓬松的尾翼一会儿在空气中毫无节奏地乱摆，像是乞怜；一会儿又伤心地支成一把大伞，小巧的脑袋隐伏其间，像在祈祷，口中发出吱吱的尖叫声。我们不为所动，大伯甚至认为它跟我们之间的对立、矛盾已经到了不可调和的地步，他对它的仇恨不亚于对那些食人而肥的硕鼠。几天后，它成了三叔家木板壁上第七只样本，高悬着示众。

可大伯的威慑没起到任何作用，屋后的群山并没有沉默下来。第二天早上，当楼上的苞谷堆里传出吱吱的惨叫时，又一只灰毛褐眼大尾巴的松鼠跌进了我们的陷阱。

时光倒回二十年前,那时我们都还年幼,吊脚楼前的坪坝还未被水泥裹挟硬化,边沿天然生长着一群苦梅李树,再有各色丽花小草点缀其间,它们受肥厚的泥层滋养,显得格外丰茂韵致。苦梅李或许因这卑微的名字,结子时便分外卖力,花色惨白可怜,却无一朵浪费。果实堆挤在枝头,先是一粒粒青疙瘩,再变得黄而澄亮,成熟时便是紫色的水晶,十分酸中带有一丝甜,几乎无人理睬。童年时,最喜欢的事情就是爬树,在午后阴凉时,躺在这密果中,惬意地遐想一些事情,这种乐趣并非为了吃,而是为了无人打扰和没有禁忌。有时候睡着了,会被"啪嗒"一声惊醒,熟透的李子撑不住笑,皮肉爆破,跌落枝头,从高高的坪坝边上掉下坎,在地上砸成一团五色斑斓的烂泥。迷糊间,额头被柔软的毛发搔痒,斜阳中,只见大尾巴一顿一竖一闪,一只松鼠在偷窥了我的梦境后,又转瞬间跃上另一棵李子树。它在回头瞧我的时候,豆粒般的眼睛里凝结出星芒:嘲弄、好奇、调皮,并没有因打扰到我而感到歉意。它天生精力旺盛,在枝丫间攀登、穿梭、游历,就像鸭子出生后必须不断下水,以证明自己的游泳本事。有时候,它会把头一偏,做出乖巧、温驯、可爱的样子,佯作嗅李子的香甜,还会摔下树枝,拾捡掉落的果子。它从来不知道怕我,在我们的对视中,我也从来不知道它应该怕我。这是我人生中与松鼠的第一次交集,我心里更多的是不安和惊喜。这时候的我们,处在平衡的两端,没有侵犯,却在暗中打量。像两头小兽,伏在枝丫间一动不动，就连目光都小心翼翼。

这小小的松鼠，当它侧头站立，用那双睿智、装满了思考的眼睛凝视着你的时候，谁也没有想过它的到来是一种冒犯，谁也没有意识到有朝一日会去伤害它。全家人站在阶沿上兴致勃勃地观赏着它们，偶尔恶作剧，便一起拊掌大笑，或嘴里故意发出"吼吼"的驱赶声，将它们从沉迷的乐趣中惊醒。它们往往抬起头来，茫然地望着我们，忽然想起什么，继而会心一笑，配合着我们的嬉闹声，撑开大尾巴，从李子树上跳过枇杷树，稳稳地退回群山之中。

那时候，屋后青山里的松果它们永远也享用不尽，而我们家楼上的谷仓里装满了粮食，我们从不在房子附近的山上砍柴猎兽，它们也从不上我家来窃粮盗物。双方谁也不用发愁，谁也没有戒心。时光多么美好，我们是一对和善谦逊的邻居，有慈心和美德。双方的领域唯一有重叠的就是那棵长在路边的青橄榄树，它辉煌高大的枝丫衡量着人与群山的距离，松鼠经过它到苦梅李树上，而我们的目光常常透过它，一次次注视着身后的群山。这种平衡的状态是什么时候开始打破的呢？记忆不会出现中断，书写的笔触却犹豫了一下。大概错误从来都是由人先犯下的，主动权永远握在人的手里。

老木房子禁不住岁月的侵蚀磨损，渐至腐朽残败，孩子多了大了，需要地方住。功利心是一把看不见的利刃，无形却残忍。于是，人先走出了第一步。最先砍伐的是坪坝边沿那一长排苦梅李树。我们的坝院朝前推移了一块,并浇上了水泥,变得宽敞、整洁。偶尔一只不谙世事的小家伙误闯了进来,那片在祖先口中盛传的风景早已荡然无存,它们锋利机灵的爪子在水泥地板上磨出刺耳的声音,却抓不住任何可以依附的东西,只好慌张逃离出去,留下一个满腹怅然的孩子呆滞着站在那里。人心越长越大,手就越伸越长。当有一天,我们的双脚终于踏进屋后树林时,除了树,连风都消失得无影无踪。我们闻不到任何其他生物的气息,它们像潮水一般退得彻底。

我猜想,人的强制干预迫使它们逃离家园,改变生存方式。为了逃生,它们从树上跌到地上,学会了打洞,学会了藏匿。它们偷窃粮食,沾染了一身恶习和坏脾气,最终堕落成令人生厌的家鼠。

当人终于意识到这贫瘠的土地已经开始喘息,并再也供奉不出任何财富,满足不了生存需要和生存欲望时,他们或迁徙,或举家出门打工。十几年过去,许多筑在深山里的寨子成了关不住蜜蜂的空巢。渐而蛇虫肆行,植物疯长,山风失度,满目苍凉。人跟自然便落入一个此消彼长的模式中。山林开始复苏,最先醒过来的是那棵青橄榄树。石斧的伤痕犹在,它那发育充盈的枝丫却像一只长臂,循着烟火气味,攀檐而上,再沿着覆盖的瓦片重重垂挂下来,延伸到我家灶房的上梁间。

为了寻找那个消失的乐园,第一只松鼠带着脑子里残存的斑斓梦境,带着家族十几年的怨气和怒气,从幽深的地洞里探出了前爪,踏着这条天然搭建的坦途,大摇大摆地进入了人的世界。

楼上是每家存储粮食的地方,每年秋季,湘西人从地里收回苞谷,整个堆放在这里过冬,再待来年风干时剥下来粉碎后喂猪,这是猪一年的主食,缺了它,农家的一年生计就无从谈起。

这只率先复出的松鼠,它的报复近似疯狂。自从它到来后,我们便再无宁日。除了日夜不停的窸窸窣窣声,还不时有苞米顺着木制楼板的缝隙掉落下来,磕在我们额头上,或是蹦进吃饭的瓷碗里,残了一半的苞米籽露着豁口张嘴大笑时,却被弟弟一筷子扒进了嘴里。往往这时,大伯就恶狠狠地咒骂:该死的老鼠子,日夜都不晓得停歇。伯娘一直催促大伯想办法,她担心她辛苦种来的粮食被老鼠啃光了。

起初,我们并不在意,都认为是老鼠所为,老鼠是家贼,家贼难防,只要不过分,它们偷吃是避免不了的。有时,楼上动静实在太大了,人就在下面拍掌吆喝几下,并不起多少作用。一次,大伯上楼查看,与一只肥硕的松鼠在楼梯转角处遽然相遇,双方都有点措手不及,呆呆对视了两秒钟,那条松鼠朝大伯抖动了一下巨大的尾巴,咧着嘴叫了一声,迅速朝着青橄榄树遁走了。松鼠的这个动作把大伯彻底激怒了,我们都不太相信,松鼠还能朝人龇牙咧嘴?这无异于示威,它有这个胆量吗?

然而事情变得越来越严重,大半的苞谷被那些畜生啃得残缺不全,破损的籽儿到处散落,芬芳的玉米粉味道还引来了虫祸。大伯为此耿耿于怀，捉了猫来，可懒惰的猫只哼了几声便再不吭声。没几日，一切照旧。大伯再买来鼠药，拌在苞米上，撒在那里，也无济于事。那畜生太过聪明，对气味是敏感的，并不去碰有毒的东西。它们一旦识破人的伎俩，看到了人强大背后的虚弱和愚笨，知道我们拿它们毫无办法，就变得肆无忌惮起来。

楼上的窃贼越来越多，它们呼朋引伴，在苞谷堆里嬉戏打闹，甚至娶妻生子，繁衍生息，根本没把我们放在眼里。我们既没有地方转移粮食，又没有空闲日日守护驱赶，况且这小兽太过机灵敏捷，徒手根本抓不到它们。这一下，别说大伯，连我们都觉得面上无光，心里气愤，所有的人都感到自尊心受到了这小东西的侵犯和伤害。这天生惧怕人类，应该视人类为神灵的鼠辈也敢轻贱我们？我们必须从它们身上夺回我们的食物领地和尊严。当大伯意识到这一点后，他连那棵横生进来的青橄榄树也无法容忍了。某一日，他终于抡圆了他的斧子，哗啦一声，斩断了那越过雷池，冒犯了我们的臂膀。

大伯在街上商铺里挑选了一天，最终提回了一个专业的捕鼠笼子，它有着巧妙而强大的机括。大伯精心布置了一番，在里面撒下诱饵，然后将笼子埋藏在苞米浅处。大伯用自己的行为又一次证明了人的强大和不可对抗，当第七只松鼠再一次跌落陷阱后，它肥胖的身子在狭小的空间里急得团团转。这小小的鼠类第一次感受到了惊恐和绝望。

　　我蹲在笼子面前,试图跟它进行一次对话,透过它的眼睛,我看到了自己的灵魂。我不知道第八只松鼠什么时候落进大伯设置的陷阱,我更不知道人什么时候落入松鼠的陷阱。

我们喂养的鸟群

我思念那时的双溪坡,群山连绵,沃土广布,几十户人家散落其间,如星嵌河洲,花开枝头,相得益彰,神灵的恩典处处可现。穷苦的人竭力维持着最后的尊严,善待着与之共存的一切生灵。

而在我的记忆情感里,小鸟是一种令人迷恋的生物。它们天性自由,充满灵性、胆怯、柔弱,可爱纯洁。现在,我宁愿相信,时间已让它们转变。在某些我们不能到达的秘密协议中,它们归附神灵,从此以后,这些天空的儿女们成了奴仆,不停接受召唤和驱使,向人发起疯狂的袭击。

它们总是在太阳落土的时候到来。它们的到来让人欲哭无泪。我相信这是一场预谋,或者是神灵跟我们开的玩笑。我想象的场景里,神灵端坐云巅,笑容高深莫测、眼神疏离,心思不可示人。长袍广袖轻轻一扬,五指散开抖落,无数蓬小黑点就从缝隙间蔓延下来,把天空染得灰黄一片。它们像蝗虫一般,舒开双翅,嘴里发出奇怪的尖叫声,奋不顾身地扑向田间地头。与其说这是神灵的意志赋予大地的奇迹,倒不如说这是降临人间的一场灾难。

"我敢肯定,这些鸟东西一定是老天爷派来的,派来收拾我们的。呸!忘恩负义的坏东西,现在来要我们,忘记我们当初是怎么喂养它们的吗?"六十八岁的幺妹有一双让人畜不安的眼睛,她的十副长指甲里塞满了土粒和杂物,粗糙的手指头被青草的汁水浸得绿莹莹的。她挥舞着双手,向山林反复诉说着对鸟群的愤怒,她对它们的仇恨让这个世界心惊。

幺妹是双溪坡最强健的老人。年轻时的她肤色微暗,一头长发包裹在黑色丝帕中,脖颈上高高支起了湘西女人美丽神秘的头颅,两只大银耳环在肩背上稳稳垂立,随着走动奏出无声而销魂的音乐。这是一只美丽强健的头鸟,生下四个儿子三个女儿后,丈夫在某一日里突然死了。幺妹将七个崽子当成一群鸟儿,她喂养驯服他们。她总是站在高高的阶沿边上,将食物远远抛向空中。稻米、麦粒、苞谷,几乎所有的粮食都呈现出金黄色,这是太阳底下最珍贵的颜色,闪烁着神性的微芒。幺妹的手恰似神灵之手,她抖开五指,嘴里发出嚯嚯的声响,呼唤着她的鸟群。光芒从她指缝间扬落,在她面前织出一匹炫目的光,笼罩着她的儿女,她的鸟群。

最先被幺妹的慈心和美丽迷惑的是一只尖头秃尾的山麻雀。它有一个大而空泛的胃囊,它苦恼自己永远填不饱这只大口袋,满足不了它的欲望。饥饿将它逼出了树林,贪婪又使它忘记了危险,它一步一步走向了善良的幺妹。一个死了丈夫带着一群儿女的湘西女人是怎么活过来的？也许唯有那只山麻雀知道。活得异常艰难的幺妹把被七个儿女激发出来的母爱，匀了一小点给山麻雀，于是，山麻雀也活了过来，成了幺妹第八个孩子。

幺妹养活了一群鸟。在许多无法想象的日子里，幺妹凭着本能精心呵护着每只鸟的双翅，她梳理着肉翅上新生的羽毛，降伏它们的野性，一次次训练它们听话和捕食，并亲手将它们送入屋后的群山和山外的世界。

鸟归山林，最先反扑的当然是乡野草木。这些植物在空巢里蓄积力量，把生命力诠释得淋漓尽致。一些藤蔓爬上瓦梁，芭茅不失时机地挤满阶沿缝隙，各种野草在地里黄了一茬又绿了一茬，山林子里的草木加快了拔节生长的速度。整个山寨昼夜不停地发出反攻的声音，到阳雀花终于占领坪院的时候，鸟群出现了。

或许，这只是我做的一点无聊的猜想而已，回溯过去，事情的真相是不是人在跟这些生灵的共同生活中，触犯了某些禁忌？才使良善变得邪恶。

双溪坡的人口越来越多，对周围便成蚕食之势，合拢的口子渐收渐小，致使这里的山水日益显得逼仄窘迫。这时候的山寨，几乎没有一只鸟儿的容身之处，鸟群陷在人的阴影里，谁还理会一只雀儿的生死？

雁滩湾里前来取水的动物越来越少了，山鸡、野兔、野猪、獐子的脚印变得稀疏淡化，所有的动物都开始对人类退避三舍，苟且存活。林子里日夜出现动物们的哭泣之声。双溪坡周边的群山感到了委屈，樟木、梨木、枞树、杉树、茶树、桐树，山林里所有叫得出名字和叫不出名字的树木，先从大的开始，再到小的，难逃斧钺之灾。我看见了暮日中的群山，裸露的皮肤透着焦灼、疲惫、瘦削、嶙峋、苍茫，蕴满苦色，向着寨子狰狞着凄厉的面目。山水一旦感受到压力，人的日子便不好过。

等最后一丝人间烟火失去幻想，从这场对峙中消失后，所有的山水早已撤退。人像蚁群一样，受生存所惑，开始整个搬迁。短短几年，寨子里除了老幼病残，唯余四五户人家。神灵把一切都藏在眉眼间，不动声色。

余下的老人目瞪口呆地看着这一切的发生，当野草和藤蔓盖过他们日益行走的乡间小路，顺着他们浮肿的脚背爬上弯曲的脊背时，那大片大片肥沃丰茂的土地已经荒芜。这不怪他们，土地是被年轻人抛弃的，他们曾经为此耗尽力气，再无力播下种子，土地便与他们渐行渐远。它在走向自然、走向原始，好像从来没孕育过文明一样，好像从没有属于过自己一样。老人们极力克制着内心的惶恐，这是一片完全陌生的地方，所有的生灵都在抢占生机、繁衍昌盛，除了人。

没有人砍柴了，那些树木发疯一般生长，寨子里失去了炊烟。没有炊烟的寨子还能叫寨子吗？鸟儿的眼睛最为敏锐，先是一只鸟发现了这个秘密。在无人知晓的荒野里，它们揣测着人的心思，人的颓势一现，便被它们窥见了端倪，于是它们倾巢而出，像黑色的繁星洒落田间地头。

当双溪坡村变成了几个老人的村寨时,幺妹成了其间最凌厉寡言的老太太。她养得最好的一群鸟是她的儿女们,可他们背叛她的速度最快、程度最深,他们抛弃了她这只衰老的头鸟,各自在陌生的世界筑了鸟巢。现在的幺妹已经种不出一粒带有颜色的粮食,她的力气只够她种菜。在那些接近荒芜的土地上播种她能找到的一切蔬菜种子:青菜、白菜、萝卜、芹菜、大葱、韭菜、茼蒿菜……可她的愿望再也没能实现。当那些种子刚从土地里探出白嫩的小身子,还没来得及露出欣喜,更来不及长大,来不及向幺妹吐出新绿,向她报出希望,就被迅疾而至的阴影遮住了光阴,坚硬如铁的黑喙朝前一啄,就连根卷进了肚腹。于是,养了一辈子鸟的幺妹,到最后两手空空,她的手里握不住一片温顺的羽毛,她的心变得空落冰凉。

野猪们开始成群结队,小鸟雀们变得秃鹰一样凶恶,不再温驯,是从什么时候开始的?它们不再是人的奴仆,而成了神的奴仆。一定是食物链的某个环节出了问题,饥饿才使它们变得如此疯狂,如此饥不择食,不顾一切地抢夺人的食物。人与动物之间,盛衰转换,老人们出门时,开始变得小心翼翼,就连一只蚂蚁都不敢随便乱践踏。唯有幺妹不懂这些,她不肯相信,当初自己用金黄色粮食喂养的鸟群,那些一去不回的黑影子,竟会折回翅膀,朝着她的面颊气势汹汹地扑杀过来。

幺妹花了一天时间做了一个稻草人。她给它装了一个娇俏的鼻子，两条妖娆的眉峰，麦秸秆编织的金色大耳环，裹上一件对襟花布衣裳，顶上一块黑丝帕包的头高耸着。望着稻草人，幺妹恍惚了一下，无意间，她的手指头先她的思维一步复活了。她活在这旧的光影里，凭借着斑斓的时光，重新捏造了一个年轻美丽的自己。她太想偎依着过去的凭证，来唤醒鸟群的集体意识，逼迫它们回视自己的过往，被人喂养才得以延续的过往。这不是为了挽救土地里那一丘丘绿色，而是为了幺妹的尊严，她那被自己喂养的鸟群所抛弃的命运。

幺妹的稻草人刚在地里站了三天，头上就堆满了各色鸟的粪便。愤怒的幺妹只好整日整日守在土地里，面朝着天空，对着面前不断落下的黑灰点，吐着唾液，发出世界上最恶毒的声音，来咒骂那只最先接近她的山麻雀。

山麻雀为什么能克服自身惧怕人类的天性来接近她，幺妹年轻时不懂，年老后就更不懂，这是一片她无法思考的领域。

消隐的神灵

寨子周围的山上,曾经住着各种神灵。

洞山有野猪精。麻溪有牯牛精。马鹿塘有黄鼠精。月亮堡有兔子精,总是悄悄从月光里跳出来,勾引路人。上脚湾和下脚湾,被鬼魂占据,因为这里埋葬了太多亡人。三角岩上则住着蟒蛇精,关于他的传说最多。这是一种类似于龙的神物,能随意变身,可大可小。桂花树女孩失踪以后,蟒公子渐渐消隐,最后湮灭无闻。

三角岩近在眼前,却遥不可及。作为小溪沟人,每年都要去古道溪走访亲戚好几次。翻过老神坳,抬头看见三角岩。三座山峰依次排开,斜望着路人,清绝孤秀、神情倨傲。为了跟群山划清界限,它越长越高,耸立在山堆中,挺拔险峻、遗世独立,周围没有高过它的东西。人从下面看,脖子后仰,眼皮上撑。墨绿色的残笔,将它往云端里涂绘,精致成角。峰顶几乎瘦成了一根线条,我猜想三角岩由此得名,虽然也有人叫它三斤岩、三尖岩、三梯岩。这根线条除了云朵常常停留歇息,鹰鸟偶尔利爪勾勒外,凡人无法攀爬。我们生活在它周围,却很少有人知晓它的真实面貌。

三角岩下小寨子，十来户人家。有老者长寿，银发长须，面庞红润，活了一百多岁。老人坚称自己年轻时见过蟒蛇精，公子模样，眉目俊朗。彼时，在山坳的涧水中洗澡，白雾缭绕，清越有声。山民认为老人身上沾有仙气，这是他长寿的秘诀，他说的话无人置疑。三角岩顶有大蟒的说法流传已久，对它的想象和畏惧禁锢了人的脚步。

每年五月初五端午节，风引雷动，大雨倾盆，山寨都要涨水。自古传说，这是蟒蛇所为。在这天，小孩会受到严厉警告，泥水中艰难爬行的蚯蚓，绝对不能踩踏伤害。人们坚信触怒了蟒蛇精，必有灾难降临。蟒公子堕成凡胎，在人间走访，每家屋前的泥水潭中都有他的神迹。儿童时，我常背着寨中老人，在泥水旁跪趴几个小时，带着好奇和恐惧的心理，观察那些污水潭中的生物。它们样子丑陋，细小软弱，在地上慢慢翻滚。蠕动的节奏中，蕴含着神性，卑贱的东西，往往有凛然不可冒犯的力量。

我爬过周围无数小山坡，却总是寻不出机会去三角岩。我曾在不同时间，站在不同位置，反复看过它，想过它，总是遭到堂兄们的嘲笑和恐吓。他们说山顶上住的那位蟒公子偷学了狐狸精的媚术，喜欢引诱人类，尤其是我这样有好奇心的小女孩。但越是如此，三角岩就越显得高不可攀，就越是神秘，也就越让人遐想。久而久之，我对三角岩到了迷恋的地步。顺着小溪沟往上回溯，就到了苗族人住的地方。那地方有一棵古老的桂花树。倚着桂花树,人的目光直线挑出去,是很有可能越过无数障碍,看到三角岩那三个峰顶的。白崖石闪烁着圣洁的光芒,向人间昭示着神迹,人们有时觉得它很近,有时觉得它很远。我猜想,多年前,桂花树下的那个小女孩也是如此。日复一日,忍受着好奇心的折磨。她偷窥、打量和猜测。无边岁月里,早已惊扰了蟒公子。

桂花树下有一大户人家,户主丑老汉,因辈分在符姓人中最大,被人唤作丑太太。苗族人的习俗,祖父再往上的辈分一律呼为"太太"。丑太太过了六十岁后,每年都会斟寿酒、办宴席。他有好几个儿子,每家轮流操办。在那天,乡邻和族人带上米酒和面条,都去给他拜寿。我们一桌桌聚在桂花树下,吃肉喝酒,持续整整一天。等太阳落下去后,月亮就亮起来了,人们撤掉酒席,在莹白的坪坝里烧起青橄榄树、揪把虎,围着火堆坐下,脚边放着大酒碗,在柴火散发的木质香气中,开始轮流唱山歌。山歌传唱到当门接不下去的人,就自觉罚酒,须把一大碗白亮亮的米酒一口喝干。

那时候,我最喜欢赖在父亲膝头,泡在酒味中听他们唱歌,当那种香气像起早的白雾一样无声弥漫时,整个寨子都醉意蒙眬,歌声飘飘浮浮,开始变得不真实起来。白色的月亮搅拌着红色的火光,明明灭灭。三角岩隐在桂花树的东南方向,夜幕里,像一团巨大混沌的暗影,人们再难看清那白色石头雕刻的漂亮弧线。桂花树显得格外寂静、凄凉。歌声敲打树叶,噼啪有声,带来炙热、疼痛，清晰可辨。我看见丑太太端坐在人群中，不唱歌不喝酒，目光偶尔滑向远处，就像一个虚幻的神仙，我觉得他孤独极了，比月亮堡的兔子还要孤独。

大家都认为丑太太好福气，衣食无忧、儿孙满堂、地位尊贵。在我眼里，却总觉得他只是一个伤心的老汉。我常常见到他，无论刮风下雨，还是天晴出太阳，他总是独自一人在路上走着，好像除了行走他再没别的乐趣，也没别的事可干。去山上挖兰花时看见他，摘菌子时也看见他；去河里洗澡时看见他，捞鱼虾时也看见他。看见也只是看见，偶尔有人问候，他多半简短回应一声，神情寡淡，面目萧瑟。

如果我把听来的故事倒回去，那就是五十多年前。她是丑太太家一堆儿子中唯一的女儿，她得到了过分的呵护和宠爱，她的哥哥们简直对她百依百顺。小女孩出生在桂花树下，天上的星子和月光、云朵和烟岚，林子里的风和雨水、神仙和妖怪，这些神奇的力量让她变得清透、坚韧，一颗心可以包容天地。同时也让她变得十分敏感、忧伤，常常觉得孤独。三角岩就在不远处，女孩的心里落下一声又一声的叹息，她觉得自己的身子已在空气中慢慢腾飞，腋下那双无形的翅膀将她的肋骨撑得隐隐作痛。

端午刚过，一个雨后的早晨，天地洁净美丽。鸭乐乐花开得十分漂亮，留在枝头的笑成了傻姑娘，掉落水中的变成一只只蓝色的小伞船在泥水中随着风打着转儿，渐渐遮盖消除了蚯蚓爬行的路线。桂树叶子被雨水洗得发亮、莹润，风一拨动琴弦，水珠在枝叶间蹦跳、滚落，音乐在耳边奏响。这些都是小女孩平时玩倦了的游戏，她扒开泥水中的花瓣儿，跪趴下来，盯着那些蟥公子留下的神迹，渐渐入了迷。

哥哥们决定不吃早饭就去找山货，他们带了干粮和灌山泉水的竹筒，打算从屋后进山，一直走到小溪沟的源头麻溪，再由麻溪翻越古道溪的源头洞山。这是一次艰难危险的跋涉，哥哥们信心十足，做了充分的准备。小女孩这天早上变得十分古怪，她站在桂花树下，穿着绿颜色的小鞋子，小背篓里装着一柄亮闪闪的弯刀。她嘴唇紧抿，目光热切，态度坚决，非要跟哥哥们一同入山。哥哥们轮番许诺恳求，哄骗诱惑，可小女孩铁了心。对峙到最后，大哥失了耐心，动手打了她一耳光。就像用力拍在熟透的山果上，小女孩水灵灵的脸涨得通红，泪水从光洁的表面一颗颗滴落泥水中，溅在蚯蚓的脊背上。

哥哥们转过桂花树，很快就隐进屋后的山林。小女孩手里握着一根油绿的黄瓜，也轻轻转过桂花树，跟了上去。路边犁田的人，山脚下采桑的人，对门公家湾砍枞树的人，都看见了兄妹间小小的纠纷和争执，依旧专心自己的劳作，这种事太寻常了，只值得他们随意笑笑。这个早晨跟小溪沟无数个早晨一样，并没有什么不同。等到傍晚时分，太阳从月亮堡山上脱落，哥哥们的屁股上却并没有捎带着妹妹的影子。他们完全不知道，早上妹妹跟在身后出了门。

小女孩就这样从一个幽静、封闭的世界里丢了，人们无法想象一个十二三岁的孩子如何能在山里走远走失。要知道，人与群山长期共处，垂蒙着山神的祝福和庇佑，多少年来相安无事。群山怎会无端藏匿一个孩子呢。丑太太和他悲伤的妻子打开了自家的大粮仓，宰杀了栏里的大肥猪。几个寨子的男女老少自发出动，日日夜夜出门寻人，在周围的群山里奔走呼喊，查探寻找，反反复复。公家湾、老屋场、老山沟、麻溪、洞山，甚至洞山后面的大宗山，哥哥们行走的路线，小女孩跟随可能迷路的地方。连续一个月时间，寻找的人走遍了每一寸土地，甚至连每一条石缝、每一处洞穴都翻检了无数次。丑太太粮仓里的谷子和宰杀的肥猪都吃完了，悲剧压垮了丑太太和他的妻子。但世界如常，祥和安宁，依旧探寻不到任何小女孩的气息。像终日不惜鼓荡的风，疲累后退隐山林，人们把寻找的触角缩回了胸腔，继续下山过日子。

一个月过去了，两个月过去了，三个月过去了，丑太太的妻子并未死心，她始终不相信唯一的女儿会被群山吞噬掉，她也许正躲在哪座山里跟家里人斗着气。丑太太的妻子从此无心农作，她每天都进山，今天打牛草，明天打猪草，后天砍柴，好像山里有无穷无尽的乐趣，需要她把所有的时间和精力都填充进去。她脸色憔悴，神情恍惚，但是眼睛出奇地亮。她在每座山里穿梭、往返，偶尔大声呼喊，就像在寻找传说中的宝藏。像她女儿一样，她的生命开始跟群山日益贴近，附作一体。

半年时间过去,三角岩下终日放牛的汉子,因为那头总是顽劣、桀骜的大水牛,而发了大脾气。他下了决心,追赶它,但牛也下了决心,不让他抓捕到自己。不知不觉间,一人一牛爬上了三角岩。在一处石崖缝隙中,那双绿颜色的胶鞋规规矩矩地摆放着,黄颜色的小背篓里装着一柄小弯刀,就挂在旁边一棵高高的野梨树上。得讯赶来的人们证实了这些东西属于小女孩。他们接着在缝隙更深处发现了她的衣服,叠放整齐,颜色如故。

在这半年多时间里,三角岩一直是清白无辜的存在,没有任何人用怀疑的目光玷污它。谁会想到小女孩会出现在这样一个地方,一个最不可能出现的地方。人们百思不得其解,小女孩若是因为赌气,或是迷了路,也只能在附近的山体里打转,最多顺着洞山翻越到大宗山去,不可能到达三角岩。顺着山道,就是一个吃饱喝足、准备充分的成年汉子也不可能一天走到三角岩。若是不顺山路,小女孩就得穿过桂花树对面的田野和小溪,翻过对面的老屋场山,进入古道溪,再从三角岩下的小寨子进山。她没有理由走这条路,穿行寨子时也不可能没人看见她。犁田、采桑、砍柴的人分明见她进了屋后山林。

今日回过头去看,我们无法还原真相。没吃早饭的小女孩,究竟如何饥渴、疲乏。起先还能看到哥哥们的身影,为了怕他们发现,她特意放慢了脚步。很快她就惊恐发现,哥哥们早已在前面消失不见了。她慌神,开始到处寻找,越跑越远,逐渐偏离了原有的轨道。她在山里面哭喊、挣扎,密密的山林子吞咽了她的声音和影子。她的努力无法让她突围,就像遭到了山神最恶毒的诅咒。黄昏到了,四周逐渐暗下来,一些夜行动物逃脱睡眠,开始活动。山里面传来各种各样奇怪的声音,她精疲力竭,嗓音嘶哑,再也发不出声来。小女孩终于绝望,她并不知道最后她置身于三角岩上,那个从小被神秘的传说包围的山峰,她常常仰望幻想的地方。她浑身酸痛,到处是跌伤、划伤,脚底下满是水疱。她终于支撑不住,接着瘫倒在一个石缝间。她很爱惜她的小靴子,艰难地将它们从脚上剥离下来,整整齐齐地摆放在一旁。然后她开始发高烧、说胡话,饥饿让她的眼前出现了幻景。

我费了这么多笔墨,想在五十多年后的今天,能顺着故事的脉络,找出小女孩被一座山吞噬的真相,我认为我上面的推测还算合理。但是亲历并讲述这个故事的人说,这种推测荒谬可笑。有那么多现场细节无法解释:小女孩个子不高,怎么可能把背篓挂在悬崖上那么高的树上呢。她的衣服和雨靴整整齐齐,可她整个人却如空气中蒸发了一样,地上连模糊的残骸都没寻见。先不说她是如何到达三角岩,就凭这样一个孩子是怎么爬上峰顶的。连成年人都寻不出路来攀爬的三角岩,有绝对的理由阻止一个小女孩稚嫩的双脚。就算她爬上了三角岩,她又如何能够安全接近这个险峻异常的石缝。太多谜题,让人困惑不解。这一出悲剧,让天性乐观善良的山民无法就此释怀。大家心底都明白，小女孩一定被野兽完整吞入腹腔了。丑太太的妻子无法相信也承受不住结果，她心中郁结，状若疯狂，日日痛哭之下终被心病拖累，没几年人就殁了。

山民同样需要一个答案，来看待小女孩的失踪。没有忍耐过久，关于三角岩的风言风语汹涌而至。小女孩为什么会去三角岩，终于有好奇心旺盛的人开始分析起来。有冒失鬼说，小女孩可能被蟒公子勾引了。山神蟒公子独居山中，漫长岁月枯寂无聊，他一定化成了山中最美丽的男子，还使用妖术变出了一条平坦的大路，用最甜美的语言蛊惑了小女孩的心智。小女孩忘记饥渴疲累，忘记忧伤恐惧，踏着荆棘，穿枝拂叶，一路跟随他，爬上了三角岩。人们的想象力是可怕的，言语伏在唇齿间，故事埋在胸腹里，一遍遍酝酿发酵，一旦有人牵头提起了蟒公子，那大家还顾忌什么呢。传说神灵就生活在人群之间，世代以来，我们共享朝露夕颜、日月星辰。他们最喜欢扮着人相，长着精致面孔。有时是美貌女子，有时是英俊后生。个个脾气古怪，化作不同形体混迹于尘烟中，从不显露真身。因此，祖先告诫下来，寨子里若是出现陌生人，须要尊崇相待。凡人卑微，千万不能亵渎神灵，否则会招致厄运。

大家猜测，小女孩无意中窥探了天机，冒犯了神的尊严。端午节那天，蟒公子化身蚯蚓。路过桂花树时，小女孩真不该透过鸭乐乐花那蓝色羽瓣来偷看泥水中艰难爬行的他。神迹是绝不能随意窥探的，因为人无法承受那种随意降临的灾难。

我宁愿相信小女孩不是被神灵引诱，而是为神灵献祭的。她是自愿的，她也是有预谋的。在桂花树下，她一定千百次想象过奔向群山的场景。其实，周围的群山上，究竟有没有神灵，活着的人并不敢肯定。这种猜测，如今看来，当然荒谬可笑。然而，千百年来，山民活在未知的恐惧中。我们宁愿相信，祖先从不会犯错误，我们的山上，一定住着各种人类以外的群体。他们依附我们而存在，如同繁衍一般，代代传承、生生不息。一个神灵故事传说到老，衰退消亡后，就会紧接着产生另一个神灵故事。古老的传说总是源源不绝，多少个时代过去，山寨就在各种神灵故事的浸润中，氤氲生长，永世长存。

同小女孩一起，蟒公子也就此失踪了。一座丢失了性命的山足够引起人的畏惧之情，三角岩成了禁忌之所。这让人们悚然惊怖，开始忌讳向下一代讲述蟒公子的传说。家家户户的大人都对自己的孩子严厉警告，他们使用黑暗和邪恶的言语，把三角岩狠狠地隔绝在孩子的生活之外。人心的力量是可怕的，山民一旦集体沉默，蟒公子的存在就失去了足够丰饶的土层，他伤害凡人，失去了人世的信任，便不再是受人关注的神。蟒公子的事迹，被群山埋葬在过去，风将它荡得干干净净。没有传说包裹，群山仍如隔世般孤独、荒芜。群山上不再有神灵，我们报复了他们，也就失去了他们。

每次回家，遥望三角岩，就觉得它越发瘦削，也许它无法长胖，也许它时时疼痛，因为它的身上寄存了一个女孩的魂魄。我能看见那个佯装失踪的女孩，却总是看不见自己。想爬到山顶去的心思，如同从前的传说，已逐渐消退。那些爬过山的人，如今都长眠在异乡。我们热衷于拔足前奔，而懒于讲述过往。出于各种原因，尤其迷恋外面的世界，如同抛弃祖先的遗训，我们开始抛弃山里的神仙。像小溪沟断流一样，传说自此出现了永恒的空白，神灵就此消失在现代。没有人管三角岩的传说，再没有小孩听过它的传说。我们已失去敬畏之心，可以肆无忌惮地刺探泥水中的隐私，嘲笑那些蠕动而蠢笨的细小生物，而不必抱着惶恐和罪孽的心情，等待命运之中迟早降临的灾难。三角岩显得那么平凡和普通，没有任何神性彰显。

丑老汉已逝去多年，想起他的孤独，我也孤独极了。

虫　人

外祖母去世前几天，整个寨子议论四起。我们亲眼见到那条逶迤蔓延的送葬大军，无不骇然变色。

每年端午过后，夏暑凶猛而至。各种虫子借势而生，见木疯长，祸患无穷。为祈福，我和外祖母开始给房子四周的树木进行一年一度的喂年饭仪式。早上起床后，外祖母解下头上的黑色丝帕，将菜油涂满手心，仔细抹匀在头发上。梳完头，再把丝帕端端正正盘上。然后洗手，换一身干净衣裳，往堂屋里的神龛上点一炷香，朝着供奉有"天地国亲师位"的牌子恭恭敬敬地拜三下。外祖母插好香后，接着磨刀，两只手按住刀刃在磨刀石上来回反复地锉着，直到刀锋变薄变亮变锐利。做完这一套仪式，我们才能出门。

外祖母拿刀走在前方，我捧着早已准备好的一小钵白米饭跟在后面。从树下穿过时，我扯长鼻子使劲吸着气，外祖母头上抹的菜油散发出浓郁的植物芬芳，从西南方吹来的风一直围着高高盘起的丝帕打着漩涡。一些吊死虫撑着绿色的肉身，吐着柔软的丝线，猛地就从梨树上垂落下来，在她头上几寸远的地方荡悠着。两三只白色蛾子受香气吸引,却不敢靠得太近,在不远处频繁扇动着翅膀。外祖母对这一切无动于衷,也不许我有半点分神,我们必须专心致志寻找树木可以下刀的地方。外祖母在前面给树木开口子,我往口子里喂饭。这项工作,每年都由我和外祖母进行,她每完成上一个动作,我接着完成下一个动作,相互之间要配合默契。一般每棵树沿着树身底部下刀,砍出三道深浅均衡的口子,在口子还没沁出白色液体之前,要及时堵上几粒洁白的米饭,将它抹匀,再填满封好。我们绕着屋子走完一圈,这些米饭也刚好用完。先从东北角那棵枝繁叶茂的橙子树开始,接着是桃树、梨树、柿树、橘树、桐树、土荆条、枇杷树,甚至连苍老枯瘦的葡萄藤也要算上。这样围着房子绕一圈,再回到橙子树旁那二十五棵椿木树边,供饭仪式就算结束。

整个过程,外祖母面容端肃,神情坚毅,口里念念有词:"树呀树,我跟王小二年年都来供奉你,你要答应我们,不枯不死不生虫病,早日成大材呀。"她说的是我们土家族最古老的土话,我根本听不懂,意思我是能猜测的,就是一直疑惑那些树木是否能真正听懂。树身上除外祖母砍出来的伤口外,还有很多已经结疤的旧伤痕。树身累累伤痕,都是我们每年喂饭造成的。

外祖母老得最厉害的那两年,头发柔软细长,黝黑发亮,迎着风向偏来倒去,没有一丝花白。褶皱深陷的脸盘枯竭黯淡,长满斑纹,层层托举着边沿上松弛塌陷的赘肉。整个脸庞看上去,就像一张巨大的虫脸,被毛发包裹着，古怪、诡异。谜一样难解的沟壑和蛛网般的纹路，也都从内到外透出一条虫子的气味和神态来。她几乎没法站立行走，只能倚着拐杖，一步步朝前挪移，在铺满落叶的小路上拖曳出两条弯弯曲曲的痕迹，像虫子的爬行，使僻静的寨子发出窸窸窣窣的响动。就是病重时，外祖母也坚持每天守在路口，谁也劝不动。说也奇怪，只要她坐在那里，那条道路就十分干净，除偶尔有蚂蚁匆匆爬过外，虫子看似绝迹了。那时，我能闻到外祖母身上的气味，微酸微甜，有苦有涩，若有若无。我知道，对虫子来说，那是一种死亡的气息，她是它们的命运之神，任何虫子见她都得绕道。

来我家玩的小孩也总会被外祖母吓跑，他们认定外祖母是虫子所变。对此，我也感到疑惧不安。外祖母真的越来越像祖父烧死的那条虫灵。外祖母死后第二年，全家人反复商讨，最终还是决定把房子周围的树木全部砍光。昔日，这些树木把我家团团围住，使房子变成一个与虫为邻、养虫为患的孤岛。树木砍光后，这里陡然变得光鲜透亮，就像一个穷汉突然得到一大笔财富，四周空旷的土地让我们很长一段时间无所适从。虫子是这一切事件的罪魁祸首。砍树有违外祖母的意愿，但我们都认为，消弭虫祸是子孙们对她最好的纪念和尊重。

给树喂饭是祖先流传下来的古老仪式。湘西山多树多，气候炎热潮湿，蛇鼠虫子自然就多，这些动物知道避阴趋凉，每到夏季，就从房子周围的树木草叶上成群结队地往家里爬，根本顾不上怕人。所以，一般房子附近是不多栽树的，为躲避虫祸，老祖宗们除把房子悬空建在半山腰外，另一个比较迷信的做法就是每年都给房子周边的树喂饭。粮食在贫穷多难的寨子里是神灵一般令人敬畏的东西，我们为表明尊崇和诚意，把最珍贵的粮食献祭出来，希望跟这些天地间最有灵性的树木进行沟通，达成某项协议，既要它们多产果实，又要它们对那些以树为生的各类虫子进行约束和震慑。这些都是我年年捧着米饭跟在外祖母后面时，自己琢磨出来的东西。如今的人把喂饭看成一种陋习、封建迷信，早就将之厌弃和遗忘，谁还会相信它有这种神奇的功能呢。说实话，我从不相信，吃过米饭的树真有神性抵达我们的内心，满足我们的愿望。这仅仅是外祖母的一厢情愿，是她准备抵制虫祸的一个前奏。

树身上的伤口要不了多久就会愈合，饭粒也早已不见，不知道是被鸟雀吃掉，还是被风吃掉，还是树自己吞食掉的。反正我从来不关心这些饭粒的真正去处。每日只要一有空闲，我就偷偷溜出门去疯玩，赤脚在爬满虫子的空地中腾挪跳跃，就算闭着眼睛我也不会踩到一只虫子。有时候外祖母还没回过神来，我已经三两下奔出坪坝，眨眼间就不见身影，任她在后面呼喊不绝。

对这种细小的恶心生物，我早就见怪不怪，也不似以前那么害怕不安。但我讨厌给树喂饭，讨厌重复那套烦琐单调的仪式，更讨厌每天坐在路口阻拦那些络绎不绝朝家里爬来的虫子。

外祖母绞杀虫子时一刻都离不开我。

她习惯天天坐在路口，随时监守着那些可能爬过来的虫子。她说话逐渐变得有气无力，像一个漏气的瘪口袋，对我毫无威慑作用。见我充耳不闻，外祖母开始大声咒骂。先只是骂我一个，后来渐渐涉及父亲。说他没本事挣钱搬家，让母亲在此遭罪，受虫子欺压，还养了我这么个小崽子专门来气她。最后外祖母骂的内容升级，影射到整个王家寨子。她骂姓王的薄情寡义，骂我祖父无良无德招惹虫灵，埋下祸患。

外祖母没来我家时，我们对这些虫子束手无策，父亲想到的最高明的办法是买剧毒农药，然后用喷雾器来杀虫。外祖母来后，这个办法就被坚决否定。她是老派湘西人，坚信人活世上，一切都是树木提供的。树木提供房子提供庇护场所，提供粮食和水果，它能给人带来无尽的保护和好处。这些当然也可以提供给虫子，我们人没有资格把虫子从树身上驱赶出去。最重要的是树木都是有灵魂的，我们不能一边享受着它带来的福祉一边用卑劣的手段来对付它。而且房子周围到处都有家畜活动，这样做实在不安全。清除虫祸只有这两个办法：一是搬家，二是砍树。我家穷，搬家是不现实的，只有砍树。虫子所依附的是夏天的光阴和树木，树砍光就一劳永逸了，虫子无所依附，也就不足为害。父亲动过砍树的念头，还是外祖母不同意，在她的私心里，这些树木绝不能出任何差错，若干年后，它们必须成为最完美的家具伴随着我们姐妹的出嫁。为此她差点翻脸，收拾东西就要回她自己家去，父亲只能妥协。

既不能搬家又不能砍树，那就只能靠人来对抗虫祸。外祖母刚来那一年，寨子里的三奶奶在挨着我家不远处的一块园圃里种了很多蔬菜，可还没等叶子长齐整，就被外祖母养的几只鸡啄个精光。三奶奶也不告诉我们，悄悄在园圃里撒了拌有剧毒农药的米饭。鸡被闹死后外祖母怒不可遏，提着鸡的尸身站在三奶奶屋前的小山坡上足足骂了三个早晨，三奶奶被骂得毫无招架之力。她最初迫于外祖母的强悍，也因为自己做事太绝，内心有愧，一直闭门不出。最后实在受不住，才开门迎战。论斗嘴论讲道理甚至论打架，她都不是外祖母的对手，她慌不择言，居然诅咒我家的那片树木全被虫子啃死光。没想到这一句话就把外祖母击倒了，她怏怏不乐，逐一查看生虫的树木。那些虫子就像吸血鬼一样吸附在树干上，日夜啃噬侵袭，树的精血汁水不停地外泄，不光叶子千疮百孔，发黄零落，最后连树干也会慢慢枯萎死掉。这是外祖母第一次真正意识到虫子的危害，心高气傲的她无法容忍别人用小小的虫子作为武器诅咒那些树，嘲笑我们家。她发誓要凭自己的力量保护那些树木，为女儿一家彻底清除虫祸。外祖母开始带领我进行漫长而艰苦卓绝的抗虫之旅。我是她强拉进来的帮手，她的理由是我长大以后的嫁妆要靠这些树木来提供，所以我必须帮她一同抵抗虫祸。至于姐姐，那时候已经上学。

外祖母认为这辈子最对不起的人是母亲。

当年她头一胎生下母亲，本来就让重男轻女的外公心怀不满，没想到第二个生下来的还是女儿。在外祖母坐月子期间，外公搬出去另过，因为无人照顾，在大雨倾盆的夜晚，外祖母连水都喝不上一口，最后实在渴得难受就用大瓷盆接屋檐水喝。这种情况下，二女儿几个月后就夭折了。从那以后，外祖母居然一鼓作气，连接生下五个儿子，外公从此成为村里走路头抬得最高的人。家中孩子多，日子就过得极其艰难，再加上外公的偏心，母亲作为老大尤其还是个女儿，是这家里最不幸的人。她干的活儿最苦最累，吃的穿的用的，有什么好处也都得让着小的，就连上学的机会也让给了五个弟弟。生完儿子后，外祖母跟外公一心扑在农活上，在农业队里抢工分养家，母亲自动担负起照顾五个弟弟的重任，本来学习成绩十分优异的她不得不从小学课堂里退出来。

儿子多，自然替外公争足脸面。可在他病危临终时，五个儿子出门的出门，上学的上学，居然没一个人能守在他身边，全靠母亲夜以继日不眠不休地伺候照顾着。外公病逝时我还太小，留给我的记忆不多，一个瘦高、背微驼的男人，沉默寡言，古板而严肃。据说他临死前对于以前给女儿的不公正待遇颇有悔意，对外祖母含泪道："还是女儿好呀，这么多年我亏待她了。"

外公对母亲的愧意被永远带进了坟墓中，外祖母却日日想着如何补救这个亏欠太多的女儿。外祖母说母亲自小就十分争气，书念得不多，但通情达理、勤奋自学，模样人品做事能力在村里都是有目共睹数一数二的。外祖母的话应该不是夸张，我见过母亲年轻时的照片，她穿着一身黄绿色军装，扎着皮带，两条墨黑的大辫子垂在胸前，意气风发地站在镇上开大会的礼堂前，青春靓丽、英姿飒爽。据说来提亲的人络绎不绝，这时候外祖母做了她一生中觉得最对不起女儿的事情。她谢绝人品优秀、家境殷实的好人家，却把父亲从人堆里挑选出来。然后找木匠打家具，就这样把母亲草率地嫁了出去。

外祖母自己说，选中父亲是看父亲老实可怜，从小没娘，穷老汉（指我祖父）也体弱多病，说不定哪天人去了，父亲就没人管了。外祖母担心父亲将来找不到媳妇打一辈子光棍，且又都是乡里乡亲，互相知根知底，把女儿嫁给他，应该吃不了亏。那时候父亲还在高中念书，可亲事说好不久，祖父病逝，父亲自然也辍学了。辍学就得迎娶母亲进门，趁着年轻好好过日子。这是外祖母的心愿，也肯定是祖父母的心愿。

祖母早逝，祖父加上父亲三兄弟，四个男人跌跌撞撞地活下来。后来，两个大儿子成家另过，祖父把家分给他们，他跟父亲就另择一宽敞地方搭建了一个简易房子住。祖父盘算得极远，父亲还没出生时，他在这个地方栽种了许多树木，尤其是那几十棵椿木树，就是为将来父亲结婚时建房子准备的。他死后，父亲在亲朋好友的帮衬之下，仓促之间砍伐了几棵椿木树，就在砍树的空地上为成亲架起一栋不大的木房子。

善良的外祖母一时头脑发热，等她回过神来就后悔了。父亲家实在太穷了，一穷二白，没有一点家底，房子还是靠集体的力量筹集建的。她心疼女儿，痛恨自己把女儿害苦了。何况母亲还走了她的老路，头两个生下的都是女儿。外祖母十分害怕父亲也像外公一样重男轻女，亏待母亲，亏待我跟姐姐。她丢下几个年轻的舅舅不管，急忙翻过山来替母亲照顾我们。对此，外祖母毫无怨言且乐在其中，可我家如此招致虫祸让她始料不及。

父母成亲第二年我姐姐出生，这座房子掩映在祖父栽种的树木中，到我出生时还不足五岁，板壁除灶房外，大部分没有遭到烟火熏浸，甚至连木料都还没干透，不断地朝外渗出生木的汁浆来。我们小孩子喜欢故意往板壁上蹭，衣服上裹满黏黏稠稠的东西，很难洗掉，挨过外祖母不少骂。这些木头因为太年轻，远远还未意识到作为一栋房子的本分，基本上还保留着一棵树木的记忆和习惯，总是从内部生出虫子来。这些虫子以木为生，日夜不停地在里面啃噬，木板上透出来一个个葵花形的瘢痕。木料化作齑粉从里面不断抖落出来，散发着原始的草木清香。年龄的纹路、内部的气孔，成长时留下的伤疤，还有历经岁月风雨的记忆，都清晰永久地铭刻在这些木板上，犹如回归的召唤，对周边的虫子有着致命的诱惑力。在它们眼里，这根本不是房子，而是一棵葳蕤丰茂汁水充溢的大树。几乎每年夏天，不知是因为耐不住酷暑的天气，还是受不住这新鲜木头的诱惑，四周树上的虫子从它们已经待厌倦的树木上纷纷跌落地上，接着奋不顾身地朝我家里爬来。

有时候不小心，家里板壁钉钉子挂鞋子的地方就会多一条虫子，或静止不动或卧伏或蠢蠢欲动或徐徐爬行，最可怕的是，有时候它们会钻进鞋子里面去。所以我家里人都养成了一个习惯，就是从板壁上取鞋子穿的时候，总是要在石头阶沿上朝下使劲磕几下，等把里面的东西全部倒出来清理干净之后，才敢把双脚放进去。

这些虫子尤其以椿木树上最多，有灰色无毛光溜溜的，也有黑色长毛发的，还有花色丰富的。精瘦细长的样子，肥胖粗短的样子，慢慢蠕动的样子，形成无数支浩浩荡荡的爬行大军。扭捏虫，走路像妖娆的妇人，一步一扭腰的，柔而媚态毕现。豁辣子，浑身火红，毛发耸着，爬行起来风风火火的，动作很快。掐掐虫，行走时弯腰弓背，贼头贼脑。像食指跟大拇指的运动，食指向前移动一点，大拇指紧跟着移动一点，顾名思义，一掐一掐地行走。猪奶奶虫，浑身肉乎乎的，一副蠢相。因为肥硕，满身的肉堆起深深的褶子，每当它蠕动一下，满身的肉就微微颤抖一下，看起来十分恶心。这些虫子样子肮脏可怖，但因为毒性小，我们倒不怎么害怕。最可恶的是那些色彩斑斓，样子雄壮威武的虫子。比如八角虫，全身绿莹莹，含有剧毒，长着粗壮尖利的毛发，头上还有多对犄角。如果不小心被它的毛发沾一下，皮肤红肿瘙痒，毛刺难以清除，火辣辣能疼痛好几天，一直痛到骨头里去，说不出来的难受。

都说鸡是虫子的天敌，反正我们从来没对家养的鸡抱过指望。这种虫，家中养的鸡没有勇气下口。它们一般远远地站着，耷拉着翅膀，惊疑不定地打量着，最多怪模怪样地尖叫几下，甚至都不敢接近。我想鸡跟我们一样，对这种莫名其妙出现的、有着让人难以忍受的动作和躯体的生物表现出极大的不适应感。这当然不能怪鸡。那些怪异蓬松的毛发、蠕动的肉体和邪恶尖利的毒刺，还有艳丽的色彩，构成一种爬行动物的外观，人都躲闪不及，鸡当然更要避而远之。

这些让人恶心不已的细小虫子看似没有多大危害性，可实质上已给我们的生活带来重大影响和干扰，甚至造成精神上的伤害，更和我祖母的死有关。

外祖母坚信，我家的虫祸主要是我祖父一手造成的。

关于"这全是你祖父造孽"这句话，我从外祖母口中听过无数次。当年，要不是他老人家一时心血来潮非要做一副最漂亮的犁耙，从而惊动虫灵，我们家如今不可能有那么多虫灵的子孙前来纠缠寻仇。

据外祖母说，我祖父当年在生产队里主要任务是负责耕田，他手下有好几头大水牛，其中有一头格外强壮骠勇、桀骜不驯，别人根本使唤不了它，只有祖父才能驾驭，可就是缺一副好犁耙。后来，祖父看中屋后面一棵枯死的梨树，可树的根部居然盘踞着一条巴掌宽的虫子，这么大的虫子连寨子里见多识广的老人也是头一回看见，就更说不出它的根源和来历。那虫祖露着无毛的身子，深褐色的肉体上龟壳般的纹路纵横交织，点缀着暗色的斑点，一圈一圈地鼓出来。两侧的对足密密麻麻地排列着，犹如硬爪，强而有力，耙齿般牢牢地吸附在树根上。它的脸盘和腹部朝下紧挨着树干，无法看清，可能已经跟这树干长成一体。它就像在这棵树根上亘古存在一般，邪恶而诡异，几乎不像一个活物。人在它面前看似强大得多，它的安静沉默却让人的心里情不自禁升起一种毛骨悚然的感觉。

起先，祖父远远站着，用长竹篙不停拨动它，它毫无反应；用喷雾器喷洒药水，可药水一挨着那个牛皮般厚的皮肤角质层就迅速滑落，根本渗透不进去。这只大虫稳如磐石，对祖父的骚扰侵犯和外面的喧嚣无动于衷，纹丝不动。纵使祖父胆大，宰牛杀猪面不改色，可还是不敢闭眼挥刀砍去，连虫带树砍成两截。祖父不承认自己在害怕，只是这肉乎乎的虫子实在丑陋。想想那汁水四溅的场景，就足够让人战栗呕吐。可祖父对这棵树动了心，认为它是一根做犁耙的好料子。他也跟这只大虫耗上了。祖父感觉窝囊，人居然受一只虫子的挟持，被它活活憋住，这无论如何说不过去。尤其是我祖母和寨里其他老人的反复劝说，这让一辈子争强好胜的祖父更加颜面无光，反而逼得他跟这虫结下仇恨，成为势不两立的冤家，非要把它从这棵早已经枯死的梨树上驱逐出去。

一时间，人跟虫僵持着。祖父拿它没有办法，每天看着这棵树长吁短叹，烦恼不已。后来，寨里有好事者给祖父出了一条妙计，祖父听后哈哈大笑，搬来几大捆祖母辛辛苦苦筹集回家的秸秆、枯茅草和细柴禾，一圈圈堆放在树周围，接着点上一把火。浓烟无处不入，从大虫的皮肤毛孔和口腔里侵袭进身体内部，祖父跟全寨人看着它先是如以前那样静止不动，一个多小时过去，才开始微微颤动，再是挣扎，最后落地窒息而亡，在烈火中化为虚无。其实，这只是围观的人对虫子最终消失不见的一个猜度，大虫最终的去向无人知晓。当祖父站在远处拿着长篙拨开火堆看见树上大虫不见后，马上果断地指挥家里人浇水救火，因为火围得不是太近，也因为抢救及时，那棵梨树除根部着火烧焦外，其余完好无损。

这具费尽祖父心思和功夫得来的犁耙的确称手好用，果然能够轻易驾驭那头脾气最暴烈的大青牛。似乎有一种神秘的力量，只要把犁耙套在牛颈上，那头牛就变得驯服听话，干起活儿来又快又好。更神奇的是，只要套着这副犁耙，牛身上就从来不落那些永远赶不绝的牛蝇和虱子。这样，牛在田间干活时，尾巴就甩得非常悠闲。于是，祖父这副犁耙成为寨里最热门的农具，只要犁田的人都争先恐后地问祖父借这家什。当时人们都认为，那只大虫长期霸占着这棵梨树，吸取着树的精血，最后使这么大一棵树慢慢枯死，然而，树在枯死过程中也在慢慢吸收虫子的灵气，那种邪恶妖异的力量也就慢慢浸透到木质深层里去了，所以这副犁耙才能如此神奇。

犁耙虽好，只可惜我祖父杀虫取树的手段，太过极端惨烈，在祖母心里留下可怕的阴影。她总是梦见那只大虫朝她爬过来，这使我后来看恐怖片时，总是能轻易联想到那个镜头，那种软体动物慢慢蠕动的样子让人胆寒甚至绝望。刚开始，祖母只是从梦里大汗淋漓尖叫着吓醒过来，后来，在白天没有睡觉的时候，她也开始出现幻觉，老是扯着祖父的衣袖大喊大叫，说虫子爬过来了。祖父起初对祖母的滑稽行为很生气，吹胡子瞪眼，斥责她女人见识。后来，祖母老是这样，说得有根有据，连大虫的样子、颜色和毛发触角，有几对长足，甚至包括虫子脸上的表情神态、眼睛里的仇恨和爬行时的姿势，都描述得清清楚楚。祖父终于听得头皮发麻，毛骨悚然，他在放火烧虫子的时候，亲眼看见它没有做任何反抗的动作，连爬都没爬一下，就在寂静中消失不见，确切地说是悄然死去了。整个火烧过程中，祖父自始至终都没看到虫子的脸部，它连头都没移动一下，一直保持着先前那种贴伏着树干的神秘姿态。可祖母却坚持说，她看见虫子临死前回过头来朝他们挤眉弄眼笑了一下，这种笑她没法形容，总之是古怪瘆人。就是这种可怕的笑容，给了祖母致命一击，使她从此受尽精神折磨，直到死去。

就在祖父最后终于肯正视和承认祖母受大虫影响时，祖母已陷入疯癫状态。祖父四处寻找神婆来为祖母做打扮（湘西做法事驱逐鬼灵的叫法），可祖母突然死了。那时候，父亲刚刚八岁。

祖母是在园圃里摘菜时在土坎上摔死的，人们从她那张已经凝固表情的脸上看出她受到过极度惊吓，还看到几条被抓过的血痕。关于祖母的死，有两个版本流传至今：第一个是祖母孤身一人时遭到动物（即虎豹）袭击，受惊吓摔死。另一个说法是祖母终日里受大虫阴魂缠绕，已经分不清想象和现实的区别，在跟假想中的大虫做抗争时，自己用指甲抓伤脸庞，慌乱中踏空摔了下去。我认为还是第二种说法更可信一些，因为那时候的湘西农村已经不大可能看见虎豹出没。而且据说祖母在临死前一直疯狂大喊："别过来、别过来，不然烧死你。"这可以充分说明祖母沉浸在自己的虚幻世界里，失足跌落而死。

那副犁耙用了二十多年，终于被弃置在我家堆放杂物的角落里。在我有记忆的岁月里，那个地方从来没有结过蛛丝网，那些往我家里爬的虫子也从不朝那个方向爬，简直古怪至极。难道虫子跟人类一样，在冥冥之中也有一种神秘玄妙的感应和联系？这事既然不能用科学来解释，那大家只好一直保持沉默，装着没有这回事。

关于我的家族跟虫子的恩恩怨怨和各种说法，关于那只被烧死的大虫的邪恶力量，我始终抱着怀疑的态度。只有外祖母对这些深信不疑。她觉得每年夏天我家里来的大小虫子，都是我祖父当年逞一时之勇造成的，是那条大虫的冤魂在作怪。外祖母认为它是虫灵，根本就是烧不死的，所以它被烧化成的气味就围绕在我家四周，用来召唤子孙。年年夏季那些虫子都来作怪，那是虫灵寻仇来了。它们从四面八方、成群结队地朝我家里爬来，形成一条条色彩斑斓的路线。我家的房子成为一座孤城，深陷在虫子的包围攻占中。这样壮阔的情景自然显得十分可怕。我和姐姐从不敢随便将伙伴邀到家里来玩，胆小的人吓得哇哇大哭，不敢落脚。初时，我也害怕，自从听到外祖母说起祖父当年火烧虫灵的故事后，我想虫子是怕火攻的，总想游说外祖母也在我们房子四周堆上柴禾，再点一把火，把虫子驱逐出去，连它们遗留下来的气味也要焚烧干净。我不明白这个如此高明的主意为什么只要一提起，就遭到外祖母的痛骂。那时候，我很天真，我也把房子看成树，认为它可以像祖父做的那样随便就去烧烧。

虫子源源不断到来，成为我们的梦魇，稍不注意，就会在家中任何一个地方陡然发现它们，一团肉乎乎的东西蠕动或者蜷缩着。可父母非常忙，比起小小的虫子带来的危害，还有生存这样的大问题等着他们来解决。外祖母来后，我就开始年年跟她一起堵截虫子。我们搬来父亲做的小木凳子，捡来一大堆石块，守在虫子必经的线路上，每见一条虫子朝我们爬来，我们就拿起一块石头，高高举起，然后狠狠砸下。

八角虫、豁辣子、毛辣子、猪奶奶虫、猪鼻孔虫、掐掐虫……随着我们挥起的双手，它们的身子在重击下发出噗噗爆裂声响，淌出一地花花绿绿的汁液。在那些苍茫暮色中，我们的面前堆满虫尸。这些释放身体毒素的虫子，只剩下干瘪的一张空皮囊。看不见任何跟人相似的内脏，除那一泡颜色暗绿暗黄的汁液外，肚腹里空无一物，看着既荒谬古怪又令人恶心。而那些溅洒出来的各种颜色的汁水，很快就把石头朝下砸的一端染得变了颜色，大地上也像被打翻了颜料瓶，只是很少有红色。虫子的鲜血不是红色的，这让我一直感到奇怪，我看过各种颜色的虫子，其中也包括红色毛发的，但从没发现它们身体里流出红色的东西来。后来上生物课才知道这跟它们啃噬树叶草木，过多食用叶绿素有关。

外祖母的一颗佛心其实全都向着树木，对往我家里爬的虫是从来不手软的。在外祖母素朴的观念里，虫因为没有红色的血液，不足以引发她的恻隐之心。树木的浓荫下，我和外祖母各踞一条小板凳，死守在虫子必经的路口上，很像那些绿林好汉或是剪径贼，大有"此路是我开，此树是我栽，要想过此路，留下买路财"的气势。而虫子的买路财就是它们的性命，为了我们的家园免遭侵犯，我们毫不留情，用石头、木棒将它们一一截杀在途中。最初，我很抗拒跟在外祖母后面做这一项工作，举起石头朝一个蠕动着的肥胖活物砸下来，想起来就让人战栗，我不知道我是怎么做到的。在外祖母的鼓励或者说是怂恿恐吓下，我终于鼓足勇气，闭上眼睛举起我人生中第一把武器，挥向那些毫无反抗力的弱小生物。似乎我们从一生下来就必须尽快掌握这种自我保护的能力，并且首先得学会抵抗来自其他种类的侵害，哪怕它对人类来说是最不起眼的虫子，也需要我们积极主动地挥舞起手中的石块。

然而，外祖母渐渐老了。而我，也渐渐长大了。她把余生用来对付那小小的虫子，在这场斗争中她体验到活着的意义和乐趣，可我不能。我的世界里不能只有一个老外祖母和一堆整天爬行的虫子，这个工作让我感到重复乏味。尤其是在上学后，我的眼光越来越被外面的世界吸引住，对我来说，跟伙伴们玩游戏，下河去捉鱼或是去山里游荡的乐趣，要远远大于跟外祖母在家门口守株待兔做一个杀虫人的乐趣。外祖母在我心中的位置越来越小，变得跟虫子一样。我不再服从她的使唤和管教，也不再满足于天天跟她一起，坐在小木凳上千篇一律地举起手中的石块，把那些爬行的东西砸成一具尸体一张皮囊。我开始逃逸，把外祖母一个人孤零零地丢给一个异族。

我上初中那年，外祖母去世了。

外祖母死的那一天，各种各样的虫子从四面八方爬过来，它们像潮水一般从每棵树上退下来，退得干干净净，最后全部集中在我跟外祖母常年驻守的路口。这幅情景最先被家里的老母鸡发现，它蹲在一条石凳上不停啼叫。后来惊动小狗黑花，它迅速跑回家里咬着父亲的裤腿呜咽着。彼时，大家全都守在外祖母身边，哪里顾得上理会它。最后黑花没办法，于是伸长着脖子嚎叫起来，像狼那样，声音里充满凄厉和恐惧。等我们赶到路口的时候，花花绿绿的虫子，已经一层一层，铺满地面，还在不停地往上面叠加。所有人都被这种情形惊呆了，有人拿来长扫帚，使劲刷着打着。无数虫子被掀翻、打死、戳烂。它们毫不退缩，仍然源源不断地涌过来，虫子涌来的中心点就是外祖母常年杀虫时所坐的位置。

这些虫子一定得知了外祖母的死讯，循着她身上的气味赶过来的。只是看着这些虫堆，倒不像是来庆祝胜利的，反而像是来给外祖母送行的。蠕动的虫子形成一个无声低沉的漩涡。那个漩涡像风暴口一样，越卷越大，给人一种悲伤悲壮的感觉，引诱着人不断深陷、沉迷。兔死狐悲，它们似乎是在为即将失去一个强大的对手而感到寂寞伤感，痛惜不舍。在人跟虫的对峙博弈中，虫是弱者，是丑陋粗鄙毫不起眼的东西，是无法引起重视、不配作为敌人的，没有人能停留下来正眼看它们一次，当然也没有谁肯花时间心思来对付它们，除了外祖母。外祖母后半生耗尽光阴和心血，把它们当作真正的敌人来尊重，给予它们足够的地位和重视。这也许是虫子们为之悲哀的真正原因吧，它们为即将失去一个绝无仅有的敌人和对手而感到难过。所以，它们不惜以自己的生命来为外祖母送行，来祭奠她。

接近日暮，外祖母的那口气迟迟未落，虫子的圈子越扩越大，肉身叠加起来，形成一个五颜六色的肉团子。黑色的、红色的、绿色的、紫色的，还有白色的，各种各样的肉身皮毛搅和成斑斓的一大堆，在地上慢慢滚动着。情势越来越危急，人们向后退缩、战栗、喊叫。最后大家故技重施，抱来秸秆、茅草和柴禾，沿着虫子围成一个高厚的大圈，然后点燃火炬，他们模仿我祖父当年的手段。大火烧了小半天时间，临近子夜，人们打着手电去查看,路口除巨大的一堆灰烬外,再看不见一条虫子。

也许她真被虫子附了身,在生命的最后时刻,异化成对方,带着自己深深厌恶的面目离去。

外祖母含在口中的最后一丝气息终于缓缓落了下去。我们家的虫祸就此消弭。

第四辑

良夜寂静

良夜寂静

　　清冷的夜晚，一个人想要回古道溪。他已穿过数十个寨子，翻越十几里山路。终于到家后，坐下来只是叹气，却不肯开口说一句话。白七先生坚信自己看到了古怪。那是一团浓稠的黑影，身形飘浮，面目模糊。它的气息吹拂到脸上有一种潮湿的感觉，类似百家树坟前酢浆草的味道。他一路忍受这种气息，总觉得身后有东西跟随。他无数次驻足、回头，只有黑漆漆的夜空不停围拢上来，什么也无法看清。白七先生心里明白出了事，他一路吐下唾沫，靠咒骂不息才得以平安归来。

　　白七先生的遭遇，婆婆很多年前也有过。十五日晚上，天下真安静啊。婆婆走夜路回家，三岁的小山伏在她肩头沉沉睡去。那是一段盘山公路，四周寂静无声。突然，公路两边的树叶似被巨手拨动，不停翻滚。婆婆埋头走路，不敢理会。动静越来越大，像泼水声，哗啦一片，只在婆婆路过的时候响起。婆婆说，不是风声，肯定有东西在树上摇晃，捉弄她，吓唬她。婆婆想让小山壮胆，却无论如何也唤不醒他。响声一直跟着婆婆回家，直到婆婆闩紧柴门。回到家后，婆婆嘴唇颤抖，失去血色的脸上有一个模糊的手掌印,像被风刮过的痕迹。她不敢确定那究竟是不是风。婆婆把小山紧紧抱在膝上,谁也不敢睡觉。天麻麻亮时,婆婆打开房门,猛然看见对面古树上似乎站着一道黑影。那个看不清面目的东西还冲婆婆摇晃了一下,似要扑倒过来。婆婆大叫一声,差点吓晕过去。等抬眼再看时,那个古树上什么也没有,只留下若有若无的斑斓在光影中慢慢消散。

婆婆大病一场后生活回到正轨,还把捡来的小山抚养成人。安然无恙的人却认定自己将不久于人世。第二天傍晚,紧闭的门窗里就溜进来一只瞎眼的鸟。接着,厄运相继而来,白七先生无不一一承受。他开始挑选木材,精心设计尺寸,在众人的狐疑中执意要为自己提前准备一切。寿木刚打造好,新刷的油漆尚未干,白七先生就召集族人前来为自己送行,等最后一个族人前脚刚跨过门槛,白七先生坐在椅子上大叫一声,突然断掉气息。

小山跟婆婆相依为命,老人溺爱,舍不得打舍不得骂。小山便常常闯下祸事,给婆婆惹出无数麻烦。有时候无法管教,只好编造鬼神来吓唬他。婆婆说,小山的身体里有一只鬼,一只三岁时住进来的鬼。如果他不听话,那只鬼就会跑出来。我们追着小山问,鬼长什么样子,它吃什么。小山羞恼,他捡小石子打我们,诅咒发誓要放鬼出来咬我们。一只鬼跟人同吃同住,像家养的小狗,主人受到欺负,就跳出来帮忙。我们好奇、嫉妒小山。小山因此得意扬扬,像一个山大王,屁股后头跟来一大串看好戏的喽啰。

两个月后,我们如愿以偿看见小山体内的那只鬼。

上音乐课,小娟老师唱:采蘑菇的小姑娘,背着一个大竹筐。清早光着小脚丫,走遍森林和山岗……我们跟着唱:采蘑菇的小姑娘,背着一个大竹筐。清早光着小脚丫,走遍森林和山岗……小山侧头对我说:"你准备好,我数一二三。"我点头,盯着小娟老师,目不斜视,心领神会。等到大家唱完第一句,我跟小山才开始唱。这样,我们始终比别人慢半拍,整齐合一的歌声里就出现偏差和怪异。我们故意惊慌、笨拙,意识到自己的错误,佯装努力,做出使劲追赶的样子。然后在大家唱完后,安静的教室里,两个走调的声音仍在执着地响起。这是我俩一贯的伎俩,我们期待随之而来的哄堂大笑。

我没想到,这次小山会捉弄我。大家唱完后,只有我的声音突兀而孤零零地响着。教室里格外安静,没人发笑。大家目光集中过来,像一把烧得很旺的火苗。我面红耳赤,气得要死。转过头去,怒视小山。才发现他摇头摆脑,挤眉弄眼。鼻子和嘴巴朝相反的方向歪去。他又在做鬼脸。那只鬼十分顽皮,只要它一兴奋,小山就会做鬼脸。我见过好几次,我也模仿过,早就没有当初的新鲜感。

小娟老师个性温和,她知道我们故意使坏。有时候她笑笑,罚我俩单独唱一遍。如果是那样,我跟小山会竭尽所能,把音乐课的气氛推至沸点。有时候她会用教鞭揍我们。看来这次，我要独自挨打。我把手伸出去，发誓下次再也不搭理小山。没想到小山做完鬼脸，突然全身绷直，站起来，又跌倒下去。他撞开课桌，躺在地上，又弓起身子缩成一团。我傻了，呆呆地看着，不知道小山又在玩什么把戏。他的眼睛一直往上翻，往上翻。黑色的眼珠子不见了，两个大眼眶里全是眼白。像被我们用苦楝子树叶的汁水药过的鱼眼，也像街头算命先生的眼睛。小山还把嘴巴咧得很大，紧紧咬在一起的牙齿缝里，还有一小截来不及躲避的舌头。嘴角两边溢出白泡。教室里一片哗然，不知有谁尖叫一声，大家都往外跑。我如梦初醒，知道是小山体内的那只鬼出来了。以前有多好奇它，现在就有多害怕它。小山在不停抽搐，我不敢多看他。我觉得恐惧，抖着手拿起书包，跟着别人往外面跑。小娟老师脸色苍白，眼睛盯着小山发愣。逃出去的人回过神来，又慢慢停下，十几个脑袋叠放在窗户前，朝里边观望。小山的身子重复绷直、蜷起、弹跳、砸向地面。他的额头磕在桌沿边，鲜血直流。小娟老师终于反应过来，她急忙上前清理拥堵的课桌，给小山留下一块空地。小山像一只被操控的木头人，在舞台中央独自表演。他每一个动作都怪异奇特，加上表情凶狠狰狞，围观人群发出阵阵惊呼。十几分钟后，婆婆和白七先生跑进来时，小山已在地上昏睡过去。

  那只鬼第二次跑出小山的身体时，我们正在校礼堂举办开学典礼。当时人群骚乱，校长致辞被迫中断。这次小山差点咬断自己的舌头，他被学校委婉劝退。小山无事可做，整日跟婆婆待在一起。他日益苍白、消瘦。走路变换出一副怪异的姿态，惹来别人不明真相的嘲笑。他变成一座孤立的小山坡，尽管山上充满诱惑，有无数秘密，无数冒险好玩的事情。因为害怕，大家宁愿站在远处观看，而不敢上山。我也不敢。大家被各自警告，不许再接触小山。那只鬼像阴影像瘟疫，侵袭笼罩每一个迷惑不解的心灵。当我们亲眼见过那只鬼的凶残后，就不再羡慕小山。小山的骄傲、炫耀都是假的，他不如他宣扬的那样喜欢自己的命运。其实他比任何人都害怕自己用身体豢养的恶魔。

为了驱逐那只鬼，婆婆试过很多办法。去洞山求过山神菩萨。找过白七先生。小山还吃过一碗一碗熬得黑乎乎的苦药。那只鬼无动于衷，它是这具躯体的霸主。贪恋肉食的鲜美稚嫩，它丝毫不想离开这个温暖的巢穴。小山逐渐瘦弱下去，身上没有几两肉。他怀疑自己吃的东西都被那只鬼劫掠。那样它会越长越大，越长越好。小山开始绝食，他想通过不吃饭来饿死它。可是婆婆对他形影不离，小山没法付诸行动。心里难过时，小山就拿头撞板壁，磕得咚咚响，脑门上起大包才罢休。有时候，他用小刀戳手臂，血肉模糊也不罢休。小山说，他要在身体上挖一个洞，把那只鬼放出来。小山觉得只要那个洞足够大，那只鬼就一定会出来。到时候，一切都会变好。婆婆无法理解这种事情，只要看见他有自残行为，就生气流泪。小山不想让婆婆伤心，每天晚上躲在被窝里挖洞。有时候，血流在被子上，他痛得几乎昏过去。实在受不住时，他就歇息一下。这样做，毫无用处。渐渐地，小山成为一个古怪的人。他觉得那只鬼占据他的身体，控制他的情绪。他变得暴躁、易怒，经常冲婆婆发火。他不承认那是自己的行为，觉得全是那只鬼在体内折磨他。那只鬼频繁出没，折腾一番之后还会进去。它从一条连小山自己都不知道的通道里秘密进出。小山一直在跟身体搏斗，可还是找不到办法阻隔它原路返回。

婆婆说小山得了母猪疯。这是一种什么病，我不懂。我见过母猪发疯的样子，每年要发作两到三次。整日整夜不眠不休，拖着肥硕的身子在猪栏里打转绕圈，嗷嗷叫。如果把它放出来，它也不吃东西，只是到处啃到处拱。满世界衔草筑窠，把院子弄得乱七八糟。直到肚子里怀上一窝小猪崽才肯安静下来。母猪发疯不过是母爱泛滥，一点也不可怕。我放下心来，偷偷安慰小山，只要他把那只鬼生出来就好了。我信誓旦旦地保证我们的友谊绝不会即刻中断。小山愁眉苦脸，他不是女人，这个办法显然行不通。后来我得到更确切的消息，原来这个病是因为怀孩子的人不慎吃过母猪肉。

你妈为什么要吃这个肉？放学后，我找到小山问他。小山气呼呼地回我一句，他没有妈。不可能，谁都有妈，小山肯定也有。说话时，我吞下一大口风，声音特别含混。小山说就是没有。山没有，石头没有，树没有，他也没有。那些不是人。小山说自己也不是人。我俩吵起来，谁也不服谁。吵到最后，小山突然俯下身子抓起一把沙子，朝我扬过来。沙子进入眼睛，我顺手把书包一扔，就迎上去。那天，我俩在河边打架，双方鼻青脸肿地回家。

生孩子和有没有妈这两件事情在小山那里都无解。小山中途辍学无事可干，婆婆听从白七先生的话，去公家湾垦出几亩荒地，种上西瓜。他们在山里搭好窝棚，准备简陋的锅碗瓢盆，从此长居公家湾。小山并不能适应这荒野生活，他常常白天溜回寨子，邀请昔日的伙伴，许诺可以让我们吃上整个季节的免费西瓜。一群人便瞒着大人，偷偷跟着小山回到瓜棚，整日嬉戏玩乐，用欢声笑语填补一座山的空白。若是某只熟透的西瓜绷不住裂开皮，就会马上有人蹿到瓜地里摘下它，再搂回来。小山接过西瓜，往地上使劲一摔，摔出大小不一的瓣来。一群人蜂拥而至。不到片刻，地上只留下瓜皮和瓜子。这种情形没有持续多久，我们就已厌倦，慢慢地就不再去公家湾。

那天还是过节呢。婆婆这样说的时候，一脸惶恐不安。一只狐狸，怪了，还是一只红头发的女狐，就那样出现在瓜棚里。要不是它坐在那儿不肯走，一定没有人注意到它。快把这家伙捉住，这是天老爷送来的一道菜，他老人家想让我们在节日里吃顿好菜。小山十分高兴。总不能吃这种来历不明的东西吧。婆婆忧心忡忡，她敢肯定，假如她把这件事告诉白七先生，让他来解答，白七先生一定会说，这是不好的兆头。天老爷，好端端的地方，也不是乱七八糟没有主人的荒野地，莫名其妙出现的东西总归是不太好的。白七先生这个人就是这样，他不可能给你一个开心的答案。他巴不得世界上的人都陷入泥淖中，跟他一道遭遇神秘莫测的事情才好。

婆婆仅仅离开小山这一次，她去古道溪询问白七先生。良夜来临，公家湾空无一人，伴随小山的只有孤独和沉默。风一遍遍吹刷，热气被卷走。偌大的瓜地里，月亮清冷冷地挂起来，西瓜圆溜溜地躺下来。它们都看着小山不出声。小山便感到心慌，他知道，这样的夜晚不能睡觉。他开始数瓜，从东边到西边，有时候从西边到东边。每次得到的数目都不一样，有时候多一个瓜，有时候又少一个瓜。有新添进来的，也有突然隐匿起来的。小山既害怕又气愤。这些西瓜明明在白天的时候乖巧好看，一个个特别老实，数量也能准确无误。怎么到晚上，就不安分起来，一切都变得不同。小山看看四周，感觉这山就像一座巨大的坟墓，周围死寂一片。偶尔传来山鸡的低鸣声和野猪的喘息声，才会让小山感到好受一点。小山开始大喊大叫，他想打破这种平衡，他想把黑夜捅出一个窟窿，他想让全世界都跟他一起醒着。然而小山的喊叫无济于事，他的声音被夜晚吞吃得干干净净，甚至没有惊动瓜棚下的芭茅草和青蒿子。小山想起寨里老人的告诫，他决定破罐子破摔。小山开始吹口哨。口哨在白天吹完全没问题，夜晚吹，那是要招来鬼魂的。每个学会吹口哨的孩子都会得到警示，小山也不例外。但在这样的良夜，完全明白怎么回事的小山，十分渴望能触犯这种禁忌。他想，哪怕那只鬼跳出来陪陪自己也好。但小山在吹响口哨的刹那，心里突然涌起一阵悔意。他意识到，瓜地周围俨然出现变化，有什么东西猛然来到身边。

那只鬼最后一次跑了出来。刚降下一场大雨，瓜棚下面的田里水满草丰，泥鳅多而肥美。小山的身体不受控制，他倒在泥水中，彼时周围无人。泥水糊住他的口鼻，没人知道他在那个水田里挣扎了多久。

罗氏生得好看，眉梢眼角尽显聪明伶俐。假如白七先生愿意认真测算她的面相，无论如何，这个姑娘都会是个好运气的人。罗氏的母亲对此满怀厚望，自然估算过女儿的命运。值得注意的是，有福气的人难免大意，好好的大路偏不愿意循规蹈矩地走。罗母算过命后，对女儿的福气胸有成竹，一手包办她的婚事。罗母从一大堆机巧灵变的男人中一眼挑中她的女婿。人们由此笑谈，罗母首选的女婿要是让别人来挑，一定是剩下来不要的。并非是罗母的眼光不行，这只能证明，罗氏的好运气不如她的丈夫。

罗氏的丈夫名叫小男。身板不大，力气不大，胆量不大，的确是小男人一个。唯一的好处就是老实，忠厚本分。这让他顺理成章地对罗氏唯命是从。他看起来如婴儿一般羸弱无力，往东往西，吃饭穿衣全凭罗氏的吩咐。小男对此十分满意。他一度认为，脑子是多余的。人在干活时，带一个脑子多少显得累赘。而在吃饭时，思维的干扰只会阻扰咀嚼的快感。一个人活着，如果连吃饭都失去乐趣，那又有什么意义呢。这个问题牵涉太广，他的脑壳不够用。他只试探着想过两回，得出一些模棱两可的结论。罗氏的到来意味着他踩到狗屎运，多多少少免除他的忧虑，他认为自己从此可以不带脑子生活。

罗氏育有两女一子，真的不算多。可三个孩子不比人家五个、八个的更好养，何况罗氏还有一个小男这样的丈夫。小男的能干体现在听话上。可是听话在很多时候都远远不够。三个孩子三张嘴，全都嗷嗷待哺。家里日益窘困，入不敷出。被贫穷和饥饿折磨的罗氏忘记母亲的自作聪明，只叹息自己命运不济。

无数个夜晚，罗氏被饥饿焚烧，无法成眠。这倒给她一个契机，好叫她爱上良夜。她迷恋夜晚，每一个月黑风高的夜晚都是她的舞台。黑夜赋予她翩翩起舞的灵感，使她成为一个颐指气使的君王。她的丈夫，白天干活时唯唯诺诺，挥汗如雨。夜晚也只对罗氏一人俯首称臣。公家湾的苞谷坨大如洗衣棒，罗家寨的李子嫣红如婴儿脸，李家河的菜蔬碧绿如翡翠。后山洞府里储存的红薯遍身金黄，埋在火灰里香甜糯软。对门水库里畜养的鲤鱼肥大鲜美，肉质雪白细腻。老屋谷仓里的稻米粒粒浑圆饱满，生嚼起来唇齿留香。她窃窃如冬日私语，温存如三月呢喃，蛊惑如深秋星月，将她丈夫送进一个个良夜。良夜并未辜负罗氏。当小男第一次从黑暗中归来，他的腋下夹着几颗洋芋。罗氏迫不及待地点燃灶火。洋芋在熊熊烈焰中逐渐变温变软，剥开一层焦皮，果肉莹白如玉，入口即化。食物的力量有效地压制住罗氏的羞耻感和罪恶感。

贫穷是一把篦子，经它梳理一遍后，谁还能留得住尊严呢。饥饿让罗氏的胃囊如火燎电灼，手指一次次不受控制地痉挛，迫使她一次次对丈夫下达指令。小男从黑夜中窃取的食物越来越多，他频繁地走入良夜，逐渐走成罗氏身上的一部分，给她提供足够的养分和依恃。小男也如罗氏所愿，次次满载而归。他在夜里完全变成另外一个人，有着绿林好汉的矫健和机敏，老实使他更加小心翼翼，懦弱使他从不节外生枝。他从一而终地履行盗贼的良知，合乎盗贼的礼仪，满足于盗取果腹的食物。

小男凭借良夜得到的收获逐渐遮蔽罗氏的恐惧。每一个夜晚，丈夫满载而归，足以给罗氏胆量，用来粘贴填补这个四面漏风、穷困不堪的家庭。她对丈夫的出行充满信心，黑暗中开凿的秘密食道会让一家人吃穿无忧。这种错觉令罗氏背负着日益沉重的十字架而浑然不觉。罗氏的胃囊越来越空虚，逐渐不满足于食物的填充。她需要更多物质来捆住贫穷。小男的本能随着罗氏的欲望水涨船高。他的手不但伸向屋角的鸡窝，也伸向板壁上的腊肉。他的脚不仅踏进河边的大片沃土，也踏进山上的密林。

那个良夜注定要引人注目，成为罗氏这一生真正的黑夜，成为她生命中最深最沉的夜晚。那天晚上天气十分好，无风无雨，还有月亮。有月亮对爱夜晚的人来说是好事，对所有人来说都是好事。谁都喜欢夜晚不像夜晚，夜晚像白昼，亮堂堂。这样，走在月亮底下的人心里也亮堂堂，充满平安喜乐。因为这月亮，人们会推迟入睡的时间，有早睡习惯的人也会多一点眷顾和温情。大家会因为这月亮对夜晚多一份热爱，对仇人多一份宽容，对生活多一份慈悲。这样的良夜，所有的美好都因月亮而存在。这样的月亮，这样的夜晚，谁不喜欢呢。只有罗氏不喜欢。罗氏不喜欢，小男便也不喜欢。这样的夜晚像白天。白天是没有秘密的。所有的秘密都会大白于天下。白天压根藏不住任何秘密。一个盗贼，内心里全是秘密，浑身上下都是秘密。他只要一走在月亮下，他的秘密就会像在白天那样藏不住，像阳光下飞舞的羽毛那样缤纷现形。他就会变成一个透明的人。浑身上下每一个毛细血管都会被人瞧得一清二楚。

罗氏很清楚，这样的良夜只适合谈情说爱，只适合休养生息，只适合不切实际的幻想。这样的良夜，盗贼不适合蛰居、不适合潜伏。然而罗氏很需要一块花布。她是一个好看的女人，皮肤白皙的女人。一个长得好看皮肤白皙的女人，一定得有一件漂亮衣服才对。那天，她从月亮堡路过，远远看见一栋吊脚楼上飘着一块花布。颜色艳丽、漂亮、柔润，在风中无声张扬。她停下来看了一眼又一眼，还是看不够。回家后，她就闷闷不乐。胃部传来的饥饿感令她不适，胃囊似乎更空泛了一点。她隐约意识到，那根通向胃囊的食道似乎变小了一点，不够满足她的需求。

这次，毫无主见的小男轻易就看出她的心思。在长期生活中，小男自觉地丢掉自己的脑袋，把自己共生在罗氏身上。罗氏的所思所想，罗氏的喜怒哀乐，他轻而易举就能猜透。他整个人就像是为罗氏而生的，自觉自愿并努力让罗氏将自己培养成一名优秀的盗贼。这样看来，当年罗母的眼光不算差，不是自作主张而是早有预谋。她一定从算命的那里窥探出天机。一名优秀的盗贼就是从明亮的月亮底下，也能把想要的东西拿到手。罗氏在惴惴不安中幻想小男能给她带来更大的惊喜，那块布料必定光滑、优雅，有沉甸甸的质感，能使她整个身心从里到外都无比舒坦自在。

门是被风撞开的，嘭的一声门扉弹在板壁上，巨大的声音使罗氏从睡梦中惊跳起来。这个明亮而美丽迷人的夜晚，在罗氏看来，因为等待而变得无比寂寥漫长，她记不清自己是什么时候睡着的。她刚睁开眼睛，一道黑影就冲着门框随夜色慢慢倾倒进来，接着是浓重的喘息声。罗氏心脏狂跳，月光从破陋的窗格里跳进来，正好打在小男的脸上。他那比月还要白还要薄的脸上，露出一份惶恐不安的笑来。小男弓着身子躺在门口，一会儿便捂着胸口，剧烈咳嗽起来，稀疏的眉毛可怕地耸立着，似乎在忍受极大的痛楚。罗氏感到全身软绵无力，甚至没有站立起来的心思。她梦游般走到小男身边，战战兢兢地朝门外看去。门外坪院里真的多出一个东西。那是一截两米多长的圆木头，足足有成人双臂合围那么粗。木头的一端沾满淤泥，糊住还渗着汁液的漂亮纹路。这简直就是个庞然大物，在月光下静默、凝重，岿然不动。重压下，坪院的泥土深深地凹陷进去。罗氏看看丈夫再看看木头，觉得不可思议，她不明白如此瘦弱的小男是如何把木头弄回家的。

小男说他翻遍楼房的角角落落，就是找不到那块花布。似乎主人预知有盗贼，而提前把它藏起来。贼不走空，小男不想就此而归，更不想让罗氏失望。他走到石架沟时，巨大的石壁将月光吸走三分之二，朦朦胧胧的月影下，他看见这棵木头。这是上等木料，有着精良细腻的纹路。用石头敲击木身，竟然发出金石之声。定是有人白天在石架沟伐木，天黑没来得及搬走。木头寄身在此，如磐石，重似千斤。他知道自己扛不起来，他只是想试试。哪知他俯身下去，双手轻轻一捞，那木头就像长了双翅，蓄着飞翔之力，借势就搭上他的肩膀。小男大喜，他扛着木头就在山脚下疾走起来。他只轻松一下，肩上的木头就变得越来越重，像一块铁石，压得他眼前发黑，胸口透不过气来。更糟糕的是，他总感觉身后有什么东西在牵扯他、吸住他，好似要将他吞没。那不是风，因为是从后面追赶上来的，前面没有。如果是后面的风，应该推着他前行，而不是逼着他后退。但不是风又能是什么，那风古怪得很，似乎还长着锋利的牙齿，紧紧咬住他的双脚。他每走一步，脚后跟那里就传来撕裂般的疼痛感。他很想回头看看那究竟是什么，可他无法回头。那根木头一端在他的肩膀上，一端直直矗立在地，逼得他无法转弯。

那是个无比漫长而艰难的夜晚。小男终于把木头扛出石架沟，走到一道田坎路时，他听见自己的心脏里传来巨大的轰隆声，谁在向他的脏腑里扔一颗炸弹。尘土飞扬，他的心脏碎了。他趔趄一下，双膝委顿在田坎边。然而他想，他都走到这里了，再坚持一下就到家了。他不忍心让罗氏失望，自从她嫁给他的那一天，他就不愿意让她失望了。再说，要是在这田坎上待到天亮，等到别人出门，那他当盗贼的事情就人赃俱获。小男咬着牙继续走，奇怪，趔趄那么一下，他的肩头似乎又轻起来，跟石架沟起身扛木头时差不多。这会儿，他觉得行走变得容易，双脚像踩在云端上，丝毫不用使力气，脚下的路就在慢慢朝后退走。

小男说，他的心全被木头压碎了。他绝望地看着罗氏，泪水慢慢从那双空洞的眼睛里爬出来。他用双手撕扯着衣服，似乎想把胸腔撕开让罗氏看看。罗氏尖叫一声，跌坐在地。小男并不是在那天晚上死去的，他拒绝罗氏要将他挪去床上的主意，在楼板上躺了大半夜，黎明时分，等待月亮隐退后，他甚至爬起来帮罗氏将那根木头藏在一个隐秘的地方。然后他才爬上床去睡觉。小男在床上躺了整整三天，一直没有完全清醒过来。他睡得并不安稳，时常大喊大叫，双手一直在做那个撕开胸腔的动作。好像梦中一直有什么可怕的东西在追赶，在吓唬威胁他。"啊、啊，不是我，不是。你别追我。""滚开、滚开！""求求你，饶了我吧，饶了我吧，我再也不偷了。"他一会儿惊恐大叫,一会儿挥手驱赶,一会儿拼命求饶。这个动作让罗氏毛骨悚然,亲戚和族人全被惊动,但他们不知道缘故。罗氏惊慌失措,她只敢伤心哭泣,对旁人的关切和询问支支吾吾,不敢讲出半句原因。

丈夫外出的夜晚或温暖或祥和,或炎热或酷寒,或神秘或宁静。都不如罗氏现在的感受,如寒潭、如深渊。她目睹丈夫的身影被夜色吞没,伴随着那些食物带来的幻觉,她心惊肉跳,战栗恐惧。夜色并不能给她安全感,只能让她深陷迷雾之中,遮眼障目,令她看不见丈夫的归路。她想到丈夫终将暴露,浑身凝固的血液比羞耻更能扼住她的呼吸。这种担忧在黑暗中一点点堆积,沉重如山。这个善良本分的男人将会身败名裂,接受审判。怒火中烧的人们失去理智,将他围住,借疯狂和暴虐熄灭贫困带来的恨意。而她,作为将丈夫推下悬崖的罪魁祸首,身上的唾液和鄙夷一辈子都洗不干净。她的三个孩子,则成为无人看顾的野猫,从此将低着头走路。

罗氏不肯请医生,她宁可亲手断送丈夫的性命,也不能将丈夫受伤的真相大白于天下。小男没有醒过来,他吞下最后一口气时还吐出一口血。罗氏日日夜夜不眠不休地守着他,悄悄用帕子将那口血揩拭干净,谁也没有发现。

失去丈夫的人,终于在一个冬夜耐不住寒冷和寂寞,她伤心大哭,一股强烈的思念之情淹没了她。伤心过后，罗氏来请白七先生，提着一个严严实实的包裹要求白七先生让她见见小男。她坚信小男存在于这个世界的某个角落，她可以感受到他的气息，只是看不见而已。而白七先生作为一名信使，长期以来连接着阴阳之间的界限，没有他做不到的事情。

如常的夜晚，白七先生在罗氏家里受到隆重招待。罗氏从那个包裹里掏出一双布鞋。白七先生一口气喝下去半斤苞谷烧。这酒入口甘甜，醇厚，但后劲特别大。喝完酒后就有点上头，借着这股酒劲，白七先生开始作法，他晕头转向，使出浑身解数，大汗淋漓。但是毫无效果，小男生前穿的那双布鞋就是不见任何动静，它们整齐乖巧地躺在罗氏的手心，没有一点变化。白七先生满脸通红，幸亏喝过酒，罗氏没有看出他的窘态来。白七先生在罗氏家中忙活到后半夜，他不得不承认失败。罗氏看着那双鞋，没怨怪白七先生不中用，只叹息小男不肯递信息过来。她伏在箱子旁，哭得撕心裂肺，哭得上气不接下气。一边哭诉一边道歉忏悔。白七先生越听越心惊，对这个女人充满同情又充满愧疚。白七先生觉得，小男在这点上真不像个大丈夫，他应该原谅罗氏。人间的岁月这么长，他何苦折磨这个可怜的女人呢。罗氏受的罪足够了，从她绝口不提丈夫的死因开始，她就已经给自己套上一生的枷锁。

十数载过去，我们均已长大成人，偶尔谈及小山，众人猜想那一晚的情景，仿佛小山已在公家湾娶妻生子。白七先生说其妻长相清丽，眉眼灵动妩媚，应是女狐听到哨音特意来伴。

白七先生鬼话连篇,但是你不得不信,他说得那么真,你不信就感觉对他有所亏欠。他说,在某个傍晚,他的房子里突然钻进来一只瞎眼的小鸟。是什么鸟?肯定不会是麻雀,能让白七先生注意的肯定不会是这种普通的鸟。紧闭的门窗里怎么会来一只鸟?这就是一个预兆,一些不好的事情将会接连发生。这只瞎眼的鸟让白七先生非常不高兴,他的脸拉得老长。白七先生看着这只鸟在狭窄的房间里扑腾来扑腾去,持续一会儿时间又不见了,就像来时那么突然。它找得到出路,眼睛不好也找得到出路。不管是哪里的灵魂,既然能顺着暗处的缝隙溜进来,那也能溜出去。

罗氏并未死心,为跟丈夫阴阳再见,每年都要来找白七先生。与其说她相信白七先生,不如说她相信自己的丈夫。小男不可能怨恨她,更不可能会拒绝与她相见。罗氏如此纠缠小男的死。白七先生说自己从来没见过这么痴情的女人。

这一次,白七先生对着罗氏的诉求充耳不闻,他低头喝酒,一声不吭。罗氏实在可怜,白七先生知道不妥,但还是拒绝了这个可怜女人的心愿,就像他当初拒绝小山婆婆的哀求。罗氏走的时候崩溃大哭,她的哭声逐渐变得遥远起来。人鬼殊途,硬要凑在一块儿,那就是一种冒犯,会付出惨重的代价。而白七先生分明已从那只鸟身上,得到可靠的信息,他的厄运即将来临。

白七先生活在黑夜中,是这个世界上见过最多古怪的人。他苍老、瘦弱，胡子花白，郁郁寡欢。脸上挂着一副面具，你无法看清他的喜怒。他不适应白天的生活，人们也不习惯在白天看到他。偶尔一次出现也总是匆匆忙忙，谁都不知道他在干什么。夜晚来临时，白七先生如常离开古道溪，出现在老屋。这时他已变成另外一个人，一个跟白天完全不同的人。这个人擅长讲故事，如果你胆子不算小，还愿意听，永远不用担心白七先生的故事会讲完。他讲故事总是一脸风平浪静，极少露出微笑。

长夜漫长而又枯寂，大家坚信，只要有白七先生在，就完全不用担心夜晚的乏味和无趣。吃过晚饭后，我们聚集老屋，一坑大火熊熊燃烧，白七先生坐在那个最不起眼的角落里等待我们。他抽土烟，喝烈酒，用缭绕的烟雾和浓香的酒气来掩饰自己。这个为我们制造无数个美妙神奇夜晚的人，在这一刻，就像一个黑夜之王，让人敬畏。

大风压断屋外的梅李树，咔嚓一声响，我们打一个寒战，白七先生的讲述戛然而止。没有人能让白七先生揭开谜底。

多知道一个跟自己不相干的秘密并不是什么好事，那完全就是一种负担，是一种精神上的折磨。这种折磨并不比罗氏的忏悔轻松。白七先生没有跟听故事的人告别，自己悄悄从屋里走出来。他借着夜色回家，到小男经过的田坎路上时，他开始觉得不对劲起来。身后好像有什么东西在跟着自己，那是一团浓稠的黑影，身形飘浮,面目模糊。它的气息吹拂到脸上有一种痒痒的感觉,发出一种类似于酢浆草的味道。他无数次驻足、回头,只有黑漆漆的夜空不停围拢上来,什么也无法看清。白七先生知道这是一种警示。他一路咒骂回到家中,背转身子把门闩死,这个过程他努力压制着好奇心,没有朝后看一眼。他知道身后有个奇怪之物,正在等他回头望,然后伺机吓唬他。像吓唬婆婆那样。白七先生决定不给那个东西任何机会,他关好门后,径直走到床边,然后蒙头大睡。

第二天傍晚,白七先生起床时,发现紧闭的门窗里那只鸟又出现了。白七先生觉得晦气,同时也知道自己时日不多。他刚推开门走到阶沿上,就莫名其妙地摔上一跤,小脚趾碰及地面,差点给折断,他痛得倒吸凉气。檐上挂的背篓好端端地跌落,恰好倒扣在他头上,他啃进一嘴的鸡屎,头上还插着几根鸡毛。一颗臭鸡蛋的味道令白七先生胃里翻江倒海,把隔夜喝的酒全部吐了个干净。这该死的母鸡,好端端的鸡窝不住,偏偏躲在这背篓里。

吃下这些亏后,白七先生老老实实在家里等待着良夜。等待这一天到来。当最后一个族人到达时,白七先生留下遗言:有的夜路你不得不走,即使你知道有什么在前面等你,你也不得不硬着头皮走下去。

祸　水

寒风堆砌，麻七下山了。把魂魄装在裤兜里，靠着两条腿走路。傍晚时分，他出现在明溪镇。

在这之前，麻七的心里突然落下一片伤痛。他拖着狗出门，径直走进古道溪。沿着洞山反复攀爬，试图告别。他没有找到合适的对象。红色的灌灌泡被狩猎者掳得一颗不剩，白色的野菊花凋零殆尽。大黑鸟敛下羽翅，不再鸣啼不休。小灰鼠早已藏匿，在土穴里无声无息。麻七站在岩壁下观望，他的眼睛里有霜雪沉积的空茫。整座山清冷寂静，他知道，冬天即将结束。大婶子家的狗喜热闹，蜷缩在麻七脚边听动静。此刻没有任何事物能激发它的兴趣，只有麻七的咒骂才能驱使它抬起头来。

令麻七伤痛的人在百家树长眠。夜晚做梦时，她曾反复使唤他。一张干瘦衰老的脸，眼泪说流就流。逝去后，麻七照样接到她发出的指令。麻七不敢违抗，即使在梦里，麻七也不想让她伤心。

不是逢场日，街上人不多。麻七走来走去，忘记此行的目的。碰到王满子，他戴着绒线帽子，裹起瘦尖的脑袋，脸显出几分福相来。麻七，快来吃酒。王满子见到麻七就嘻嘻笑。炮火连天响，一家酿酒老铺子前排了七八张桌子，占去一半街面。张灯结彩，宾客满座。拱门上挂着气球和鲜花，贴着"百年好合"的大红联，这家人在迎娶新媳。谁也不知道，麻七刚死了老婆。

这种热闹场合令麻七感到不适，他便朝右拐进一条新道，多绕一半路程到达邮局。新修的大理石柜面刚好跟麻七的胸口齐平，他把存折递了进去。玻璃窗后面一个女人端着一张冷脸，接过本子，眼皮也不抬一下。麻七说，把钱……全取出来。他有点结巴，麻妇生前，麻七从未进过邮局，他不确定这里面有没有钱。全取出来？里面的人又问了句。麻七点点头，心里十分忐忑。他想到里面的人并没有看他，又回答了一声，是的。那你要先预约，一次性取不出那么多。麻七不懂预约是什么意思，里面的人懒得跟他解释，本子丢了出来，指指柜台上一块立着的牌子让他看。上面有几行字，麻七认不全。他拿回存折，惆怅地走出大门。

吃酒的人越聚越多，麻七想起王满子那顶帽子，心里烦闷，他只得又远远绕开了走。走到桥头百货店时，他才想起自己是来结账的。麻妇过世，他从这里采购过粉丝、海带、冷冻熟食、油盐酱醋来操办丧事。结完账，身上的礼钱还略有结余，麻七便进了王家人开的饭店里。王六善于烹制，他家的猪头肉奇香扑鼻，软糯适宜。四十元一大盘，麻七跟王六要了一碗高粱酒，闷头吃喝起来。猪头肉果然好吃，一碗酒下去，一盘肉也嚼光了。王六看他吃得香,也觉高兴,他又给麻七添了半勺。麻七摇摇晃晃走出王家饭店,大街上冷风一吹,肚里的肉就禁不住往上冒。一条黑狗正在路边啃骨头,大概是从酒席桌下叼来的。麻七见了就一阵恶心,他拼命捂着嘴,害怕吃进去的肉会趁机跑出来。猪头肉是麻妇的心头所爱,麻七可舍不得吐掉。

麻妇病得最厉害时开始胡言乱语,翻来覆去说着王六的猪头肉。麻七便哄她,说等她过生日时就去吃。麻妇平素节俭到让人看不下去的地步,一桶油要吃上半年,一袋洗衣粉可以用一年。她从不在街上随便花钱。麻七知道,麻妇手中没有钱,家中也没有钱。他们本来就是穷人,没有钱理所应当。所以麻七从不怀疑,哪怕他天天出去做苦工,每次拿回的工钱一分不剩全部交给麻妇,他们还是没有钱。麻七知道,麻妇也就是在糊涂时才会说出想吃猪头肉的话,等她清醒过来时想起,一定会感到羞愧难当。麻七对此难免心酸,他坚信麻妇好起来后一定会夸赞他没有乱花钱。可惜麻妇再也没有醒过来。过生日那天,麻妇闭上了眼睛。她死前没有吃上猪头肉,这成为麻七心头最大的遗憾,没让麻妇吃上猪头肉比麻妇过世更让他觉得痛苦,犹如万箭穿心。麻七想,假如他当日向王六赊一碗猪头肉,王六肯定会同意。但是他当时没想到这个主意。

麻七是个孤儿,靠吃百家饭侥幸成人,快三十岁还没成亲。在麻七下定决心准备打一辈子光棍时,他遇见了麻妇。麻妇大麻七整整二十岁,是大溪口木匠家里人。两人婚后二十几年未有生育，木匠空有一身手艺，却没有个传人，他忍无可忍之下将麻妇扫地出门。麻七不在乎这些，他把麻妇接回家，欢欢喜喜地过日子。王满子嘲笑他蠢，捡了个亲妈回来供养。麻七没有将麻妇当妈看待，麻妇却将麻七当儿子来养。她为麻七补衣纳鞋，安排吃穿用度。平日里嘘寒问暖，真是捧在心尖尖上疼爱。只有一点不好，麻妇嗜钱如命。家里的每一分钱都被麻妇看得死死的，麻七挣的钱也全部得上交。但麻妇还总给麻七哭诉家里穷，麻七只要一动花钱的念头，她就不高兴。当然，麻妇自己也不用钱，这让麻七无话可说。

麻七认为麻妇的病都跟钱有关。开始时，麻妇只是咳嗽。吃下去几碗姜水后，汗出了很多，可并未见好。咳嗽一日日加重，也无其他症状。麻妇总说喉咙里面发痒，她想制止咳嗽，但是无济于事。咳到后面，就夹杂了一些血丝。麻七说，你把喉咙咳破了。他强行拖着麻妇去明溪镇，这是他第一次悖逆麻妇，不顾她的哀求叱责哭叫。小医院里条件有限，人家不肯给麻妇随便开药，要她去县医院进一步检查。这下，麻七也不敢吭声了，他连搭乘公交的钱都没有。

两人回去后，麻妇的病自此越发严重起来。她喊肋骨痛，喊背脊痛，喊双臂痛，喊大腿痛。她喊哪儿痛，麻七就揉哪里。麻七碰哪里，她就痛哪里。大冬天里，像是有烈火炙烤她。她痛得倒地翻滚，大汗淋漓，眼神里透出绝望来。但是她不同意去医院，麻七到处找，没有找到一分钱出来。他去找人借，麻妇见谁借钱给他就诅咒谁。麻妇就这样卧床不起，她呼吸困难，偶尔入睡，也会很快被憋醒。

不那么痛的时候，麻妇开始交代后事。她逼着麻七背数字，直到他把那几个数字背得烂熟于心。她死后，麻七从她贴身的衣兜里掏出了存折，才明白麻妇让他背那几个数字的意思。麻妇说，她攒了一些钱，为他娶妻生子用。麻七醒悟过来，麻妇在钱上苛刻，甚至舍不得花一分钱救自己的命，原来都是为他打算的。麻七从梦中惊醒后，决定离开古道溪。他觉得百家树的可怕在于不能多想，那几乎是个每想一次就要死去一次的地方。何去何从，麻七不知道。在明溪镇邮局，他依然没有得到答案。

我妈怒气冲冲，一进坪坝就四处翻找。她说她忍了那么久，再也不能忍。我怀疑她在寻找一把刀子，要去跟人家拼命。我赶紧劝解她，提醒她想一想自己的身份，不要跟对方一般见识。我妈年轻时做过群众工作，她口才了得，擅长思想教育。在处理家长里短，平息邻里纠纷方面很有心得。几十年来，我妈所向披靡，无往不利，再大的事情都能被她老人家稀释摊平。一个人无论背负多大的包袱，我妈都能四两拨千斤，轻轻松松帮人卸下来。我们万万没想到，寨子里会来麻妇这号人物。麻妇油盐不进，软硬不吃。她的心里肯定装满了沉重的石头，我妈的舌头失去了力量，无法撼动她分毫。我妈在麻妇那碰过几次壁后，终于明白自己是在对牛弹琴。她只好偃旗息鼓、铩羽而归。

据我妈详细记载，这已经是麻妇第一百零一次辱骂同寨人了。在农村，什么事能忍一百次就顶天了。所以第一百零一次，无论如何也不能忍了。我妈没找到称手的工具，她在院子里转圈圈，嘴里大叫："麻妇都骑到我头上来了，这次一定要狠狠教训她。"我忍住没笑，跑到土塘边，看见麻七家大门紧闭。麻妇的声音似诵经，一圈圈平稳有力，源源不断地涌出来。内容不堪入耳，一些我熟悉和不熟悉的名字从她嘴里频繁跳出。麻妇的嘴巴如火山，舌头是一块烧得通红的烙铁。每个人的耳朵都在发烧，他们的名字从麻妇的嘴里走一回，差不多就被烫熟了，甚至污秽得不成样子。

面对麻妇的阵势，我妈照常败下阵来。她没去拿菜刀，趁机换了双鞋子，以便给自己找台阶下。我妈不敢迎战也是有道理的，因为寨里后生小伙都在场。男子嘛，血气方刚，喜欢用拳头说话。我妈害怕弟弟们对麻妇动武。妇人之间吵吵架是常有的事，要是男子动手，那性质就不同了。我妈找的这个理由是站得住脚的，她对麻妇的确够宽容。但在全寨四十三个妇人当中，我妈不是最冤枉的。她不是被骂得最惨，也不算被气得最厉害的那个人。遇见麻妇后，有些妇人的宽容真的已经没有了底线，早已超过了一百零一次，一百一十次，一百二十次。

麻妇的强悍远近出名，古道溪人仍旧记得麻七迎娶她的情景。麻七家贫孤苦，娶不上妻。全寨人深觉责任重大，无法推卸。直到麻妇出现，大家多少松了口气。麻妇二婚，年龄又大许多。大家不觉得吃亏，反而沾沾自喜，好似占了一点便宜。麻七也认真将属于他的那间木房装饰了一番。从村小里拿来废旧报纸，把房里从上到下裱糊一新。再贴几张明星画报，牵彩线扎了几十个气球。麻七的破屋便很有几分新房的气概。

鞭炮声在麻妇进门时零星响了几声，全村人自发前来贺喜。王满子不合时宜地出现在酒席上。他疯癫邋遢，一年有大半时间与酒为友，但爱对别人的生活指手画脚。好话，人家听着吉利，自然高兴。如是歹话，便没人爱听。偏偏王满子喜欢胡说八道，可他的话十有八九都会应验，像洞山里会开口的山神菩萨。古道溪人素来觉得王满子讨厌，却又不得不忌惮他几分。找山货的人早早准备一切，下决心去翻一座从未涉足的山，发誓一定要满载而归。王满子说，那座山什么也没有，那个人会打空手回来。果真，晚间那人回来时，脸上悲戚戚，背篓里连一根草也不曾带回来。有人满怀热忱，从明溪镇购回一对活泼的小猪崽。王满子随口就说现在不是养猪的良辰，猪一定长不大。别人黑着脸回家后，决心用事实驳回王满子的鬼话。他加固扩修猪圈，好草好料侍候着。不承想，两个月后，猪果真着了猪瘟。养猪人赌气也不处理，直接将一对死猪扔在王满子的家门口。

麻七也上过王满子的当。麻七在公家湾山上开荒垦地，种了一丘土的西瓜。他挑水担粪，扯草施肥，汗水流得多，很是辛苦。顶着个大太阳，麻七辛辛苦苦去明溪镇卖瓜。不想却碰到王满子。王满子张口就说麻七的西瓜卖不掉。麻七不理他，别过脸继续朝前走。下场时，麻七的西瓜卖得不理想，他知道这都是王满子害的。他火冒三丈，拿着扁担就要去找王满子算账。幸亏王满子有先见之明，早早就躲了起来。王满子就是这样，从来不说一句好话，也就根本得不到别人的尊重。他的预言就像是诅咒，他说人家的庄稼长不好，那块苞谷地就真的没收成。他说孩子的玩具会丢，结果真的就找不到了。王满子为此挨了很多辱骂，甚至好几次，他还吃过年轻人的拳头。可王满子管不住臭嘴的毛病，他说除非不喝酒。只要一喝酒，心里就发痒。痒得全身上下起疱疱，他只有将那些疱疱戳破才不难受。那就不喝酒。不喝酒也行，把他的命拿走就是。这些话说说也就算了，毕竟都是一些不起眼的小事，善良的人不会为了一点小事而去要人家的命。

麻七的婚宴虽然简陋，倒还有几分人气。王满子走过来时一脸堆笑。为了多吃麻七几斤酒，他甚至保留了一丝理智。麻七也就不像以前那样戒备。旁人也是厚道，认为清醒着的预言家总不至于在别人大喜的日子里说些讨人嫌的话来。何况王满子爱吃白食，从来不随贺礼。话虽如此，部分软弱的人还是有点紧张。我就看见麻七的邻居大婶在给王满子上酒时，手抖得不成样子，看起来，她不情愿王满子喝酒，更想用一碗白米饭堵住他的大嘴。

王满子规规矩矩坐好，用手指蘸酒，放到舌头上舔舔，说酒是酸的，不香。上酒的人穿梭忙碌，假装没听见。王满子直接喊起来，糟了糟了，麻七娶了个妈回家。有人绷不住，不知轻重地笑起来。王满子越发得意，又喊，寨子人以后莫想过安生日子，你们把祸水引进来了。王满子手舞足蹈，看似比喝了一顿大酒还要兴奋。大家听了他这混账话，气得半死。纷纷指责王满子，挨千刀塞阳沟地骂他。麻七的两个朋友抄起板凳，踩着桌子就要来砸王满子。要不是麻妇适时出来发糖，众人真的不想扯劝，干脆让王满子挨一顿打，吃点教训也好。几个人勉强拿下板凳，大家努力朝新娘子望去，拼命忽略王满子说过的话。

往后的日子风平浪静，王满子说的话连一点影子都没出现。王满子几乎要被男女老少笑死了，害得他只好低头喝酒，好几次醉死过去。

可是没有谁能长久得意下去，我们事后回忆起来，宁静被打破，应该始于邻居大婶的意外死亡。麻七一直住在祖居里，房子年久失修，破败不堪。麻七结婚时，好歹把东头新房稍加整理了下，勉强能住下人。可西边挨着大婶的那一间已经摇摇欲坠，漏风漏雨，无法住人。五月端午照例涨水，大雨连下三日。古道溪到处湿漉漉、水湾湾。一些东西发霉腐坏，一些东西扭曲变形。

大婶夜间上厕所，手里捉了支手电筒，迷迷糊糊朝前走着。不想雨刚停歇，风却起势了。呜咽呜咽，吹得树枝乱晃,连夜猫子也噤口不叫了。瓦片翻飞,黑影憧憧。麻七西屋的窗户三两下就把风放了进去。风在屋子里左奔右走,四处碰撞。撞得早就脱臼的梁檩子维系不住,啪嗒一声掉落出去,刚好搭在大婶的头上。大婶虽然独居在老屋里,可她有儿有女。人家凭白没了亲娘,跟麻七有了天大的仇恨。麻七跟麻妇主动去戴孝哭灵,大婶的儿子飞起一脚就将麻七踢了出去。他们知道麻七穷,不要他赔偿。但又无法轻松放过他,便三天两头找他的麻烦。后来,大婶的儿子还是气恨难消,干脆从镇上喊来挖土机,要扒掉麻七的房子。

麻七见从小照顾自己的大婶因此丢掉性命,他又是难过又是愧疚,早就丢了魂魄。大婶的儿子说什么就是什么,麻七垂着头退到一边,不敢违抗半个字。麻妇开始撒泼。她披头散发,痛哭流涕。她跪在地上,痛诉自己和麻七的艰辛,哀求大婶一家给他俩一条生路。麻妇嫁过来后一直老实本分,沉默寡言。这一次她口齿伶俐,有若悬河滔滔不绝。说话合情合理,连旁观的人都有些动摇起来,觉得没必要把麻七夫妇逼到这份上。大婶的儿子不肯撒走。他说麻七留着这房子也没有用,麻妇反正生不出儿子来,他们家到麻七这一代就得断种。眼看着高高扬起的铲车就要以泰山压顶之势落下时,麻妇却一下子挣脱拉扯她的人,仰面躺在铲车下面。众人大声惊呼,车内操控的人吓出一额头冷汗。没人想到这个黑瘦矮小的女人能如此不要命。开车的人差点酿成惨祸,自然是不干了。大婶的儿子也觉得无趣,他一声不吭就走了。麻七这才醒过神来,他连忙扑上前去,将麻妇拉了起来。两人坐在土堆里抱头痛哭。

大婶的事情是一根导火线,点燃了麻妇心中的熊熊大火。从那以后,麻妇似变了一个人。她总是满脸阴郁,眼眶里装满仇恨。她认为每个人都想逼她害她,见不得她过好日子。除了麻七,她看谁都不顺眼。稍有个风吹草动,麻妇就能坐在村口骂个三天三夜。全村老少没有没挨过骂的。村里开大会她要捣乱,红白喜事她要捣乱。只要是个正常人,就没法容忍她这种疯狂的行为。起初,还有人与她对骂,但无不败下阵来。有人扇她耳光,她告到镇上,别人反倒挨了训斥。政府干部早就知道她的事迹和大名,反复告诫大家不要跟她一般见识。

麻妇就这样成为一个疯妇。怕麻妇,主要是她难缠不讲理。只要被麻妇盯上,她能日夜不休地骂。那些污言秽语不堪入耳,小孩子听去恐怕连心灵都不纯洁了,以后要想成长为一个正直善良的人就难了。骂人不算麻妇的强项,她的强项是颠倒黑白。从她的嘴里涌现出无数匪夷所思的男女丑事,但那些丑事都是她虚构的。她头脑机敏,编造故事的能力一流。然而故事的主角却不觉得幸运,他们像倒了大霉遭了大难,个个垂头丧气。即使知道这些都是麻妇构陷的,自家妻子仍难免跟他们生些闲气。何况这些事一定会传到家中孩子老人耳中,多少有点不光彩。

麻妇还有一绝,她骂人会看日子,就像农人出门要看天色。寨里众人挨骂逐渐总结出经验来。天气变化之前，尤其是阴雨天来临之前，麻妇骂人会非常厉害。她通常坐在村口的小山坡前，遇见什么就骂什么。她骂得时间越长，说明接下来的坏天气就越多。如果麻妇哪一天傍晚时没有坐在小山头骂人，那全寨的农妇心头就会暗暗松一口气，知道第二天绝对是个大晴天。该洗被子的洗被子，晒辣椒的晒辣椒。第二天的活计都能先天晚上提前安排好。这也算是麻妇带给她们的惊喜，这是古道溪人的黑色幽默。麻妇坐在小山坡上，凡是从她面前经过的东西都能挨上一顿骂。好几次，大婶儿子家的黑狗被她骂得垂着耳朵，精神委顿。大婶的儿子早就没有了先前为大婶报仇的气势，他每次回家都偷偷摸摸从小山后坡绕路，深怕被麻妇看见，更不用说去为他家黑狗仗义执言。偶尔有符姓苗族人从村前路过，麻妇能骂得他们掩面飞奔。起初不知情的人，会跟麻妇理论对峙。不出十分钟，他们就会发现这个妇人不太正常，他们不是她的对手。只好快速路过，假装自己踩了一脚狗屎。麻妇这样不问青红皂白骂人，为此挨了不少耳光。有时候，她被揍得浑身青紫，头破血流。麻七就将她背回家，这样能消停一小段日子。这种时候不多，因为麻七通常被麻妇支出门去打短工挣钱。就算麻七在家碰见了，他也管不住麻妇，也不会帮着麻妇。麻七反正是个忠厚老实人，麻妇的行为跟他完全无关。古道溪人在这件事上是明事理的，他们知道怪不上麻七。只是捶打麻妇的男子多半事后后悔，难以心安。旁人会告诫他，跟一个疯女人计较是划不来的。

到了这时,古道溪人想起王满子说的话来,不得不承认他的话大有道理。麻妇真的成了祸水,搅得全寨人鸡犬不宁。有人前去奉承王满子,这个用一肚子酒代替一肚子话的人,反倒矜持起来,对这件事的后续发展闭口不言。

除了胡乱骂人,麻妇在过日子上简直挑不出一点错来。麻七的房子虽然还没倒,麻妇却拉着麻七住进了山洞。麻妇认为,住在那个房子里,迟早有一天要被人害死。夫妻俩在山洞周围开荒种地,种出一大片庄稼。大家对此虽颇有微词,却不敢作半句声。然而他们还是很穷,穷到麻七见不到一分钱。麻七在外做工的钱,要分毫不差地交给麻妇。夫妻两人只有钱进,不见钱出。麻七不识字,也不机灵心细。他知道麻妇是个能信赖的人,并从不对此置疑。麻七的家由麻妇掌控着,除了买一点日常必需的东西,明溪镇人别想赚他们一分钱。

麻七在明溪镇吃了猪头肉,他没搭理王满子,心里知道那张存折里肯定有不少钱。那是麻妇为他攒下的,他几辈子都挣不来也不敢想的钱。麻妇让麻七一定要把房子建起来。有了新房子好房子,麻七就能顺利娶妻生子。到时生个一男半女,旁人也就不敢再随便欺辱了。麻妇在梦中交代麻七,麻七知道,她始终无法忘掉那次扒房之耻。麻七倒不像麻妇那样耿耿于怀,他不怨怪村里任何人,大家白白生受麻妇那么多辱骂,也没跟他麻七计较。麻七心里分得明白,他更多的是责怪王满子。

麻妇成为全村人的祸水，都是王满子乱说话造成的。麻七想起他那一板车没卖掉的西瓜，他决定，下次再碰见王满子时，连眼皮也不朝他抬一下，免得他又乱说一气。

然而麻七的忍耐退让都没有用，王满子碰见麻七后，知道祸水已消弭，老毛病接着就犯了。他说麻七手中有一笔大钱，正在炒猪头肉的王六恍然大悟。要不然，麻七不可能肯花四十元来吃猪头肉。在他看来，这是破天荒头一次。王六的消息立刻长了翅膀，麻妇过世的信息还没传出古道溪，麻七身揣巨款的消息很快就飞了回来。这简直是比麻七娶妻还要大的一件事，古道溪人好奇得要死，他们纷纷拥到麻七的房子前等待麻七回来。

天黑透了，麻七才现身。他大吃一惊，自从他跟麻妇从山洞里搬回来后，周边的人因惧怕麻妇，他家的房子便鲜少有人涉足。连麻妇过世，他们帮着将人抬上百家树后，也是匆匆离去，不做半刻停留。古道溪人打着手电筒围了上来，他们将麻七拥在中间，心中有十个八个问题，恨不得麻七能一下子回答他们。大家的目的当然只有一个，就是想知道麻妇到底给麻七留下了多少钱。这个问题，麻七回答不上来。

有人开始打钱的主意，从不出面的木匠从大溪口赶来了。他非说那些钱都是麻妇从他那里盗走的，要麻七还给他。木匠强壮强势，麻妇没离婚之前，一直因为无法生育的事情心虚气短，三天两头遭木匠毒打。苦日子过不下去了，就想着离开。幸好木匠也看中了一个寡妇，也就放了她一条生路。麻妇生前曾跟麻七说过木匠的残忍粗暴，说她受的苦，说她挨的打。麻妇多次从噩梦中惊醒，梦见木匠操起家什就朝她挥舞。只有麻七的耐心宽慰才能让她重新入睡。

木匠认为那些钱是他的，麻七却说那些钱跟木匠没有一分一毫的关系。麻七头一次这么倔强强硬，两人争执起来。木匠的大铁拳朝着麻七的脑袋砸过来，麻七蹲下身子，头朝着木匠的腹部拱过去。打架分得出输赢，却分不出那些钱究竟是谁的。王满子一席话把大家浇了个透心凉。王满子说，那些钱上面有麻妇的诅咒，谁要是跟那些钱沾上关系，那就是跟麻妇沾上关系，谁也别想一辈子逃脱这个祸根。众人想到麻妇，即便她已逝去多时，仍免不了让人心有余悸。王满子虽然讨厌，却从未失言，他的话，哪怕是酒话疯话，也不敢不信。

只是王满子的预言再准，在钱面前，素来有胆大妄为不分场合的，木匠就是。木匠跟麻七打架没分出输赢来，回去后越想越不甘心。心想麻妇这个女人太可恶，简直白白养她几十年，没见她给家里攒下这么多钱来。到别人家几年，就能给麻七带来那么多好处。木匠对麻七嫉恨不已，发誓要把吃下去的亏赚补回来。

天晓得这笔数目不详的钱惹来了多大的口舌和纠纷。跟木匠存着相同心思的还有王六。王六得知钱的事情后，把肠子都悔青了，恨不得把肠子扯出来当猪头肉炒。他想，早知道就应该炒一盘品貌均佳的上好猪头肉，白送给麻妇去吃。他并不是不知道麻妇有吃猪头肉的爱好，整个明溪镇，当真能有几个人不喜欢吃他家的猪头肉。王六对此心里极其有数，他扬扬自得，知道很多穷人都对他炒出来的秘制猪头肉垂涎三尺。他常常在心里鄙夷他们，瞧不上他们的穷酸样。尤其是麻妇这种又穷又横的人，王六从来没想过要跟这种人家扯上半毛钱关系。可是，早知如此，无论如何，他也应当炒一盘猪头肉亲自去送给麻妇吃。人之将死其言也善，麻妇吃了他的猪头肉，说不定也会在对麻七的临终遗言中，稍微考虑下他的小女儿。

哪怕王六很有钱，但有个嫁不出去的蠢女儿总归不是一件好事。王六为此苦恼不已。他曾无数次考虑过如麻七一样的穷人，那些穷得娶不起老婆的男人，只要他松口，他们必定趋之若鹜。毕竟，跟打一辈子光棍来说，能娶一个蠢老婆也是福气。只是王六不愿意，作为一个在明溪镇摸爬滚打几十年的饭馆小老板来说，他跟穷天生过不去。如今不同了，麻七不再是以前那个臭名昭著的孤儿和穷人了。那个从邮局里流出来的说法，充满了该死的魔力，勾住了人们的神经和双脚。要知道，明溪镇人到邮局进进出出，取钱存钱，还从来没有得到过类似麻七的待遇，能让那个邮局女人翻着白眼要求预约后再来取。麻七有了这笔钱，就能在明溪镇轻而易举立起一栋房子。哪个女人嫁过去，也能吃穿不愁了。

跟王六一样打着如意算盘的人家不算少，但也有存心捣乱的人。那个对着干的人是王六的邻居，桥头百货店店主李山。两家相邻而居，一家卖百货，一家开饭店。不知道因为何事，王六跟李山成了死对头。互相看不顺眼，互相见不得对方好。王六是第一个从王满子处得知麻七有钱的人，李山是第二个。王六的心思逃不过李山的眼睛。李山只有儿子，并没有女儿等着出嫁，但是他不允许王六称心如意。在王六对麻七旁敲侧击左右试探时，李山也没闲着。他三番五次凑到麻七耳边编派王六的不是，说他居心不良，不起好心。他甚至对麻七承诺，只要麻七不跟王六结为亲家，他百货店的东西就任麻七赊欠。

麻七对生活中突然而起的变故不知所措，他无力应付王六和李山，更不敢随便得罪他们。他只好放弃了再去一次邮局的打算，可是在家里也不安生。一些热心肠的女人在麻妇死后也敢登门拜访，她们巧舌如簧，费心费力地帮麻七规划着今后五彩斑斓的生活。只是藏在她们那张嘴后面的，不是穷人家就是傻女儿。沾亲带故的人都想在麻七这里寻一个安稳的去处。其实古道溪富裕的人家不少，但像麻七这种突然有钱起来的人家不多，人们难免受到惊吓，难免失去常态。麻七对此抱有宽容之情，他理解他们的心思，那里面既有着为他高兴又有着一丝丝眼红嫉妒的成分，他理解他们都想从他这里多少得到一点好处，哪怕仅仅是言语上的满足。

令麻七倍感烦恼的是木匠。木匠在这件事上完全变成了一个无赖。他带着老母和新妇霸住在麻七摇摇欲坠的房间里，扬言麻七不把本属于他的钱拿出来，他们就不离开。大婶家的儿子听闻后更是后悔不已，他懊恼自己没有在母亲砸死时坚持住，就那么轻易败下阵来。如今时过境迁，也不好再拿母亲的死来说事，他便有意无意地怂恿麻七，将他母亲住的地方用钱买下来。他认为，那是个伤心地，哪怕他从那里出生长大，他也不便留恋此地。母亲过世后，她住的地方也将荒芜。一块无用之地，卖给麻七是上上之选。

尽管众人为这块看不见的骨头明争暗斗，不亦乐乎。但麻七却对此钱无动于衷，没有表现出过多的惊喜出来。他也没对他们表过态，哪怕满足其中任何一方的心愿。若是有心的人就会发现，麻七还没从麻妇之死的阴影中摆脱出来，这突如其来的悲剧令他的心备受摧残，令他久久不能复原。成家立业、娶妻生子，这好像是麻妇死后带来的曙光，但已经随着麻妇的离去而烟消云散。这个女人一辈子都受到不能生子的伤害，她在木匠家被屈辱对待几十年，好不容易逃了出来跟麻七生活在一起，仍然为此受到攻击和嘲笑。麻七知道，麻妇就是因为承受不住这接二连三的羞辱，才变得疯狂不似常人。她把怒火倾泻给古道溪人，采用极端辱骂的方式，把自己的遭遇加倍偿还回去。古道溪人为此将麻妇看成祸水时，只有麻七这个被麻妇温暖过的人懂她的心思和苦楚。

冬天临去之日，麻七将大家一一邀请到百家树。在麻妇坟前，麻七当着所有人的面点燃了那个存折本。麻七说，里面的钱他早已取出来全部捐了出去。他恳请别有用心的人别再打他的主意,因为他无钱无房,无亲无故。他势必孤独终老,因为他只肯承认麻妇是他今生唯一的妻子。

众人大失所望,怏怏而归。麻妇留给麻七的钱究竟有多少,这或许会成为古道溪人心头永久的秘密。这多少让人不忿,假如都肯如麻妇那样下决心攒钱,甚至为此不吃不喝不看病,那么谁都会很快有一大笔钱的。呸,麻妇可真是个祸水!死后也让人不得安生平静。没有占到一丝便宜的人,对此义愤填膺,不得不对着百家树的方向吐一口浓痰,再狠狠骂一句。

治疗术

那天早上,哈包幺幺一觉醒来,声称自己得到神谕。山神菩萨以人的形象首次出现在他梦中,并亲口许诺。只要哈包幺幺初心不改,他将会如愿以偿,得到他朝思暮想的治疗术。

传说治疗术是一种有别于现代医学的民间秘术,专治疑难杂症。在古道溪,你也许听说过隐藏在普通人群中的治疗师,画符、念咒语,逢凶化吉,祛病消灾,百试百灵。那些遭恶疾缠身的古道溪人,拒绝去医院又不堪烦扰时,为解除痛苦,通常愿意穷尽心血去寻求治疗术。外面的大医院并非治不好那些古怪的毛病,可古道溪人不到生死关头,绝不会把脚主动抬进医院的大门。他们相信治疗术,只要足够虔诚,就能活得很好。古道溪人常说,山神菩萨心慈,借人的手搭救受苦受难者。但治疗师神龙见首不见尾,也不是随便能找到的。等待施救的人若是没有一点缘法,便会求告无门。因为那个人今天是治疗师,也许明天就不是了。

堂祖母也是个迫切需要治疗术的人。她身上的恶疾是在香儿嬢嬢夭折后染上的。堂祖母总说她嘴里面藏着一句话，像是含着一块尖锐沉重的石头，吐不出来，咽不下去。一直哽在那里，噎得她呼吸紧促，痛苦难当。她想说时常常忘记，不知从何说起；不想说时，又一直朝外翻滚，时刻显示它的存在。只要堂祖母一转动心思，这句话就像长满锋利倒刺的野兽，一路用利齿划开皮肉。又似一锅翻滚的热油，在嘴巴里倾倒漫灌，燎来烫去。每到这时，堂祖母便会口舌生疮，整个喉腔酸胀麻痒、疼痛难忍。堂祖母被这个怪病反复折磨，心神不宁、寝食难安。她多次烧香拜佛寻求良方，然均无效。最后迫不得已出入医院，医生拿着电筒照来照去，检查无果。既没有解除堂祖母的痛苦，也没发现她嘴巴里的古怪。多年来，堂祖母那个想说却说不出口的秘密，成为挥之不去的梦魇。

古道溪人总是将治疗术渲染得神乎其神。一个古道溪人能够无病无灾地过完一生，多半仰仗着这种古老秘术的护佑。刚出生的婴儿，他的祖父母必定找遍整个寨子，去寻找初次鸣啼的幼年公鸡屙的嫩鸡屎，收集起来抹在幼儿的鼻尖上。每个新生儿的房间里，婴儿清甜的体香和淡淡的鸡屎味混杂一团，氤氲其中。仪式感能带来一种令人心安的魔力，代表父母长辈的寄托和祝福。给婴儿此生签订契约，在疏忽看顾之际，寄希望畜生的气味能掩盖生人的气味，蒙蔽鬼神之眼。这种做法毫无道理，却被年长的古道溪人奉为圭臬，一丝不苟地遵照执行。

一个新生儿，连续三个早晨涂抹嫩鸡屎后，家人方能放下心来。此时婴儿眼神明净,哭声嘹亮。成长一生的力气自此萌生迸发,足够他无灾无病、长命百岁。小孩长腮腺炎了,点上香,对着小孩的脸画几道符。完毕,小孩跳上屋前的梅李树,蹲在树上摇几下树枝,唱着歌谣:猴儿包,上树摇,下树消。小孩嬉笑着回到地上,他腮边的肿包已随之消散。那些夜哭的孩子,通常会在他额头上画几道符点几次水,再跟鬼神唠叨几句,从此便能安睡到天明。不吃饭,日益饥瘦、黄皮寡脸的孩子,也有办法治疗他,总之脸颊上拍几下,肚皮上揉一揉。一个走夜路受到惊吓的人,便有人替他将桐油和酒喷在烧红的铁铧上,制造出熊熊火焰以驱邪祟。

类似的民间小法子层出不穷,这些伎俩不足为道,你要是跟年老有见识的古道溪人谈论这些,他们多半会哂笑不屑,回头再给你讲一讲真正的治疗术。

古道溪张母沟太太无儿无女,又聋又瞎,夜里就算被鬼附身,自己也不会知道。她独居深山,靠嗅觉行之于世,安安稳稳地过了一辈子。张母沟太太有个好鼻子,能觉察到危险,亦可闻出食物的好坏。然有一天,张母沟太太失去了她的依仗。

有个行事莽撞的年轻人上张母沟找兰草。山高目眩,疲乏交加。内急时无暇多想,蹲在一棵枫香树下解决了问题。轻松过后,便倚着树干一阵酣睡。暮日西沉,夜月东升。那个人幡然梦醒,才发觉自己冒失唐突。羞愧之下,他用干土盖住那堆腌臜物后,惶急下山。可以肯定,那个傻瓜掩土时经验不足,自作聪明用了一些小咒语。可他还是没能成功遏制住那股奇特的气息。一种在密闭环境中混合了草木、土壤、人粪、月光和巫气的不明物，发出了世上最刺鼻难闻的味道。张母沟太太紧掩柴扉，那个臭味搭着冷硬的山风仍源源不断地卷进她的屋子。张母沟太太忍受到第二天，实在挨不下去了。只好拄着拐杖，屋前屋后地摸索寻找。她足足找了三天，终于找到了那棵枫香树。张母沟太太扔掉拐杖，匍匐在地，用双手挖开土堆。结果，一股强大的气味随着掀开的土壤，猛地冲向鼻端，她的嗅觉就被夺走了。

张母沟太太失去嗅觉这事，没有人知道。大太阳天里，她在家里煮肉熬汤。那些腊肉没有熏干水分，埋在仓里的谷糠里存放，早已骨坏肉烂，奇臭无比。可是张母沟太太浑然不觉，照旧吃得心满意足。腐臭三里，盘旋不去，整个张母沟的生灵都恨不得没长鼻子。甚至来张母沟盗树的人，也不得不掉头离开。张母沟太太的遭遇当然也引起治疗师的怜悯之心。在大家对张母沟躲避不及时，他偏偏来到此处。治疗师费尽心力，从深山洞穴中诱骗了一只专吃臭味的虫子，用草茎捆绑后，倒吊在张母沟太太的肉锅上。臭味源源不断，虫子挣扎一下，治疗师就念一句咒语。持续五六下之后，虫子终于不再动弹，乖顺地张开了嘴巴。这时候，治疗师双目紧闭，双唇翕动，念念有词。虫子受到驱使，陡地奋力向前，鼻翼抽搐，甘之如饴，贪婪吞咽。腹胀如鼓后，身躯一阵扭动，草茎断裂，竟喷出一股淡黄色的烟雾。那是一种比肉汤还要臭的味道，张母沟太太随即痛苦大叫，好臭啊，好臭啊。她终于恢复了嗅觉，呜啦呜啦地呕出一大摊恶臭之物。治疗师将虫子小心翼翼地收入袖中，转身离去。张母沟太太每隔一个时辰就呕吐一次，整整呕吐了一天一夜，直到污秽的肠胃洁净如初。

老山沟有个老猎人，他的身上寄宿了一只跳蚤。老猎人一辈子痴迷打猎，手中不知折损了多少飞禽走兽的雄心烈胆。跳蚤也许就是某只受伤的动物故意过给他的。但老猎人除了打猎，其余诸事不探。日子过得浑浑噩噩、邋里邋遢。跳蚤究竟是哪种猛兽濒死前的复仇，他浑然不觉。跳蚤不吭不响地藏在老猎人的身体毛发中，来无影去无踪，就像魔鬼，既机敏又放肆。它终日侵犯吸血，养得膘肥体壮、羽翼丰满。浑然不知的老猎人又痒又痛，坐立难安。这只跳蚤灵性十足，很快觉察出宿主其实软弱无能，只能对付高大凶猛的野物，对小小的它却束手无策。跳蚤在老猎人身上安家定居，整日在他耳边窃窃私语，以威胁恐吓为乐事。老猎人再也无心打猎，他每天至少十遍脱去衣服，全身上下翻找透彻，可惜徒劳无功。

半载有余，跳蚤滋扰不息、昼夜不宁。老猎人疲惫消瘦、痛苦不堪。人人都说，老猎人打了一辈子猎，没想到阴沟里翻了船，居然对付不来一只小小的跳蚤。每日被折磨到惊恐躁狂，笑怒无常。人们替他求到治疗师门下。那个人对着已然溃败的老猎人燃香静坐，两个时辰过去，屋内寂然无声，老猎人终于沉沉睡去。治疗师方才起身,径直走向老猎人。山重水复柳暗花明,很快就凭着微不可循的迹象找到了跳蚤的老巢。治疗师拨开老猎人厚实浓密的白发,顺着发根一路梳理。黑白分明,醒目耀眼,那精灵一般的小兽赫然显现,袒露于目。此时乖巧可爱,正恬然酣眠。治疗师念念有词,手指曲起合拢,迅疾如电,直入老猎人的耳朵后窝。犹如探囊取物,准确无误地擒住跳蚤。不待众人惊呼感叹,他手指略微使劲,已在作法之际干净利落地结果了跳蚤的性命。人们只听到啪嗒一声脆响,跳蚤滚圆的肚皮随之破裂,老猎人被盗走的鲜艳血汁顿时溅满了治疗师的双手。放下猎枪和利刃,就此歇息吧。治疗师对懵懂醒来的老猎人留下这句话后,轻飘飘地走了。

不久前,刚搬来明溪镇的一家三口,到处跟人打听治疗术。刚满十岁的女儿坚称身后多出一道模糊的影子。她走到哪里,那道身影就跟到哪里。那道旁人看不见的影子使小女孩神情恍惚,被噩梦追赶,茶饭不思。那家人去过医院,医生说小女孩身体检查无恙。

那家人被迫无奈之下,因人指点,来到明溪镇找到那个会治疗术的人。治疗师跟小女孩单独待在一起,不知道他使了什么手段,对父母守口如瓶的孩子相信了他。而后,治疗师来到河边,让小女孩赤足立于河中,冰凉沁骨的古道溪水从洞山深府而来,又潺潺流淌而去。余晖点点,光芒灿烂,河水绕过膝下,如泣如诉,缠绵徘徊。小女孩牙关节节响动,浑身颤抖。终于一败而溃,放声大悲。微波荡漾,一团只有小女孩才能看见的墨影自水底冉冉升起。水面一阵嘈乱之后,黑影趔趄了一下,慢慢固定成清晰的形状。那是隐藏在小女孩心底最深处的秘密,也是她的病痛。她双手掩面,声嘶力竭后慢慢平复下来。河水让她自愈,她得到安慰,悲伤便顺着河流消解了。

小女孩终于告诉父母,那是一条狗的影子,虽然他们什么也没看到。治疗师颇费一番周折,知道了事情的来由。小女孩流着眼泪向父母承认,家中那条相伴十年的狗,不是意外丢失,而是她故意驱赶出去的。那条狗无家可归,四处流浪,最后被人残忍地吊杀了。小女孩目睹了这个可怕的过程,因而自我谴责,愧疚悔恨。狗的惨死,在小女孩心中留下浓重的阴影。她由此噩梦连连,茶饭不思。而河边,就是那条狗的临终之地。一家人依言行事,买上香纸烛火到河边的桂花树下洒扫悼念了一番。返程时,小女孩露出久违的笑颜,声称再也看不见那道影子了。

治疗师说,人人都有甩不掉的狗尾巴,那是作恶留下的影子。

这样的故事多不胜举,我们听得如痴如醉。哈包幺幺更是沉入其中,难以自拔。就连一向斥之为无稽之谈的堂祖母偶尔也会动容。不过治疗术再神奇,也只能听听而已。如今想想,治疗师们也许是高明的心理学家,他们碰巧治愈了一些人的心理疾患。才会被不明缘由、心怀崇敬的乡民口口相传、添油加醋,逐渐渲染演变成某种不被外人窥探的神术。我们没想到,哈包幺幺竟信以为真。他把当一名治疗师视为毕生所愿，并多次建议堂祖母试试治疗术。哈包幺幺信誓旦旦地说，他曾亲眼见过许多人因为治疗术而重获新生。

为了寻找治疗术，哈包幺幺不听劝阻，一意孤行。甚至多次离家出走，做下不少荒唐可笑的事情。外出所寻未果，他干脆把自己关在家里，废寝忘食，冥思苦想。按照那些传说依样画葫芦，研习治疗术。可他私自琢磨出来的治疗术不但没能治病救人，反而给大家惹下许多麻烦和烦恼。每当有人找上门来讨要说法时，堂祖父就得替哈包幺幺赔礼道歉甚至补偿损失。多年来，堂祖母费尽心力，不停地平息事端，早已怨怒不忿。她哪怕被恶疾折磨得痛苦不堪，也拒绝喝下哈包幺幺煞费苦心画下的符水。

哈包幺幺生来不大聪明，跟堂祖母的关系一直十分恶劣。他没有多大挣钱的本事，也不愿意耕田种土，老老实实踏踏实实找点事做。在堂祖母眼里，哈包幺幺就是个啃老的人，借着治疗术的由头好吃懒做、不务正业。堂祖母忍无可忍，虽然一个锅里夹菜吃饭，但对他从没有过好脸色。哈包幺幺我行我素，根本不管那么多，我认为他即使再蠢，对堂祖母的嫌弃还是看得懂的，可他装作不懂。

哈包幺幺原本也是有学名的。但是他哈里哈气，从小就被人叫作哈包。时间一长，他的学名也无人记得了。他是堂祖母最小的儿子，是她躲在娘家，千辛万苦生下来的孩子。据说堂祖母当初怀他的时候，差点没保住，多亏娘家嫂嫂帮忙，才顺利生下哈包幺幺。都说幺儿最让父母疼爱，可堂祖母并不喜欢哈包幺幺，时常对他横眉冷眼。那时候，香儿嬢嬢还在，她只比哈包幺幺大四岁，两人从小相处，从不相让，争吵打闹不休。香儿嬢嬢争强好胜处处挑事，哈包幺幺人小力弱，却也不甘屈服。家中天天鸡飞狗跳，哭喊不断。等到家中大人干活回家时，香儿嬢嬢口齿伶俐，总是恶人先告状。哈包幺幺就又会遭到一顿训斥甚至是责罚。他生性笨拙，不善辩白，即使受到委屈也只能忍受下来。

香儿嬢嬢自小挑食，常常不吃这个不吃那个。那时候家里穷困，并没有什么好东西吃。可哪怕是烧一个红薯，堂祖母也会挑一个最大最好看的给香儿嬢嬢。哈包幺幺没有这种待遇，因为他从不挑嘴，有什么吃什么。大概因为这样，偶尔家里煮点肉汤，香儿嬢嬢挑剩下后，堂祖父也会顺便问一下哈包幺幺："你不要吧？""既然知道我不要，你还问？"哈包幺幺朝堂祖父吼道，蓄积已久的眼泪哗哗直流。堂祖父性格温厚，哈包幺幺只敢朝堂祖父发火。他很委屈，虽然他从不挑食，但也渴望得到姐姐一样的关注和照顾。他吃很少的饭，甚至不去夹菜。可惜没人注意过他。

哈包幺幺不懂得像一个正常的小孩那样，向父母倾诉和示弱，他只会暗自发脾气闹别扭。香儿嬢嬢一直很娇弱，不光挑食还老生病，不是这里不舒服就是那里痛。大人重心转移，对香儿嬢嬢嘘寒问暖、百依百顺。哈包幺幺疑心姐姐为了得到更多疼爱装病，但到他偶尔感冒发烧时，却不敢像姐姐那样正大光明告诉父母，反而害怕家人说他娇气，便竭力表现得若无其事，努力隐藏自己的病痛。那时候，哈包幺幺的忍辱负重，实在可堪佩服。

跟香儿孃孃在一起时，哈包幺幺通常是那个被忽略的孩子。然而，他这种不被偏爱的人生却因一场事故戛然而止。有一次，大人都不在家，哈包幺幺和香儿孃孃在山里游玩，无意中摘食了一种有毒的野果。等到堂祖母回家发现时，两个孩子已倒在地上，呕吐抽搐，大喊腹痛。堂祖父是个生意客，外出贩牛未归。寨子里人烟稀少，离最近的那户人家也有一个山头。事情紧急，堂祖母连滚带爬过去，那家人大门紧闭，不知道在哪里干活。堂祖母喉咙喊破、嗓音喊哑，也没听见一点回声。堂祖母只好又跑回来，眼看着两个孩子都快不行了，她心急如焚，捶地大哭。两个孩子加起来一百斤出头，对一个做惯农活的人来说，这重量也许不足为惧。但堂祖母是个女子，而且她在年轻时为了躲避土匪追赶，跳进后山的苕洞里跌断了右腿，自此走路跛脚，使不上力气。她拖着一只残腿，就是背一个孩子走十几里山路都很艰难，更何况还是两个孩子。

堂祖母全身失去力气，腿脚全软了。可哈包幺幺的眼睛慢慢闭上了。香儿孃孃已经说不出话来了，堂祖母流着眼泪，在姐姐和弟弟的身上来回望着。香儿孃孃无声地看着堂祖母，那双逐渐失去光芒的眼睛里满是乞求和哀怜。似乎在说：娘，救我啊，救我。不，还是救他、救他、救弟弟吧。那种眼神,把堂祖母的心碾得稀碎。堂祖母一会儿爬到哈包幺幺身边,一会儿爬到香儿孃孃那头。当她想救香儿孃孃时,娘家嫂嫂就出现在她面前,眼睛直勾勾地盯着她,一言不发,冷漠、刻薄。好像在说,我倒要看看,你敢不救这个儿子。"你算什么东西,凭什么让我救哈包,我就要救我的女儿。"堂祖母一边大哭,一边大骂。她把心一横,背起香儿孃孃就走。可只走了几步,她就把香儿孃孃放下了。她转身跪在地上,朝堂屋的神龛上磕了一下头,不敢看女儿一眼,背着哈包幺幺一步一挪地走出了家门。

情势危急,堂祖母背着哈包幺幺跌跌撞撞地下山,不知摔倒过多少次,可她一次次爬了起来。她凭着本能在跑,一路在荒无人迹的荒野哭喊:"有人吗?老天爷啊,快来救救我的女儿啊!"她凄厉的求救声惊飞了不少山鸟,一些动物在山涧饮水,闻声转头,疑惑地看着这个悲伤绝望的女人。那一天,乡民信仰的山神菩萨始终没有出现。

堂祖母跑了十多里山路才碰见几个种地的山民。等到旁人接过哈包幺幺,她再返回救香儿孃孃时,错过时辰,香儿孃孃已经永远地闭上了眼睛。先救儿子再救女儿,这样的选择,在当时的乡村显而易见、正确无比。没有任何质疑,众人佩服堂祖母不是一个只知道哭哭啼啼、手足无措的无用妇人。否则,她只要稍一犹疑,就会连一个孩子都救不回来。

后来,堂祖母便时常哭泣。似乎为了得到冥冥之中香儿孃孃的谅解，她反复诉说自己处于两难境地，不得不救哈包幺幺。她不是怕娘家嫂嫂的冤魂，更不是怕她的婆婆。堂祖母的婆婆那时已死去两年。但那个眼里只有孙子没有孙女的老人，仍然给家人留下了浓重的阴影。她古怪而冷酷，对儿媳妇严厉苛责，打骂随心。堂祖母自从嫁给堂祖父后，因为腿脚不便，干不了重活，一直受到婆婆的嫌弃和欺压。老太婆重男轻女，把孙子视为命肝心，孙女则可有可无。她虽然去世了，余威还在，地位还在，她的坟墓就在后山上，她的眼睛还在死死地盯着堂祖母。堂祖母虽说不是怕她，但最后还是不得不扔下亲生女儿。

香儿孃孃殁了以后，堂祖母长久地陷入自责和抑郁中。她对哈包幺幺愈加冷淡，甚至到了不理不睬的地步。毕竟，她把目光落到哈包幺幺身上时，看着这个身体强壮、逐日长大的孩子，难免会想到那个被她残忍舍弃的女儿。她对香儿孃孃的愧疚，这种悔恨交加的情绪，无一日不在蚕食着她的内心。她便日日捂着嘴巴，痛得眼泪汪汪。我一直不解，堂祖母为什么讨厌哈包幺幺。整个事件中，哈包幺幺其实是无辜的。更何况，在香儿孃孃死之前，堂祖母就不喜欢哈包幺幺。

哈包幺幺迷上治疗术后，跟堂祖母的关系更是势同水火，难以共存。但我明白，哈包幺幺为何如此痴迷看不见也摸不着的治疗术。堂祖母罹患怪病后，深受折磨。哈包幺幺又何尝不痛苦，他自小承受着堂祖母的无名之火，时常处于惶恐不安中，便将这一切归咎于堂祖母的恶疾，归咎于命运的恶意。当他一事无成，突然找到一条母子相处的捷径时，不由得眼睛发亮，神采飞扬，整个脸上像有一层光芒笼罩。哈包幺幺也许没有身为治疗师的资质和天赋，然而用治疗术解除母亲的痛苦，让她接纳自己，是他最终的目的和心愿。他发誓要治好堂祖母的恶疾，自此对治疗术向往景仰，孜孜求之。

哈包幺幺自认为得到山神菩萨的点化，一早起来欣喜若狂，忍不住当众说出他的计划。他要朝着山神菩萨指点的方向一直走，他将到达一个与众不同的地方，那里会有失传已久的治疗术。哈包幺幺宣布，找到治疗术，治好堂祖母的恶疾，他才会停止追寻的脚步。其实没有人关心哈包幺幺想要什么、想做什么。哈包幺幺虚头巴脑，多年来鬼话连篇，关于治疗术的梦境没人相信。他年岁虽不小，却在家中人微言轻，几无地位可言。

堂祖父不以为意地听着，拿起炭火上烤熟的糍粑，夹上满满一筷子大头酸菜丝，蘸着洗车河霉豆腐，准备大快朵颐。堂祖母的涵养功夫可没堂祖父的好。说实在的，作为当娘的，她早已受够这个打了几十年光棍的小儿子了。不管哈包幺幺说什么，她都将其视为混账话。听了哈包幺幺这番话，堂祖母不但没领情，反而怒火腾升，顺手抄起火钳就扔了过去。哈包幺幺训练有素，身子朝我这边一偏，照常躲过一劫。哈包幺幺撞翻了我碗中的洋芋汤，我甚是遗憾。虽然洋芋汤每餐都要喝，可堂祖父做的汤里总会漂浮着两片花椒叶子，还是很香的。

汤洒了，花椒叶粘在哈包幺幺的鞋面上，那是堂祖母今冬刚做的新棉鞋。堂祖母气得拿筷子直戳哈包幺幺，她的脾气年轻时就很不好，尤其在她有了顽疾后，更是暴躁易怒。堂祖母认为，哈包幺幺的心愿至少应该是娶妻生子、成家立业，而不是什么乱七八糟的治疗术。

那天早上，哈包幺幺一番豪言壮语，全无悔改之意，于是遭到堂祖母的辱骂驱逐。他狼狈出门，鞋面上带着花椒叶，也顾不上跟我告别。我本来还想问一下他，那个在梦中出现的菩萨究竟是男是女。厨房里久久残留着饭和汤泼洒后的味道，再无人惹堂祖母生气，她依旧怒容满面，咒骂不停。堂祖父享用他的一日三餐，对哈包幺幺的出走莫可奈何。他只劝过堂祖母一回："哈包是你那年躲土匪，吃了多少苦头才生下的，你怎么就容不下去他啊。"堂祖父刚说完，堂祖母的恶疾突然就犯了。她捧着嘴巴呻吟起来，眼泪直流，看着我堂祖父痛得说不出话来。堂祖父长声叹息，再也不敢在堂祖母面前提从前的旧事。

哈包幺幺离开后，跟我们从不联系。倒是关于治疗术的传言逐日增多，哪怕堂祖母充耳不闻，人家也会把这些信息从口袋里掏出来源源不断地塞给她。最初两年，偶尔有人找上门来，要哈包幺幺承担治疗失败的责任。堂祖母无动于衷，对哈包幺幺生死不问。堂祖父每次赔着笑脸将来人打发走之后，劳心耗力，都会累病一场。然而，没有人就此事怪罪来人，反而让我们心安，至少我们还能探查到关于哈包幺幺的蛛丝马迹。后来慢慢不再有人来了，我们失去了哈包幺幺的一切消息，堂祖父愁容满面，终日郁郁。就连堂祖母，也变得越发焦躁起来。不知道堂祖母的坏情绪是哈包幺幺引起的，还是她的顽疾造成的。那个浪荡子还没回来吗？连亲爹亲娘都不管了？偶尔有人不怀好意道。堂祖母听后就满脸愠怒，不发一言。可哈包幺幺有什么错？他只想治好他母亲的病。

我们深知堂祖母好胜倔强，便不去谈论哈包幺幺，也没打算把哈包幺幺找回来。可那个用治疗术的人到底是不是哈包幺幺，我们半是忐忑半是疑虑，终究顾忌着堂祖母，没有去求证。

大风吹刮，草木摇落。堂祖母的身体越来越差，她时而清醒时而糊涂。她不断地忘掉一些新近发生的事情，又不断记起一些陈年往事，她甚至主动提起了她年轻时的情形。

那时候古道溪匪患频仍，堂祖母被土匪追赶，为了逃命，她跳进后山几人深的苕洞，跌断了一条腿，从此深一脚浅一脚地走路。土匪频繁下山，到老百姓家中烧杀掠夺。人们东躲西藏，颠沛流离。后来，土匪没了，可堂祖母嫁到古道溪，又遇上恶婆婆。哪怕怀着身孕，婆婆也不曾厚待她半分。堂祖父懦弱，不敢对抗母亲，就让堂祖母到娘家避一避。娘家住得远，世事太平一些。那时候，娘家哥哥生了重病，堂祖母也想趁此机会帮着嫂子照顾一下哥哥。

堂祖母到了娘家才发现,兄长病痛多日,一直躺在床上起不来。嫂嫂起先还端水喂药地伺候。后来眼见丈夫没有好转的迹象,耐心用尽,跟着一个外乡人有了私情。堂祖母的亲娘已是高龄,体弱多病,神志糊涂,每日里也仅靠着米汤续命。堂祖母在娘家住了两年,生下儿子,再为相继离世的母兄二人送终后才回到古道溪。堂祖母回来时,哈包幺幺都会走路说话了。堂祖母在娘家生哈包幺幺的这段经历,我们是知道的。这牵扯到娘家嫂嫂的丑事,再加上堂祖母素来不喜哈包幺幺。我们知道,但在堂祖母面前从不说起。

"你学了治疗术,就要来给我治病啊。"这话,堂祖母只在糊涂的时候说,"你再不来看我,就永远别想看到我了。"她似乎在跟谁赌气,说着狠话。可是我们也不知道哈包幺幺到底在哪里,这真是一件钻心刺骨的事情。堂祖母受了那么多苦,把哈包幺幺养大,不能连死都见不上一面啊。我们没能等来哈包幺幺,最后不得不离开古道溪,搬到明溪镇上。一年年过去,每到岁末年初,我们便怀着期待,哈包幺幺说不定在回来的路上,说不定下一刻就会出现在家里。

都说堂祖母恶疾复发,其实,堂祖母只是不小心吞下一根鱼刺,就再也吃不下别的东西了。去过好几家小诊所,可是人家办法用尽,也用仪器照过堂祖母的喉咙,那里不见异物。但堂祖母总说喉咙里有东西,嘴巴里有恶臭,还有沉甸甸的石头压得她出不来气。她吃不下任何东西,吃什么就呕吐什么,连水也喝不得。我们眼睁睁地看着堂祖母日渐干瘪下去,快要活生生饿死了。我们一筹莫展,心急如焚,不知道堂祖母的恶疾竟会将她害到如此地步。

哈包幺幺是自己出现的,就在我们千方百计到处找他的时候。他突然从一个黑暗的角落里自己出现了,像一只老鼠,黄须黑面,一脸寡瘦,衣服也似几年都没换过。哈包幺幺说,他听到堂祖母说的话了,堂祖母说他要是再不回来,她就不认他这个儿子了。其实,哈包幺幺早就做好了被堂祖母大骂羞辱的准备,他没有想到的是曾经那么凶狠强悍的妇人,居然是眼前这个苍老毫无生气的垂死之人。哈包幺幺愣住了,他嘴巴里几百句服软求饶的话都哽住了,再也无法说出口来。堂祖母听到动静,竟然有了力气,突然从沉睡多日的床上翻身坐了起来。堂祖母用力抱住哈包幺幺的头,诉说久别重逢的欣喜。哈包幺幺温顺地坐在那里,一动不动。两人之间好像从没有过隔阂和怨恨,我们看得目瞪口呆。

接着,堂祖母放开了哈包幺幺,满眼热烈地看着他,说她要喝"鸬鹚水"。我们面面相觑,随即明白堂祖母的意思,她想要哈包幺幺用治疗术化一碗鸬鹚水来救她。哈包幺幺蜷缩在那里,好长时间不敢相信他娘说的话。在我们的催促下,他才迟疑地爬起来,去厨房的筷笼里取出一双筷子。往白瓷碗里倒半碗水,插香烧纸后,双手拿筷子在碗里点了点。哈包幺幺抖了抖筷子上的水,接着转身朝外,在空气中画起符来。

那是我第一次看见哈包幺幺用治疗术。明明是平平常常的日子,他的身上却有一层光芒笼罩,衬托得他气质凛然。我突然发觉他变成了另外一个人,不再是我认识的哈包幺幺,而是一个高深莫测的治疗师。哈包幺幺神色庄重、肃穆,仪态威严,不由让人收起以往的轻视之心。也让人猜测,他这几年究竟经历了什么。他一边画符,一边念念有词。我看不懂他画的是什么,也听不懂他念的是什么。几分钟之后,哈包幺幺画完符,用刀裁下一截拇指长的筷子,丢进碗里的符水中,让堂祖母喝下。可这时候,堂祖母早已虚弱不堪,哪里还能吞得下那一截筷子呢。求生的意志支撑着她,她拼尽全身力气咽下那半碗水,尽管大部分没有流进她那满是伤痕的喉咙,而是顺着干瘪瘪的下颌淌进枯瘦的脖颈里。堂祖母还是用力哑吧了两下嘴,意犹未尽的样子。

"我害死了自己的女儿,我对不起香儿啊。"堂祖母吞下鸬鹚水后,号啕大哭道。干涸的眼睛里突如泉涌,她刚喝下的符水变成眼泪又流了出来。哈包幺幺把头深深地低了下去。

"哈包,你不是我亲儿啊。这么多年,我养你也养苦了。"哈包幺幺的鸬鹚水似乎化掉了堂祖母喉间的鱼刺,她长吁一口气,终于吐出了她心中的石头,吐出这个压了她一辈子的秘密。她的口舌得救,灵魂也得救了。我们闻之愕然,哈包幺幺更是震惊地抬起头来。接着他颓然坐倒,满面怆然。

哈包幺幺不是堂祖母的亲生儿子,而是娘家嫂嫂的私生子。堂祖母去娘家时，嫂子还在家。有一日堂祖母不慎撞见嫂子偷情，她气愤难耐，不顾身孕，想要看清楚对方的面目。那个男人顺着小路逃得飞快，堂祖母急怒攻心，便在后头拼命追赶。一个不慎，堂祖母一脚踏空，从高高的土坎上摔倒下去。她最终也没认出那个男人是谁，等她醒来后，才发现孩子没了。是嫂子救了她，将她从土坎下背回了家。嫂子在娘家待不下去，不辞而别。哪知道过了一年，嫂子抱着个婴儿又回来了。堂祖母当然不肯再接纳她，那女人无处可去，又无娘家后亲可以投靠。以死相挟，逼着堂祖母赌咒发誓，认养这个孩子，她自己倒十分爽快地跳崖绝命。堂祖母流产后，深知在婆婆那里难以交代。就把那个野孩子带回了古道溪，当作自己生下的儿子。

这才是哈包幺幺的身世。几十年来，堂祖母既觉得愧对嫂子，为自己当年逼迫她自尽而内疚，又觉得对不起哥哥，她毕竟为那个背叛哥哥的女人在养一个来历不明的野种。更何况为了哈包幺幺，堂祖母甚至舍弃了亲生女儿。堂祖母对哈包幺幺就是这样一种复杂的感情，她不知道究竟是应该爱哈包幺幺还是应该恨他。

多年来，堂祖母守着这个秘密，把自己折磨成这样。她宁可忍受痛苦，甚至为此死去，也不肯说出口来。但只要没人在旁边，她就会一直喃喃自语。她洗衣服时说，种苞谷时说，割牛草时也说。她对着青牛说过，对着黄狗说过，对着芭蕉树说过，对着石头说过，对着星星月亮也说过。她干了多少活儿，受了多少苦，就说出了多少委屈。这件事堂祖父早就知道，只是堂祖母忘了。那年冬天堂祖母把哈包幺幺抱回家，亲口向堂祖父承认哈包幺幺不是他们亲生的。可不是亲生也胜似亲生，那是他们舍弃女儿也要养大的孩子。

"吃鱼记着鸬鹚。"堂祖母没理堂祖父，从喉腔里喊出这句话后，眼睛从我们身上一一掠过，最后停留在哈包幺幺身上不动了。"吃鱼记着鸬鹚"是一句老话，在有鱼的餐桌旁，长辈们通常这样嘱咐小孩。鸬鹚捕鱼，是鱼的天敌。吃鱼时记着鸬鹚，便不会被鱼刺卡住喉咙。

"你梦中的山神菩萨是男的还是女的？"在堂祖母的葬礼上，我才有机会问哈包幺幺。可他看着我惨淡一笑："世上哪有什么山神菩萨，治疗术不过是抚慰人心的手段罢了。"哈包幺幺说完，便不告而别。

自那以后，再无人找到治疗师。传说他与一头小兽相伴，最后消匿在古道溪的十万群山中。

水上光明

我们在早晨相见。阳光是一匹软绸,徐徐铺满车顶,接着溢满滑落,把温度贴在车窗上。皮肤接受熨烫,变得光鲜整洁。为了对抗舒适和疲惫,我不得不频频伸展腰肢,打量车外的风光。波生活的地方,美如神灵的故乡。这幅风景太大了,囊括一切。蓝天、白云、炊烟、河流、树林,整个世界都在其中。波不在,他穿着破旧的衣服,发白的解放鞋,风景盛不下他这副模样,风景只是他身后的画布。波从时光深处走了出来,他用长木杖探路,身子略微前倾,犹如母鸡啄米,陡然出现在车子前面。手杖前行一步,他跟着前行一步,殷勤急切,亦步亦趋。包裹着铁皮的手杖底端,磨得铮亮,击向地面时,雷鸣鼓动,密织出白色雨点。层层敲落下去,磕在石板路上,发出无数叩问,有如生命之音,盖过了我们的车轮声。

狭窄的路上,波的手杖便是眼睛,尽心尽责。既没有让波掉进右边的沟渠,也没有让波掉进左边的稻田。波忽左忽右,始终没有偏离轨道。旁边一人是波的父亲,跛足、黑瘦,提着一只水桶,走路吃力,额头上飘满愁云。他尽量配合着波，两个身影在路上拖曳出一条弯曲的粗线。水桶里装着新鲜鱼虾。他们打算五元一斤卖给小镇上的人们。在他们吃早饭时摆上他们的餐桌。这笔收入有时候是五十多元，有时候是三四十元，有时候不足二十元。这是波一天的劳动成果，需要维持一家人的生计。

美丽的地方却生活着贫穷和苦难的人。湘西人或许对此不以为意。就像不觉得世界有多大一样，我们不觉得命运有多可怕。我们吃饭、睡觉、劳动、相亲相爱，习惯它的存在。多少年来，用世上最好的脾气来对待它，尤其是像波母亲那样的妇人。她瘦小疲惫，沉默寡言，常年超负荷劳作，腰上隆起一个巨大的骨节包，使她一直无法直立行走，背部差不多驼成了一只虾米。她的手腕损伤无力，吃饭时连筷子都拿不住，还得被迫拿起锄头。如果可以交割，我想她一定愿意将这双容易流泪的眼睛换给波。按她的说法，波在小时遭受意外破了相，才能顺利成人。破相，就是身上带着遗憾。有些人的遗憾别人一眼就能看出，是属于身体的，例如耳聋失语眼盲跛足。有些人的遗憾是属于心理的，心上面缺了一角，导致各种心灵痛苦和精神隐患。总之，世上没有无缺的人。命运总会在你身上打开一个口子，为日常生活疏通渠道。无缺的人不是满溢便是堵塞，他们活不长久。

波的妻子，是另一种破相。这个年轻健壮的女人是个精神病患者，完全活在自我的世界里。不喜不愁，不谙世事。整日吃饭睡觉，反复上厕所。余下的空闲，她会搬一张椅子坐在坪坝里，跷起二郎腿，挠脚板。偶尔也发呆，神情木然。这是她正常的时候。如果发病，她会脱光衣服，哭闹、尖叫、疯跑、骚扰路人，片刻不得安宁。她给波生了两个孩子。男孩十岁，女孩八岁，长相清秀，性格乖巧。我们问波，觉得两个孩子谁更好看一些？波不愿意偏心，他说两个都好看。有可能女儿更好看一些，理由是她比儿子更听话。儿子顽皮，会在学校跟同学打架，班主任为此给波打过电话。有时候，他放学后在外面玩，直到天黑才回家。这也让波担心着急生气。女儿跟儿子不同，女儿心疼爸爸，依恋爸爸，十分孝顺。我们说话时，男孩已走过长长的田埂，去舀对面山脚下的泉水。水桶很高，水在里面晃荡着。孩子拧着腰，左手换右手，右手换左手，田埂狭窄，险些跌出。走几步路，水就顺势蹿出来一些，将孩子的裤脚和鞋袜都浇湿了。但没人听劝阻，他们坚持要孩子去那么远的地方提水，希望我们能尝出这水里的甜味，希望孩子能给我们一个好印象，展示他的懂事和生活的艰辛。

在波父亲的极力怂恿下，波在镜头下复刻了日常生活的一切。儿子刚提水回来，波也走上了田埂。像人踩着钢丝在高空踏足，在水面上凭借稻草前行，波走得稳妥极了。他的手杖上长着一双神灵的眼睛，邪魅如虫蛇，循着草茎和泥土的气息，在绝境中熟练逃亡，没有一步偏差。波走完这段险径后，还打算上山砍柴，我们不得不强烈制止他。于是，他将自己往日砍回的柴禾扛上肩膀，一手扶着，一手拄杖，将一捆柴禾从屋檐这头搬到了屋檐那头。回到堂屋时，我听到了波隐秘的喘息声，十分轻微。听电视也是波的日常之一。他靠着灵敏的耳朵和聪慧的大脑，跟我们卖弄着普通话，舌头舒卷自如，令人惊叹。这是波听《新闻联播》学来的。他另一个广受赞誉的技能是打牌。见我们不信，他的父亲急了，立刻张罗起来。在昏黄的灯光下，波和他的父亲、母亲还有儿子坐在楼板上打起牌来。波的女儿则在他旁边协助。每当波抓起一张牌来，女儿就立刻悄悄报出牌面，波按顺序插入归类，然后按记忆出牌。一场牌打完，波输了，但他没有出错。

这是波光鲜的一面，这让我们几乎忘记了他有一双盲眼。翻开这一面，我们无法避及另一些词语，比如贫穷、无助和绝望。还有无数件需要流泪的事情。波的勤恳、坚韧和担当并不能让他走出这些困境。你能想象这个世界的样子吗？这些问题早就习以为常，波应付自如。波认为，石头就是痛的样子，每当他不慎碰撞到石头时，他都能感到一种尖锐揪心的痛苦；而太阳是温暖的样子，像佛性之手，太阳的抚摸能让他心情舒畅，从里到外感到温暖。波还知道，天空的样子，云朵的样子，田野的样子，河流的样子，庄稼的样子，野草的样子。这世间万物，无非就是这几种样子，让人痛、让人笑、让人哭、让人乐、让人悲伤、让人幸福。波说自己是个穷光蛋，身体里到处都是漏洞，装不住东西。一路走来，他险象迭生，每跌一跤，就要弄丢一样东西，最后把五岁以前看来的世界全部弄丢了，丢得一无所有。天空的样子，土地的样子，尤其是丢掉了父母的样子。漫长的黑暗潮水一般涌上来，不断冲刷他的记忆。最终，刻骨铭心的记忆被潮水淹没，遭遇灭顶之灾，逐渐吞噬了父母的长相。这让波一直自责，说起这些时，他把头微微偏向一边，避过了镜头。他的脸上挂着悲哀无奈的笑容，好像他把这种笑容藏满了一口袋，遇到不知所措的时候，就拿出来用用。波永远对着来人微笑，永远对着生活微笑。他的笑是脸上的一层粉末，遮住了真实的表情，永远漂浮在表面。波穿戴着它，习惯拿它抵抗一切，痛苦、悲伤时也不愿脱下来。

风在茂密的枞树林里蜗居，憩息了整整一个白天。待到黄昏时，方才梳理羽毛，扇动翅膀，甩掉沉重的睡眠，从天地缝隙里溜出来。轻快地，沿着山涧柔和的线条，一直坠到湖面上，落水声四起。寨子多么热闹繁华，处处虫鸣蛙叫，它们在幸福地吟唱，这无限的人间乐事。奇怪的是，这一切都与水库边那个身影无关。那个美丽的水库，别人用来看风景，波用来谋生。黑漆漆的世界里，我们借助手机、手电，跟随波朝前走去。黑暗不停地阻挡我们，令我们跌跌撞撞。我如履薄冰，没有勇气行走，只好远远地看着。我站在大堤上想，也许黑暗拿波没办法，因为路不在波的脚下，而在波的心里。黑暗遮蔽了我们的眼睛，却打开了波的身体，它无法阻挡波的前行。波在黑暗中坦然自若，跟黑暗融为一体。就像碧海中的一条游鱼，轻松就穿过了黑暗的帷幕。他直立水边，手持钓竿，静默如佛。不像在钓鱼，而像在等待，用足够的耐心来等待一切。波看不见任何地方，但他始终在看，看远方、看天空，好像能看见似的。好像看不是一个最寻常的动作，而是一种享受一种仪式一种恩赐。其实，命运早已对他做出判决，往他的坦途上丢了两颗小石子，意图阻断他的去路。两个石子一左一右填进眼眶，形成浑白的凸点。这使波美丽的头颅变得黯然，也让他年轻英俊的面容丧失了灵动。波的眼睛生在了手杖上，他用手杖触摸生活。这让他拥有了另一种光明，就好像获得了神灵垂青。他心里面有了路，就会让这种光明，在白昼时来临，在夜里更加丰盛。

　　除了钓鱼，波还要在父亲或者儿子的协助下往水库里放网。这是技术活，网子要顺着鱼流的方向，放得匀称，扎得牢实。从这头牵向那头，在水中回旋反转，设置关卡，埋下陷阱，能保证没有一条漏网之鱼。靠这个，波维持了十几年的生计。但是水库里的鱼一年比一年少，而且繁殖期间禁止过度捕捞。现在，每天平均只有几斤收获，远远不够维持日常开销。父母年老体弱，终有离去那一天，儿女幼小，每年的学费生活费无处着落。问及今后水库无鱼了该怎么办，正在堂屋里摸索着修补破渔网的波一阵茫然。两只白色眼珠像两个大大的句号，内容空洞，朝外大睁着，满世界黑暗。

　　第二天收网时，我们跟了去。湖中央，波的帮手在船头慢慢往回收网，波负责捡鱼。稳稳地蹲在水面上，将卡在网孔中犹自挣扎的鱼儿一条条抠出来。他左手提着渔网，右手探过网面，五指铺开，一路摸索下去。波的动作很快，仿佛那双神灵的眼睛无处不在，从拐杖上移到了手上。渔网上除了鱼，还有各种各样的废弃物。波将鱼扔进桶里，将垃圾放进塑料袋中。波解释道，这些没用的东西不能再丢进水里，不然下次还是自己吃亏。捞上来的垃圾越多，兜住的鱼就越少。何况，有些碎玻璃十分锋利，它们潜伏在暗处，安静等候，像一个隐形的敌人。波全无知晓，他对丰收太过急切，双手莽莽撞撞递上去，危险避无可避。他的手指被划伤无数次，鲜血一次一次涌出，落进鱼桶里。这份普通平常的工作，总给他带来伤害。我们的咂舌显得有点奇怪，波不以为意。他说，这不算什么。让波害怕的是水中的蛇，这群先知总有失足的时候。偶尔也会掉进人类的陷阱，成为渔网中的俘虏。有好几次，波的双手摸到一条柔软细长的东西，起先，他以为是黄鳝。冰冷的气息，滑腻的皮肤，没等反应过来，手就被啄上了几口。他一共被蛇咬伤过两次，不过它们没有毒。波说起来，一脸庆幸。那万一要是毒蛇呢，中毒了怎么办？在波这里，一些问题好像是不能预想后果的。波笑笑，他再度变得沉默起来。

往回走时，我们忍不住一起朝波喊叫，请求他高歌一曲。通过波父稍微夸张的描述和邻居们的同声附和，我们知道，波善于唱歌。镜头下，波的身子微晃，他极力镇定，努力维持着情绪上的平稳。这些平日里熟练的动作，一旦有了观众，就无可避免有了表演的意味。波父的声音也比平日里高亢了不少。对此，不善作伪又不得不作伪的波一直带着尴尬羞怯的神色。波几次张了张口，还是唱不出来。波父急得捶胸顿足，我们的鼓励和掌声亦不管用。波又从口袋里拿出了那种笑，用它来掩盖很多东西。

摄影老师夸波，真是个美男子。这时刻，风物静止一般，时光实在美好。波的歌最终没有吐出喉腔，发出声来。他一直沉默地站着、看着、笑着。波的苦难使他的身体具有某种倾向，他喜欢停留在黑暗中，好像黑暗能给他带来光明。但这次，波穿过黑暗之门，把自己暴露在所有有光的地方。晨曦中，两旁青山倒映。水面如镜，偶尔顿起波纹。船在镜面上滑行，波笔直地站立在光影中，同天地浑然一色，变成了山水的一部分。他从不拥有光明，却也因此获得了无限光明。我侧过头去，波的表情让我看了难过。正如我们爱那些蒙受苦难的人，但并不爱他们的苦难。

虚幻的火焰

对面的山上,他曾看到蓝色的火焰,从黄昏烧到黎明。十万大山在他眼前缓缓倾覆,一半承接光明,一半陷入黑暗。月色笼罩着他,像白衣裹着鬼魂。长夜空寂,岚烟四起。他茫然环顾,这个地方已经不配他好好活下去了。

那天早上,一群羊被赶进大宗山。太阳底下,他挥舞着鞭子,疯狂地驱逐那些在后面磨蹭的家伙。回到家时,他仍然怒气冲冲,咒骂不休。好像那些畜生给他很多气受,一时半刻无处发泄。他的暴躁使彭田氏也受到羞辱。彼时,她困在浓密的牛王刺中,一筹莫展,像一个迷路的孩童。听到儿子的叫骂声,她大吃一惊,扔掉用来探路的扫把,双手在荆棘中乱摸乱碰。她痛得不止一次缩回手,但是不吭一声。几年前,彭田氏逐渐失明,活动范围从大宗山缩减到房子周围不足五十米的地方。彭田氏要求使用拐杖,要求每天早上或者傍晚时能去看看菜地,她还想拾捡一些柴禾回家。这些,做儿子的都没应允。类似的要求虽然不难满足,只是他不愿去花那些心思。九十多岁的人,就应该平平安安待在家里，去外面反而会成为旁人的负担。彭田氏偏偏固执，她每天出门十七八回，尽管有时候只走到坪院就不知所措。

扫把是清洁山路用的，底端光秃无毛，手柄处也破败变形，早就被弃置不用。彭田氏废物利用，她视物模糊后从儿子的态度中意识到不安，便从屋前高坎边捡回扫把，将其捉在手中当作工具和倚仗。彭田氏用扫把看路，每走一步，扫把就从左到右扫出一个弧形。彭田氏认为这是一个安全的区域，她相信自己探出来的路径要胜过世间任何坦途。其实没什么用，这山上并不太平，出门就没有通畅的大路，不是高崖就是地陷。尽管彭田氏在这里生活了一辈子，熟悉每一个细微的角落。可看不见后，这个地方就把光收走了，变成一个陌生黑暗的世界。把太平收走了，所有的弧形都是伪装，其实危机四伏，险象迭生。每天，做儿子的人都不得不把母亲从各种各样的困境中带回家。他认为，自己在尽一个人子的责任，对此毫无怨言。就是这次，他突然十分生气，来不及细想理由，心里的怒火就已燃烧起来。

整个大宗山前端，只住彭氏一族，两户人家。更多的人群聚居在大宗山脚下，或者翻越几十里山路，安身于大宗山背面。一片斜坡，垂直距离可能有十几米高度，兄弟家住斜坡之下，他家居斜坡之上。彭田氏原本跟着小的那个，后来小儿子举家外出谋生，数年不归。彭田氏虽住斜坡之下，实则跟着斜坡之上的儿子在过日子。牛王刺盘踞房子西北角，枝干遒劲，利刺狰狞，是极为繁茂的一蓬。虽距家不远，但已偏离惯常走的山路。若非碰见古怪，没有哪个正常人会钻到这荆棘丛里来，让恶刺遍扎其身。那是彭田氏从埋下丈夫的地方挖回来的，是母子三人迁徙到此地时，做的第一件事。彭田氏将牛王刺栽种在悬崖边上，与亡者遥相呼应。也许她想让它代替丈夫活下去，或者代替丈夫来看顾庇佑子孙。牛王刺绊住过很多人，明明祸害无穷，却没人想到去铲除它，任它从他父亲丢失名字后一直活到现在。山上多的是好看有用的花草果木，他们却偏偏容忍一株伤人的荆棘张扬此地。犹如堂前恶狗榻边猛虎，虽凶险却安心。意为刺神定宅，能避蛇鼠猴狐、邪物瘟神。他曾在这个地方上过当，他的儿子幼时贪玩，也在此处划破过脸。鸡牛羊，甚至是狗，都曾多次困于荆棘丛中。几十年来，牛王刺郁勃昌盛，无数萤虫在此间簌簌低语，最终使彭田氏也误入其中。

　　山中农事繁多，他总是忙得脱不开身，很少有机会出门。除非外面亲朋红白喜事邀约。那天，他喝得醉醺醺归家，走到山脚下时天已全黑。酒意上头，他迷迷糊糊朝前走着，凭着本能，他坚信自己走在一条正确的道路上。没想到，还是出古怪了。他突然看到前面出现三条相似的路。分左中右并列着朝上延伸。凝神看时，前面明明只有一条路；抬脚时，前面就是三条路。这样反反复复几次，实在难以分辨。他害怕起来，明白前面有道路鬼挡路。果然，他再也想不起来自己姓甚名谁，再也想不起来自己为何在此，要去何处。他完全忘记回家的路，名字也记不起来。这三条路只有一条路真实存在，如果走错，也许就走到地坑或者悬崖边上。稍有不慎，就会在此送命。道路鬼靠弄些小伎俩窃人名字，这在大宗山也不是什么秘密。被逼无奈，他只好躺在原地，再也不敢踏出去半步。一直到天明，露水滴落到额头，他才清醒过来。看清自己身处荆棘丛中，越挣扎，那些长满獠牙的荆条就越是聚拢。如他母亲今日一般，双手数处划伤，一只鞋子掉落，新衣服袖口也破出好大一道口子。如果晚上他执意要走其中一条道，也许现在已葬身乱石堆里。

这种事也不是第一次遭遇，他只要外出，就一定喝得酩酊大醉，也不止一次遇到山鬼。年轻时外出归家，至半途中昏睡到天亮，他的名字就是在梦中丢失的。梦中神志不清，一句呓语也可能把重要信息泄露出去。名字遗落在外，不晓得被何处的孤魂捡走，就先他一步跑到居所来诱骗家里人。

他的名字作为一种神秘的媒介，在某一个黄昏，自房屋东角骤然响起。月亮特别大，照得整个山梁雪白一片。女儿趴在椅子上借着月色写作业，儿子在舀水洗脚。妻子杜秋妹在屋后煮猪食，火光闪烁，空豆荚在灶膛里噼啪爆燃。母亲彭田氏早就在斜坡之下关门闭户，四周一片寂静。叫唤者就在此刻出现，"彭羊客、彭羊客"。一个苍老的妇人声音，突兀地落在房屋东边空荡荡的地方。像杜秋妹手中失去水分的苞谷秆，发出类似折断时的摩擦声。也像一个人在咀嚼木头，干燥焦枯。

杜秋妹吃了一惊，本能地抬头四处观望。她什么也没看见，月亮底下，没有一丝阴影，甚至连一只蚂蚁也无法藏匿。又喊两声，杜秋妹张了张嘴，没有出声应允，她一直在寻找声音的来源。喊声犹如长翅膀的飞鸟，接着在房屋西边响起来。"彭羊客、彭羊客"，杜秋妹听到某个影子来回走动，拐杖用力地拄着地，声音忽远忽近。有时在岩石上，有时在土坎上，有时却在山梁上。好像某个人在飘来飘去，那些地方都不是正常的道路，普通人不会在夜晚到达。叫唤者一直在转变身份，起初是老妪，后来是中年男人、少女，接着是一个男童。一时苍老，一时低沉，一时柔媚，一时甜脆。猛然，各种不同的叫喊声从四面八方一同响起，在房子周围此起彼伏。杜秋妹骤然醒悟，冷汗津津直下。她扔掉苞谷秆，踉跄跑进前屋。两个孩子也听出古怪，儿子说，妈妈，有很多人在叫爸爸。杜秋妹一把将两个孩子拉进屋，紧紧关闭门窗，示意他们不准出声。叫唤者围着房屋四周叫喊好一阵，见无人应答，声音倏忽寂灭。直到这时，杜秋妹才慢慢骂出一句"不要脸"来。整个夜晚，杜秋妹守着熟睡的孩子，自己却连眼皮都没合上。她不敢睡，害怕在梦中会下意识答应叫喊者，但那个声音再也没有出现过。

杜秋妹虽然年轻，却知道大宗山里有太多古怪之物和古怪之事。尤其要警惕陌生人的叫喊，不答应才能避免灾厄降临。那种专门在夜晚拾捡名字的鬼神，总是想尽一切办法诱使人答应，窃取别人的身份，直到对那个名字厌倦后才会归还主人。否则，她那个在夜晚迷路的丈夫，有可能就再也想不起来名字，再也找不到回家的路。

杜秋妹去喂鸡，几十只半大的鸡崽从斜坡上一个废弃的烤烟房里放出来，整个山坡顿时挤满嘈杂声。玉米粒对鸡崽来说，实在太大。它们往往吃得打嗝，细长的脖子朝上一抻一抻的。可惜这群鸡还不到下蛋的时候，上一批母鸡，年终时在集市上卖了个好价钱。本来还留着一只擅长下蛋的母鸡，却被彭羊客失手打死。

杜秋妹跟丈夫生活几十年，如今儿女都养大了。当母亲的变得越来越温顺和善，做父亲的却越来越乖张怪僻。动不动就发火，记性差得好像被山鬼吃了。他从城里回来不久，就在冰雪天里把腿摔断了。儿子回来看他，还带着年轻漂亮的女孩子。那天，他兴致很高，不顾天寒地冻的天气，舀了一大碗饭非要蹲在门槛上吃。母鸡见状马上跑过来，原想在主人吐出的残渣里捡点可吃的东西。这都是惯常的行为，而且它爱下蛋，主人家素来对它要纵容一些。没想到，好端端地，他突然发起脾气来，顺手抄起旁边的板凳就砸在它身上。母鸡挣扎两下，就瘫痪在地。事后，他辩解说，他没有认出它来，还以为是哪里来的野鸡。而且，他只是拿凳子来吓唬它、驱赶它，没想到一下就把它打死了。一只鸡死了也没什么，他们马上就烧火拔毛，煮一大锅鲜美的鸡汤，每个人都吃得大汗淋漓。吃完后，儿子马上教他怎么使用那副特意买回来的拐杖。那时候，儿子打算待到天气缓和一些,父亲的伤腿好转一点再出门,女友小辞也没有要走的迹象。可谁也没有料到,小辞会在第二天早上突然离开,儿子勉强在家里住了几天,也提前追出门去。这就是杜秋妹觉得遗憾的地方,按照惯例,她本来要拿着鸡蛋去山脚下给即将远行的人看看兆头。家中没鸡蛋,她不得不打消这个念头。

大宗山的居住者,人只是其中一员。时间一久,人与他者之间就会模糊界限。那栋朴实的木房子虽然是一道简陋的屏障,偶尔也难免有神秘不明的东西冒失闯入,带来污秽和厄运。据说淘米水能辟邪除瘟神,为了洁净,杜秋妹总是在淘米后将水随手洒在房子的四个角落,还有一些家什物体上。山脚下,还住着一位用鸡蛋预测吉凶的人。若是合格的母亲,孩子外出时,总难免忧愁和担心。她们将偷偷积攒下的鸡蛋悉数拿走,送给占卜者。一番简单的仪式后,占卜者会当着母亲的面将鸡蛋打入一个巨大的容器里。蛋液或清澈或浑浊的形状会预示一些吉凶祸福。如果预兆不好,母亲就会苦苦哀求,直到把带来的鸡蛋全部敲碎。占卜者再三向母亲做出保证,已暗中替远行之人消灾祈福。若还是难以心安,母亲回家后就会以各种各样的理由强行留住即将出门的孩子,哪怕他们假日殆尽,归期在即。灾难无法对抗母爱的偏执,一个母亲会想尽世间一切办法来确保儿女平安健康。儿子提前离开,杜秋妹没有鸡蛋,失去为儿子祈福避凶的机会,也就丢失了儿子的名字。

羊群被赶进大宗山后,一直安静地啃着枯草。从这座山到那座山，永不知疲倦。那是在他摔断腿之前，他把羊赶进山里后，在傍晚时却常常忘记把羊赶回来。有好几次，他甚至不认识那群日常相伴的羊，拿着皮鞭将它们朝外驱赶。他自己也常常忘记回家，或者找不到回家的路。在县城租房做小生意的女儿打来电话时，杜秋妹就偷偷跟女儿抱怨，说她父亲的名字大概被某个孤魂长期霸占不还了。女儿一听，急了，爸爸的名字没有丢，是生病，很可能是阿尔茨海默病。杜秋妹不懂什么阿尔茨海默病，女儿说是老年痴呆症，要赶紧到县医院来做检查。

　　杜秋妹走不动脚，家里还得留人照看彭田氏。彭羊客是被山外的公交车司机带进城的。整个过程他迷迷糊糊，并不知道自己进城去做什么，可是当他躺在病床上，医生要给他检查时，他大喊大叫起来，认为别人羞辱他，他明明无恙，却被当作病人对待。这是一场保卫尊严的战争，他带着山里人的固执，对抗着光怪陆离的医学仪器。医生们好脾气地看着他，像看一个蛮不讲理哭闹不休的孩童，根本没有人关心他口中的鬼怪狐妖。连他那个一向孝顺的女儿，也在勉强忍受他的胡言乱语。女儿将他按在床上，说出很多威胁伤心的话来。他安静一会儿，可是等女儿一走，他就直接拔掉输液针头，从医院里狂奔出去，像一个矫健的年轻人。女儿才走到半道上就接到医院的电话，她跑回家后，看见他可怜巴巴地坐在门口，脸上被一种巨大的恐慌占据着。他必须立刻回到大宗山，他快要记不住自己的名字了。女儿红着眼眶,也不忍心责怪他。她走进厨房,想马上做出一大桌城里人吃的东西出来,好好招待父亲。等她把饭菜端上桌子的时候,她的父亲早已不见了。彭羊客年老体弱,稀里糊涂,不吃不喝折腾整整一天,而且他根本不认识城市的路。现在,彭羊客在这个城市消失,像一滴水没入大海之中。女儿急得大哭,她叫回在外送快递的丈夫,连同放学回家的儿子,发动所有的熟人,报警、调监控。凌晨左右,一个吃夜宵回家的人在自家楼道口发现彭羊客。他蜷缩在那里,浑身颤抖,几近昏迷。经此一吓,女儿用最快的速度将他送回大宗山。

　　回到家里,彭羊客时好时坏,一会儿清醒,一会儿又糊涂。清醒的时候,他抚摸着胸口,知道将羊群赶进大宗山吃草,太阳落山时再赶回来。糊涂的时候,他总是低头寻找,想把名字找出来。他坐在那丛牛王刺下,咒骂他能看到的任何事物,包括那些过路者。过路的不仅仅是人,还有眼前飞过的山麻雀,有抬着一头巨兽的蚂蚁军团,有牛,有羊,有鸡,以及那只毛发簇乱、肮脏又丑陋的狗。这只狗跟他形影不离,长得瘦不拉几。它总是呜咽出声,不习惯大喊大叫,情愿跟在主人身后,垂头丧气,长时间里承受着主人的万钧怒焰和说不清缘由的诅咒辱骂。他还总是跟他的羊过不去,每天无数遍咒骂它们,用他能想到的所有恶毒的话语。有时候,彭羊客也把杜秋妹当作羊。他躲在牛王刺里,只要他的妻子从山路上背着一大捆秸秆回来,就从荆棘丛下跳出来,挥舞着鞭子,要将她赶回羊圈。杜秋妹沉默不语,她接过丈夫的羞辱,顺从地在羊圈里待一会儿,忍受着刺鼻的羊膻味,再趁他不注意时偷偷回到家里烧水做饭。

腿摔断后,儿子回来看他,彭羊客的健忘症一下就好了。那天下午,他坐在火坑边给小辞讲大宗山的传说,讲彭氏一族作为外姓人,如何在老母亲彭田氏的带领下,迁徙到大宗山来的。他们迁徙来后才发现,这座山里鬼神比人多。有山神菩萨,有洞神,有树精,有瘟神,有白虎,有道路鬼,有芭茅怪,有专门盗窃人名字的山鬼孤魂,有草人,有蚁神。小辞听得如痴如醉,一时迷惑一时恍然大悟,一时惊奇一时害怕,种种夸张的表情在那张好看细嫩的脸上交错出现。小辞对这个足不出山,脑子里却装着一部大宗山百科全书的老人甚至到了崇拜的地步。彭羊客的讲述颠覆了她年轻生命里城市生活的整个认知,全是新鲜刺激的体验。

在大宗山浸润下,彭羊客的心无限宽广,甚至只略小于整个天地和鬼神。小辞在的那个下午,是彭羊客最快乐最满足的时光,也是他最后的幸福。这种愉悦至极的瞬间和永恒,以前他跟父亲还有儿子相处时,其实有过很多次。

那是跟儿子捕蝉的无数个下午,亦是跟父亲捕蝉的那个下午。那是个暑气渐消,无所事事的下午。父亲身形高大,总是一把抄起彭羊客,让他骑在肩膀上。秋高气爽,父与子的画面总是温馨而短暂。彭羊客拿着一个自制的网,细长竹竿上绾着一个大圆圈,圆圈里绷着一层厚厚的蛛丝，黏性十足，甚至能粘住飞鸟。那个下午，父亲扛着他，朝森林里走去。林子越密的地方，蝉声叫得越密。后来，他们就遇到那个本族叔父。两个成年男人之间的对话一开始就充满火药味，他们提到过土地、边界、林木等词。这些话语牵扯恩怨、宿仇，是性命攸关的事情，复杂难明，却全都跟稚子无关。彭羊客听不懂他们在谈论什么，被父亲放下地后，他就被一群赶路的蚂蚁吸引住了。一只受伤的蝉垂落下地，在蚂蚁面前，它是庞然大物。但面对一群蚂蚁，蝉束手无策，逐渐陷入绝境。没过多久，一只匆匆逃走的蚂蚁就把信息带回穴窝，蚂蚁兵团倾巢出动。小家伙们高兴至极，蜂拥攀咬在蝉的肉身上，使它痛苦万状，却又丝毫动弹不得。蚁兽抬着这头巨物飞奔，像打家劫舍的强盗，充满丰收的喜悦。这期间，两个男人也许在争执、在怒骂、在推搡。彭羊客不是很确定，就算在旁观，他也不记得了。后来，他用一根棍子划拨着蝉的躯体，这时候，它已经伤痕累累并且死去多时了。而蝉的敌人早就逃匿了，这是他做的最后悔的一件事。他只听到父亲猛然对他大喊，叫他跑，一直顺着来的路往回跑，在天黑时一定要跑回家。他抬起头，见那个叔父，拿着一把柴刀，朝他扑过来。他还来不及反应，父亲就挡在他面前，近在咫尺的是叔父那张狰狞的脸。他听从父亲的命令，掉过头来就跑。

当彭羊客跑回家时，他可怜的母亲彭田氏正在切红薯煮猪食。他不记得自己跟母亲说了什么，彭田氏听完后，脸色大变。她扔下菜刀，还在门槛上趔趄了一下。等彭田氏带着一大群人赶到那处密林时，他的父亲倒在一棵大枞树下，已气绝身亡。他的身上并没有明显的伤口，他是从高处跌落的，多处骨折。这时候，他才哭喊出来，他想到那只受伤的蝉，心里感到被一群蚂蚁啃噬的痛苦。他们将父亲抬回家，却没法留住他的灵魂。第二天早上，那个受他指控的叔父从山外大醉而归，没有任何证据表明他杀死了他的父亲。他的叙述颠三倒四混乱不堪，到最后，他回忆那个场景时，忘记了那个叔父拿在手里的柴刀，甚至不能确定他是否就在现场。当然没有人相信一个几岁的孩子，除了他的母亲。叔父辩解道，他的父亲一定是爬在高树上给他捕蝉时不幸跌落而亡。这个还来不及将不幸装进口袋里隐藏起来的女人，当即决定搬离村子。她不想在杀死丈夫的地方继续生活。

后来，彭羊客带着儿子捕过无数次蝉，还抓过蜻蜓，捉过蛇，用弹弓射过飞鸟。所有他父亲带他玩过的男孩子的游戏，他都带着儿子一一尝试过。这些平凡的游戏让他从未有机会涉足险境，从未有过跟父亲类似的遭遇。也许，内心深处，他有着隐隐的渴望，甚至希望至少碰到一次父亲那样的情况，只身挡在儿子前面，在最后时刻，叮嘱儿子不要回头，不要停留，一直跑，拼命跑，在天黑时回到家里。彭羊客没有遇到那样的机会，他永远也不会知道父亲为了他，最后究竟是怎么把名字弄丢的。

儿子长到他那个年纪时，也遭遇过危险。四五月份雨水增多，正是山菌鲜嫩肥美时。彭羊客和杜秋妹忙于农活，整日在山里耕种，天黑时才回家。儿子饥饿难忍，从屋后的山里扒拉出一大堆颜色各异的菌子，煮了一大锅。一口气喝下两碗菌汤后，儿子开始手舞足蹈。他说对面山上有一个身穿白衣的神仙在飞来飞去，一直在教他舞剑。他说祖母的头上，有两个美丽的小人儿，一边说笑一边扎花。二叔的屋顶上，一队白马在奔跑，蹄子所到之处，瓦片纷纷碎裂，粉末飞扬。而他就是那个赶马的人，驾、驾、驾！杜秋妹见状，嘴里喊着山神菩萨，扔掉锄头，就进灶房。她端出一盆淘米水来，迎头浇在儿子身上。瘟神快走，莫害我儿子。她急切气愤地喊道。儿子全身湿透，愣了一下，也不舞剑也不赶马了，坐在地上，捂着腹部干呕起来。他也认为儿子中邪了，他六神无主，全身酸软，十分艰难地挪到牛王刺下，朝着对面山上跪下去。他在心里喊，爹，那是你孙子，不是你儿子，你不能拿走他的名字。他心里明白，那个半空中舞剑的人一定是父亲。还是彭田氏沉得住气，她进屋掀开锅盖，发现残余的菌汤。彭田氏大声叫起来，他中毒了，要灌粪便。也许是这句话吓着他儿子了，他拼命吐起来，呕出来几大摊各种颜色的液体。儿子好起来后，他总认为是自己的祈求守住了儿子的名字，是自己将儿子从山鬼手里抢夺回来的。在那以后，彭羊客常常想，要是当初，他就有与山鬼对抗的能力，那么他也能将父亲从山鬼手中抢夺回来。而那时，那种对抗的能力是父亲的，父亲用掉自己的生命，才将他从山鬼手中抢夺回来。父亲死后，才把这种能力传承给他。

在他的讲述里，儿子跟小辞第一次详细地了解祖母。彭田氏嫁到大宗山背后的彭氏大族里没几年，长子六岁，次子四岁。她的丈夫跟族人发生争执，死得不明不白。年轻的妇人痛哭之后，不愿在丈夫丢失名字的地方生活下去。她背着丈夫的尸身，带着年幼的儿子，咬紧牙根，不顾亲族六眷劝阻，历经万千辛苦，翻爬大宗山，定居在这高山上。她把丈夫葬在对面的高岗上，那里是无数亡人的集聚地。彭田氏发誓要在亡者的注视下过日子。在这之后，她果然凭着一己之力，将两个儿子拉扯成人。现在，她把自己关在屋里，再也不理会早逝之人的目光，任凭他的骨头一直燃烧，发出虚幻的火焰。

那天晚上，寒冷来得汹涌而激烈。高山上的气温更是酷寒难耐。小辞来自光鲜明亮有暖气的地方，尽管她已做好万全准备，这种鬼地方的鬼天气还是毫无来由地伤害了她。整整一天，她裹着厚厚的羽绒服，穿着长及膝盖的靴子，蜷缩在火坑边，双手朝前，恨不得把火都拢到自己的身上来。她沉浸在大宗山的神鬼往事中，甚至不肯轻易朝火焰外挪动一步。她害怕的是晚上，万山随着黑暗一起高升一起下沉，她仿若置身在起伏不定的孤舟上，周围是闪着獠牙的黑色粼光。雪粒子一直在潺潺铺地，还有那只狗的呜咽声，胜过世上任何失子母亲的哭泣，绝望、孤独、凄切，持续不断。小辞不忍卒听，她觉得既可怜也瘆人。面对小辞的疑问，男友说狗是被冻哭的。它毛发稀疏，自从他父亲彭羊客摔断腿后，狗就被铁链子锁在屋前一个光秃秃的地方。零下十多摄氏度的气温，裸露在外的任何事物都被寒冷噤声。他们没有为狗准备一个小窝，哪怕四面漏风，地上仅仅只铺几根稻草御寒。她说，为什么不把狗拴进那个废弃的烤烟房里啊。他们对她的建议表示赞同、认可，但是没有一个人去付诸行动。沉默下来，男友才说，那条狗有多么不讨人喜欢，他列数它的种种罪状。比如外人来时，它从不叫唤示警，它咬死好几个鸡崽，还在菜地里打滚，糟蹋一些麦苗。尤其是父亲摔断腿也跟它有某种关系，它不该在彭羊客咒骂时不离开，却在他挥舞鞭子要揍它时惊慌逃窜。彭羊客也可以说是被它绊倒才摔断腿的。他们不是有意要惩罚狗，也不是特别恨它。他们就是那样做了，从来没想过为什么。那是因为狗的叫声已习以为常，司空见惯，不管是欢呼还是悲泣都难以在他们心中引起涟漪。他们不知道，狗同他们一样可怜，一样无人关注。

入睡前，小辞终于坚持不住要去上厕所。厕所在猪圈的一头，无所遮挡，低矮、潮湿、满坑粪便、臭气熏天。在小辞看来，不可描述，一言难尽。白天的时候，她尝试过数次，仍然难以蹲下自便。现在，在男友的建议下，小辞打开手机灯光，走过一段崎岖难行、乱石堆叠的小路，来到斜坡之下彭田氏的厕所。那里没喂猪，彭田氏的厕所便设在猪圈里，污秽要少很多。小辞还没见到祖母，他们在回来的路上，接到电话，说彭田氏感冒，无法去山外就诊，要他们顺便带点药品回家。到家后，祖母未曾出迎，好似在卧床。他们就站在门边，隔着一扇虚掩的门，相互问候几句。彭田氏就问小辞今天是星期几。这个时间单位在有学生的家里才会被频繁使用，在他们家，这个词是新鲜而陌生的，只在很久以前彭田氏的孙儿女还在上学时出现过。现在彭田氏跟这个来自遥远城市里的现代姑娘没有共同的话语，她听说她，然后凭空想象外面的世界，便尽力找出这个符合她身份的话题来。这是彭田氏朴实的善意，小辞在那一问一答中模糊感受到了。此刻，她蹲在彭田氏的厕所里，怀着对这个老人的敬重，心里多少有点温暖。可是就在她起身抬头的瞬间，门口不远处一个庞然大物映入眼帘。那是一口遍身漆黑的棺木，在微弱的手机光线下，静若鬼神，发出凛然阴森之气。她悚然一惊，吓出满头冷汗，手臂上起来一片密密麻麻的鸡皮疙瘩。尖叫声强忍着没出口，委屈的眼泪先顺着脸颊滚滚而落。那是彭田氏最终置身的地方，在山里，这就是平常之物。每个步入老年的人，第一件要紧事就是为自己早早打算，准备好身后之事。棺木办好后，对生死愈加看重起来，每一天都是从山鬼手中抢夺来的。越是赚来的日子，越要好好活。

　　小辞也觉得，自己太过矫情，不能对这山里的一切说三道四。她浑身打着战，怀着惧意，默不作声地上床睡觉。在一架古老的木床上，她辗转反侧，彻夜难眠。

木床硬如磐石，被子薄而粗糙。山里的野风从四面八方漫灌进来，也从地下钻进来，那里因地板腐烂而有一个洞口。白天的时候，她差点左脚踩跌落进去。床上各种不明的气味集中于鼻端，这使她不敢把头缩进被子里。整张脸裸露在风中，冰凉一片，她一次次伸出手去揉搓它，试图焐热它，让它变得温暖一点，然而无济于事。额头冻得炸裂，砰砰作痛。她听到房子另一头，杜秋妹在跟丈夫商量，还是要去斜坡之下看看。两个风烛残年的老人，要在这样的天气里，深夜去看另一个年近百岁的病人。

彭田氏自从病后，就独自睡在木屋里，没有人嘘寒问暖，榻前端茶倒水地伺候。她已经好几天没有打开过房门，在这三个老人居住的高山上，只有另外两个年轻些的老人时不时在她门前，确认一下她是否还活着。不知道她吃过孙子带回来的感冒药后，能不能挨过今夜的寒冷。她也许会死在无人知道的时辰里，因为她已到了随时会死去的年龄。小辞听到拐杖在木地板上叩响的声音，那是男友和她一起买回来的。否则，摔断腿之后，做儿子的彭羊客总是跟彭田氏争夺那支破扫把。这副新拐杖他还用得不是很熟练，声音急促零乱，时轻时重。小辞听到杜秋妹提醒丈夫小心点，而她自己正在到处翻找那支常用的电筒。终于在电视机后面找到了，他们一前一后出了门。小辞想起那条路来，那条路即使在大白天，也充满各种各样的陷阱，一个普通的成年人需要花十倍的力气才能顺利走好那条路。她不由得替他们担起心来。雪粒子仍旧在下，透过破旧的窗户，她看见手电光朝天空直指上去，然后一闪而过，忽又归于黑暗。在这短暂的光明之中，窗外钩织着数不清的白色线条，又细又密。雪粒子下得更大了。那条路滑腻不堪，不知道他们能否安全走过。她的担心是多余的，经过一段小心翼翼的脚步声后，她听到他们终于走到祖母门前了。做儿子的在问候，彭田氏不知道回应没有，总之，屋内传出咳嗽声。在确认她能活过今晚后，他们又摸摸索索回到斜坡之上。这黑暗中，这半夜时分，这种天气下，即便不是祖母，也肯定有生命在独自凋零。小辞想起那具棺木，眼泪不断涌出，怎么也揩拭不尽。他们回来睡下后，她仍然没有睡，整个脸庞被泪水浸透，像在冰雪中泡过。门外那条狗已气力衰竭，仍在断断续续地呜咽着，寒冷让它没有停歇下来的迹象。于是，她也呜咽起来，不是因为寒冷，而是因为这条狗，因为这家人，为祖母彭田氏、为父亲彭羊客、为母亲杜秋妹、为男友彭渤。她深觉这种命运太过被忽略、太过悲怆，令人不敢侧目。而她，终究是匆匆过客，她不忍心停留不去。

第二日一大早，小辞没有跟任何人告别，只看一眼那条冻得奄奄一息的老狗，一言不发地离开了。

在得知儿子要携女友回家的消息时，彭羊客就打过那只母鸡的主意。但杜秋妹不肯低头，她宁愿杀羊也不愿意为难那母鸡。杜秋妹心里是有打算的，那些鸡蛋大有用处。一个人如果虔诚的话，是绝不会拿别人家的鸡蛋去预测吉凶的，她必定早早就自备充足。儿子仅仅只在家待一个星期,小辞在早上独自离开之后,他也追出山去。这让杜秋妹措手不及。不要说她已经没有现成的鸡蛋,就算她有满箩筐的鸡蛋,她也来不及去山脚下为远行的人占卜祈福。但是为了好过,她还是把这一切归咎于丈夫。她从没明确怪罪,可丈夫已从她无数次秘而不宣的神色中窥探出她内心深处的想法,很显然,杜秋妹不肯原谅他。

彭羊客是故意打死那只母鸡的,因为小辞在大宗山的第一次用餐只吃过几粒米饭和几筷子青菜。她有点水土不服,面对着满坪院的鸡屎、羊屎,她一筹莫展,觉得无处下脚。这也许是影响食量的原因。他以为家中的饭菜不合小辞的胃口,下定决心要拿母鸡开刀。小辞虽然对喝到嘴的鸡汤发出赞美声,却只喝得下去小小半碗。对于全家人的盛情,男友说她的饭量一直不大。

彭田氏已平安度过那些寒冷艰难的夜晚,在太阳出来的时候,房子周围的冻土全都化开了。她虽然看不见,身上沉睡的器官却已被春气重新唤醒。这是开春以后,彭田氏第一次打开房门。走夜路的人难免遭遇道路鬼,彭田氏则是得罪了芭茅怪。芭茅喜欢聚集在山路两旁,疯狂扩张。芭茅怪寄生在芭茅上,喜闻人类足迹的气味,尤其是老人走在山道上,类似衰老腐朽的气味也便随风散发。这种气味足以让一蔸芭茅变得亢奋起来。它们伸展锋利修长的叶片,拼命扑向道路中间,扑向裸露在外的脚背。这时候,千万要谨慎行走,不能逗弄招惹它们。只要踩伤它们,它们便就缠绕上来,直到一个人迷失心智,再也找不到回家的路。彭田氏看不见且喜欢外出后,这家人不得不正眼看待芭茅怪。每年,彭羊客或者杜秋妹,总要花一点时间去清理山路两旁的芭茅,他们把附近的路削得干干净净,直到看不见一点芭茅怪的影子,才敢将她独自扔在家里。即使这样,彭田氏依旧经常迷路。任由芭茅怪把她送进比黑暗更黑的深渊里去。其实,这种防备根本不起作用,她的眼睛里很明显是被更大更厚的芭茅怪覆盖住了,自从失明以后,她没有一次走到正确的道路上去,她逐渐记不住自己的名字了。

彭田氏认为那是她一生中受过的最大的苦难,她被儿子彭羊客驱赶回家后,关闭房门反复咀嚼,还是确定自己无法消化。从那以后,她就不再出门。其实彭田氏有点夸大其词,在长达近一个世纪的漫长岁月里,她经历过无数黑暗惨淡的时刻,无数比这顿呵斥要大得多的屈辱。动乱、匪患、饥荒、迁徙、逃难、早寡,她都一一挺过来了。彭田氏并不知道她钟爱的孙儿丢失了名字,假如她知道,白发人送黑发人的苦难一定会盖过她之前对苦难的定义。

儿子走后,借助他买回来的新拐杖,彭羊客竟然奇迹般地能放羊了。他双腿萎缩而孱弱,好在他的上身更加干瘦、无足轻重。当他第一次站起来时,膝盖剧烈颤抖,踉跄好几次才稳住。他最终成功地出现在山路上,摇摇晃晃地将他的羊赶进大宗山。天气逐渐变好,他的阿尔茨海默病好像也变好了。生活一度回归到正常的轨道，他还是那个每天早上出去放羊的人。就是不知道为什么，这天早上，他心神不宁，突然烦躁起来。骂狗、骂鸡、骂羊，一早上咒骂个不停。

彭羊客吼完那些羊后，仍莫名心焦，在回来的时候，他做出更加恶劣的事情来，对待母亲一反平时的温和。他似乎把母亲当作了小时候不听话的女儿，大声用力地呵斥她。有一只山麻雀停在不远处，眼睛看向这边，留心听着他们的动静。彭羊客便觉得在生灵面前丢了脸，发了更大的脾气。儿子的行为让彭田氏的脸上出现歉意和惶恐，她赶紧掉头，结果还是走岔，没有找到出口。彭羊客愈加生气，但不得不去牵她的扫把。我不能这么麻烦儿子，我以后绝不活这么久。他心里这样想着，用蛮横粗暴的态度将母亲赶进斜坡之下独居的屋子，看着她关闭房门他才罢休。

就是在那时，送信的人来了。他们有一部老人用的手机，只是做农活时嫌碍事，几乎没带在身上。也就错过了接听电话的时机。也可能，这个消息重要到不太合适在电话里传达，因此由他曾经的好友亲自送上山来。这是一件苦差事，没有人愿意平白无故想要看到别人的伤口，何况他们早已决裂多年，早就不是朋友。

一个消息经过漫长的发酵，才算勉强长出翅膀。等彭羊客见到送信的人时，已经是出事两天后。内心深处，他不承认这是个命中注定的悲剧，他怨恨送来信的人，他认为是他带来的厄运。彭羊客愤怒至极，拒绝听到这件事的详情。他觉得，只要不去理会这件事，他的儿子就一定还在某个角落好好地使用着"彭渤"这个名字。他要求对方离开，那个人显然无法做到。谁都不可能从一个悲伤失常的人面前漠然走开，何况他还是彭羊客曾经的好友。曾经的好友十分局促地站在那儿，因为彭羊客并没有邀请他走近一点或者进屋歇息一下。曾经的好友站在那儿，搓着双手，尝试着几次出口安慰彭羊客。可是失败了，他慌慌张张，结结巴巴，词不达意，开口就问他想不想喝酒。因为他不光带来坏消息，还带来了一瓶好酒。曾经的好友想告诉彭羊客，这是他用遇人断帮了某个人的大忙后，对方通过特殊渠道搞来的内参酒，外面买不到，一般人更是喝不起。曾经的好友不合时宜的炫耀，使彭羊客暴跳如雷，俯身就捡石头朝对方扔过去。儿子的死反倒不重要，让这个曾经的好友看到他的狼狈和伤痛才是伤口撒盐、雪上加霜。

　　青年时期，因为一件事，他们不欢而散。亲密无比的两人之间暗暗竖立起一道藩篱。自那以后，各自都已明白隔阂一旦产生，便再难以消除。两人都在尽量克制，尽量避免见面尴尬。彭羊客现在肆无忌惮地发火，心底的脆弱无法掩饰，早已把理智扔到一旁，也同时在向对方承认，自己输了，输得很彻底。曾经的好友没想到自己活了几十岁，去过无数陌生的地方，碰见过无数稀奇古怪的事情。却在最熟悉的地方，会被昔日的朋友拿石头驱赶。他呆呆地看着彭羊客，震惊难堪，不知是该离开还是该留下。

　　年轻时，好友常来大宗山看彭羊客，两个人围着火坑喝酒。喝不起好酒，就喝家酿的苞谷烧。家贫，彭羊客几乎拿不出下酒菜，对方也不介意，照样喝得畅快。彭羊客还记得第一次见面的情形，他在山外嫁女儿的人家里喝酒。一大桌人敬酒划拳，嬉闹玩乐。他虽然坐在那里，却不参与其中。他很少大声笑，也很少说话，总是郁郁寡欢的样子。他的朋友注意到他，说能看见发生在他身上的事情，甚至能看见他隐藏在心底的、旁人无法看见的伤口。因为对方的善解人意，彭羊客心里得到安慰，话也多起来。两人一见如故，交往逐渐密切，最后成为好朋友。但是因为看见，看见他不想让人看见的窘迫，他们变成不能再相见的人。起因是好友说自己会遇人断，那是一种古老的秘术，失传已久。彭羊客自然不信，认为朋友在吹牛。两个人争执打赌，结果朋友气急之下，指着他家的木碗柜说，那里面藏有半截腊肉、一堆鸡蛋和半袋大米。他一进屋就知道，这就是遇人断的本事。只要见上对方一面，就能洞晓一切，窥探他的秘密自然是轻而易举的事情。彭羊客心里吃惊，同时又觉得十分难堪。朋友来做客时，他并没有用这些东西来招待他，而他们的关系值得他拿出世界上最好的食物。彭羊客太穷，因而藏有私心，为了几天后拿去给大梯玛，他想请大梯玛给儿子祈福。儿子太过顽劣，他总是提心吊胆，害怕自己无法保护儿子，使他中途夭折。可是好友揭穿他，就为证明自己的秘术，当面揭穿他。好友本可以顾及彭羊客的颜面，不做这种打人脸的事情。但好友还是那么做了，虽然情势所迫，他至少应该犹豫一下。好友也知道自己失口,他就应该装作不知道。好友一说出口,就后悔了,他的脸色变了,表情恨不得把刚才逞能的话再吞回去。然而,大宗山最快的风也追不回他这句话了。当他说出口时,他们之间的裂缝就已经产生了。如今,他带来的这个消息同样连风也追不回来了。带给彭羊客的伤害一生一世也难以消弭了。

那时候,儿子贪玩,从牛王刺边滚落下去,脑门磕在一块石头上,磕出了一个大洞,血往外涌。情急之下,彭羊客用双手死死按住伤口,血还是从他的指缝间不断冒出来,直到杜秋妹拿来一件旧衣服。现在,在听到这个可怕的消息时,彭羊客第一个反应就是伸出手来,想要堵住那个不停流血的伤口。可那是徒劳的,那只手孤零零地停在空中,没有任何需要他堵住的地方。他只听见自己的胸腔处传来汩汩的声音,他的心里,早已血流成河。儿子在追随他逃走的女友路上,发生车祸。外面的人花了一点时间才弄清楚儿子的身份,电话打到村部。他的朋友正好在那儿办事。于是,村支书就把这件残酷的任务顺理成章地交给了他的朋友。

彭羊客总是不能够把自己交给现实交给命运,他不肯相信儿子就这样把名字弄丢了。在他的计划里,他还要帮儿子修房子买车子娶妻子带孩子。他甚至想再给儿子做一个陀螺和铁环。那都是儿子小时候最爱的玩具。假如孙子出生了,他也会及时地把做陀螺、做铁环的技艺传给儿子,并要求儿子做给孙子。那是每一个父亲给儿子的礼物,必须由父亲亲手去做。他一直在考虑年轻人的需求，一个年轻人可以在自己父亲身上得到什么，他就要给儿子什么。彭羊客因父亲早逝而产生的种种遗憾，都想避免让儿子再去体验一次。他竭尽一个放羊人的本能，把一切弥补给儿子。可万万没想到，这个年轻人会走在三个老人的前面，抢先离开。现在他知道了，但是不愿承认不愿面对。彭羊客做的梦还没有醒，如果是噩梦，那总有醒来的一天，最怕这不是梦。这样想的时候，彭羊客也糊涂了，好像那真的就是梦，醒来的时候一切照旧。儿子站在他面前，还是小时候的模样，朝他伸开手，要糖要玩具。他甚至想把儿子留在吃糖的年纪，宁愿他从来没有长大过。那次中毒、那次溺水、那次从高处跌落……哪一次不是九死一生，哪一次不是他费了九牛二虎之力，罔顾朋友亲情，才将他的名字从山鬼手中抢夺回来。为什么这一次就不行？早知道如此，还不如当初省点力气，他又这么想。

儿子走后，他曾试着在彭田氏门前喊她，想在老母亲这里得到一点安慰，可是没有应答。他几乎悲哀地看着这一切事情发生，却无能为力。他只是对母亲的老感到无可奈何，而且很明显，他自己也老了。儿子走后第七天，他还是像刚听到消息时那样疼痛难忍。他心口的那个洞在父亲身亡时就已出现，这么多年来，这个洞暗中潜伏着，始终没有得到痊愈的机会，反而一直在扩张。如今，这个洞口再也堵塞不住了。他匍匐在母亲门前，哀哀求她。可是彭田氏就像不在那儿，屋里没有发出一点响动来。如果母亲没有像他小时候失去父亲那样给他支撑，他就挨不过儿子的死亡。如果她不肯原谅他，母子的情分就要尽了，他们也就不再有相见的机会。

对面山上燃烧的那个人是彭羊客的父亲，是父亲的骸骨在燃烧。他也不是很确定，也许还有别人的父亲。反正周围的逝者都在那个地方土葬。那都是些遗落在山野，乏人问津的生命。永生的居所挤挤攘攘，难免骨头打混。但只有父亲的所在之地视线最好，抬眼就能见到。他第一次看见那种火焰时，刚好十一岁，父亲过世第五年。那簇火焰自幽暗中衍生，灿烂而明亮，鬼魅闪烁，稍纵即逝，既真实又虚幻，胜过人间的烟火。

那时候，彭羊客坚信，他小时候看到的火焰，他的子孙也一定会看到。直到这一次，儿子的名字也丢失了。两个丢失的名字将他心里的伤口彻底撕裂。也许，他根本没有儿子，也没有父亲，甚至也没有自己。那些都是一场梦境而已，那些都是想不起来的记忆，他丢失了名字，就变成了一个不存在的人。但他绝不肯葬于这先辈之所，因为他没有什么可期待的，对面那个地方，再也不会有人来看燃烧的火焰。他伏在山巅上，腹中的水流如大地的回响。他曾经卑微如草芥，低贱如野狗。如今，这一切都不重要了。他是一具腐烂肮脏的骨头，不配在那里重获新生。

当山外来的亲族商量去哪里找人时，杜秋妹在灶坑里烧了好几个大红薯。她慢吞吞地掏出熟透的红薯，一层一层地剥掉薯皮，金黄色软糯糯的果肉带来一阵甜香味。她挨个递给那些前来帮忙的人，集聚在屋子里的人看着她，全都没有作声。你至少应该替儿子活着啊，她小声地抱怨道。杜秋妹没有眼泪，她坚信自己终归会找到山神菩萨，去跪拜，去痛哭，去倾诉的。山神菩萨掌管着大宗山，他不可能不知道这里收割了两个该死的男人。很多时候，杜秋妹几乎带着一种十分豁达的态度，比如下雨天从来不跑。反正雨点落到前面，也落到后面，落到山上也落到山下，落到活人身上也落到亡者身上。羊群啃掉半块地的玉米苗也从来不心焦，已经吃到嘴里，再骂，就要添上新的罪恶。儿子的消息传来的时候，她正在薅草。她立在那里，低垂着头，像土地里长出来的一株野草，在风中来回飘摇，几欲翻土断根。好半天，她才稍微抬起头来，慢慢蹲下身子。她被自己薅掉了。生死之间没有鸿沟，她的儿子只是先行一步，她和丈夫，还有婆婆，三人年老体弱，自然是跟不上的，但总会到达归宿。这个地方，不配他们好好活下去了。那个地方，人类的骨头可是一直在燃烧。

那天早上，杜秋妹看见她的丈夫戴着一顶草帽，腰间别着一把弯刀，朝大宗山的密林走去。那是他跟父亲曾经捕蝉的地方。当她以为他会在天黑前准时回家时，他再也没有回来过。他已经丢失了名字，不可能再替旁人活着。

群峰之上，那里的燃烧一直没有停歇。

图书在版编目 (CIP) 数据

人间盐粒 / 王爱著. — 北京：北京十月文艺出版社，2024.10
ISBN 978-7-5302-2370-3

Ⅰ. ①人… Ⅱ. ①王… Ⅲ. ①散文集—中国—当代 Ⅳ. ①I267

中国国家版本馆 CIP 数据核字 (2024) 第 056027 号

人间盐粒
RENJIAN YANLI
王爱　著

出　　版	北京出版集团	
	北京十月文艺出版社	
地　　址	北京北三环中路 6 号	
邮　　编	100120	
网　　址	www.bph.com.cn	
发　　行	新经典发行有限公司	
	电话 010-68423599	
经　　销	新华书店	
印　　刷	北京盛通印刷股份有限公司	
版　　次	2024 年 10 月第 1 版	
印　　次	2024 年 10 月第 1 次印刷	
开　　本	850 毫米 × 1168 毫米　1/32	
印　　张	10	
字　　数	192 千字	
书　　号	ISBN 978-7-5302-2370-3	
定　　价	52.00 元	

如有印装质量问题，由本社负责调换
质量监督电话　010-58572393

版权所有，未经书面许可，不得转载、复制、翻印，违者必究。